美国文学与文化研究论集

徐颖果 著

南开大学出版社
天 津

图书在版编目(CIP)数据

美国文学与文化研究论集 / 徐颖果著. —天津：南开大学出版社，2019.1
ISBN 978-7-310-05690-3

Ⅰ. ①美… Ⅱ. ①徐… Ⅲ. ①文学研究—美国—文集 Ⅳ. ①I712.06—53

中国版本图书馆 CIP 数据核字(2018)第 261974 号

南开大学出版社出版发行
出版人：刘运峰
地址：天津市南开区卫津路 94 号 邮政编码：300071
营销部电话：(022)23508339 23500755
营销部传真：(022)23508542 邮购部电话：(022)23502200
*
北京建宏印刷有限公司印刷
全国各地新华书店经销
*
2019 年 1 月第 1 版 2019 年 1 月第 1 次印刷
230×155 毫米 16 开本 13.5 印张 2 插页 192 千字
定价：48.00 元

如遇图书印装质量问题，请与本社营销部联系调换，电话：(022)23507125

目　录

第一章：美国文学

舍伍德·安德森：一位不该被淡忘的作家

摘要： 舍伍德·安德森是美国重要的小说家，对现代美国小说产生过深远的影响。但是，在近几十年安德森几乎淡出美国学界的视野。本文从安德森研究现状的问题出发，从安德森的思想和艺术两个方面讨论安德森如何丰富了美国文学的表现形式，揭示安德森对现代美国文学传统所做的贡献。本文试图探讨造成所谓“安德森从未处于美国文学中心”的各种可能的因素，并对安德森研究在当下的必要性提出初浅的看法，更多的是作为问题提出，而非提供答案，希望能引起学界对安德森的重新关注，也希望安德森研究中反映的问题能引起批评界的反思。

关键词： 舍伍德·安德森 现代美国小说 短篇小说

作家们在历史上各领风骚几十年的事情也属常见，但是美国作家舍伍德·安德森的命运似乎不该如此。2008 年初夏我在美国一所大学的图书馆借阅一本安德森评论集时，惊奇地发现在我之前借阅这本书的时间竟然是 1988 年，相隔 20 年之久。无论如何，这多少也能反映安德森与当今美国文学研究的相关度。早在 1916 年，安德森就被认为“初露大作家的才气”（Emerging Greatness），此后更被认为是现代美国小说的卓越艺术家[1]。安德森的作品，尤其是他的代表作《小城畸人》，已经成为美国文学经典之作，被许多评论家认为引起了美国短篇小说的革命。安德森的作品在美国文学选读中也不断出现。从 1926 年双日（Doubleday）出版的美国文学选，就选录了《小城畸人》中的故事。1937 年，一本题目为《美国意识》的文选，有长达两页的安德森的小说介绍。1941 年，《剑桥美国文学选》收录了安德森的短篇小说。1962 年，极具影响力的《主要美国作家文选》中也收入了安德森的作品，而这个选读中只有 27 位具有重要地位的作家被收入。从 1979 年到 1998 年的《诺顿美国文学文选》共收录了 4 篇《小城畸人》中的故事。1970 年出版的《小布朗文选》、普林提斯·霍尔（Prentice Hall）的《美国文选》《希斯美国文选》等深具影响力的文选，均收录安德森的作品。通过在选读中被收入，安德森的作品得以不断正典化，安德森作为重要美国作家的地位似乎毋庸置疑。

然而，在距今长达 40 年的时间中，安德森基本上淡出了学界的视野。仅从这些选读的出版日期便可看出，安德森被正典化和经典化的情况都发生在 20 世纪 70 年代之前，近几十年间美国出版的安德森研究专著屈指可数。批评界对安德森的评价也在降低。2005 年出版的一个研究著作有这样的评价："安德森在中西部作家群体中的地位巍然耸立。但是他在更大范围的美国文学正典中从来没有处于中心地位，而在当今的学术和批评气候下，这个地位也正面临进一步下降的危险。"[2]"文学中'畸人'的主题在近年来得到当代理论研究学者的极大关注，但是安德森却无人提及，尽管舍伍德·安德森关于畸人的概念曾经吸引批评家们几十年的注意。"[3]"我们不得不承认……安德森的学术成就还不足以用取代新批评的新近的文学创新理论方法来研究，这里主要指的是后解构主义、新历史主义、新马克思主义、女性主义和多元文化主义理论。"[4] 而且，《哥伦比亚文学史》和最近出版的文选都没有表明在文化研究和后结构主义的当下，安德森的地位有任何的提高。[5]

本文将从安德森研究现状的问题出发，对这一现象进行探讨。通过安德森的思想和艺术两个方面，讨论安德森如何丰富了美国文学的表现形式，揭示安德森对现代美国文学传统所做的贡献。本文试图探讨造成所谓"安德森从未处于美国文学中心"的各种可能的因素，以及安德森研究在当下的必要性，希望能引起学界对安德森的重新关注。

一、舍伍德·安德森作品中的美国文化传统

美国最新出版的研究安德森的一部重量级作品是著名安德森研究专家沃尔特·B. 里德奥特历经数年创作的两卷本安德森传记，名为《舍伍德·安德森——一位美国作家》（*Sherwood Anderson：A Writer in America*，2006 年 12 月出版）。该书名强调了安德森是一位美国作家。值得注意的是，在对安德森众多的评价中，最多的评价是“美国作家”，类似作家布尔吐斯（Bulthus）的描述：“舍伍德·安德森是我最喜欢也最崇拜的一位美国作家，他是唯一的一位具备真正美国特质的作家。”[6]作为非美国读者，我们很想知道安德森作为“美国作家”和其他美国作家作为“美国作家”的差异。这首先需要回答什么是美国人心目中的美国这个问题。

在当代非美国人的心目中，美国形象很有可能是纽约、芝加哥这样的大都市。然而 20 世纪上半叶，美国人心目中的美国形象却完全不同。美国《生活》杂志曾试图捕捉“美国”在人们心目中的形象。当询问普通的“二战”老兵在想家时他们心中的美国形象时，这些人回答说他们心目中的美国既不是城市，也不是郊区，而是中西部的小镇。这简直就是温斯堡镇（Winesburg）！他们勾勒出的场景正是该小镇：春季鲜花盛开时的克莱德（Clyde）果园，夏季阳光下的玉米穗，静谧的街道和建筑。一篇与此同时出版的文章直接把这样的小镇称为“安德森小镇”[7]。安德森的《小镇畸人》写得如此成功，以至于每一个美国中部人都会觉得俄亥俄州的温斯堡镇就像自己生长的小镇。安德森说过 “小镇是美国的要素（America in its essence）……我们居于城市之间，从城市获得想法，从泥土中获得力量。”因此，住在小镇就是住在美国中心[8]。美国中部的小镇代表典型的美国。安德森书写的是美国中部小镇的人们，特别是普通的小镇人们。安德森对小镇充满了感情：“在群山之间我称之为中部美国的是我的土地。不论好坏，它是我能拥有的全部。”[9]安德森对小镇的历史文化的书写，就是对美国历史文化

的书写；他构建的美国小镇神话，就是美国神话。安德森被认为在风格上比在任何其他的方面都更加接近于重述和阐释美国历史最重要的部分[10]。他一生关注的主题就是他所了解和亲历的美国经历之意义[11]。

更为重要的是，安德森的思想全然是美国的，它扎根于美国文化传统。这主要体现为安德森的许多价值观念都与对美国历史文化有巨大影响的超验主义高度吻合。美国超验主义于19世纪30年代兴起于新英格兰地区，因此也叫“新英格兰超验主义”或者“美国文艺复兴”，是美国的一种文学和哲学运动，也是美国思想史上的一次重要的思想解放运动。领导人是美国思想家、诗人拉尔夫·沃尔多·爱默生。超验主义强调个人的重要性，认为个人是社会的最重要的组成部分，同时认为人的责任是自我完善，而不是刻意追求金钱富贵。超验主义者崇尚直觉和个人感受，热爱自然，反权威和教条。超验主义追求人的自由的精神成为美国文化中一个重要遗产。爱默生的名言“相信你自己”“一个人能够成为他想成为的人”等鼓舞平民百姓自强自立的思想，不但成为了美国民族精神的一部分，而且成为美国梦的核心内涵，吸引着所有追求个人精神自由的人们。

正是在超验主义追求自由的思想的指导下，美国开始有了真正独立于欧洲大陆的文化，因此，超验主义运动被认为是美国人的精神独立宣言。从这个意义上，我们可以说真正的美国文化诞生于19世纪。这种独立宣言的精神在安德森作品中表现为要独立于欧洲文学传统、开创美国文学传统的自觉意识和实际努力。事实上，超验主义者爱默生和梭罗身体力行的追求自由、精神独立、反对拜金、崇尚自然、简朴真实等道德品行和价值观念，都无一例外地是安德森的道德品行和价值观念。至于安德森对超验主义有多少了解，以及他是否研读过爱默生和梭罗的作品，这些我们都没有确切的史料加以佐证，因此无法断言安德森是否自觉地追随过超验主义，但是超验主义所有对美国文化产生过影响的基本内容，都同样是安德森思想的基本内容。超验主义作为思想和哲学的追求，被安德森用叙事的方法在文学中得以实践。安德森的作品无论是在主题还是在叙事方面，都与爱默生和梭罗有惊人的相似，尤其是在追求真实和简朴方面。梭罗提倡的“简朴、简朴、再简朴”（simplify，simplify，simplify），被安德森发挥到了极致，无论是在思想内容上，还是在叙事风格上。爱默生对平民的关注，在安德森的作品中表现为对普通小镇居民的关注，安德森为此创作的《小镇畸人》也因为它对美国普通人的真诚关注和生动刻画而成为美国文学的经典作品。事实上，梭罗从哈佛大学毕业之后（1837 年）经常为之撰稿的《日规》（Dial）杂志，正是 1921 年奖励安德森的一个超验主义杂志。该杂志奖励安德森两千美元，以表彰他在美国现代短篇小说形式的创新与发展方面所做的贡献[12]。这个细节也从一个方面说明，安德森的作品具有浓厚的超验主义色彩。超验主义对美国文学的巨大影响，它在构建美国文化和创立美国文学传统的历程中具有的里程碑的意义，而安德森是有明显超验主义思想和风格的、开一代新风的作家，这应该是他被称为“美国作家”的重要因素之一。

安德森被称为“美国作家”的另一重要因素是他对美国的文学形式做出的独特的贡献。在他之前，美国也出现过一些优秀的的短篇小说家，如华盛顿·欧文、霍桑、爱伦·坡、布勒特·哈特、阿尔德里奇、赫尔和欧·亨利。但是，用短篇小说的形式探讨美国人内心世界的，安德森应该是第一人。评论家 N. 卜理林·费京（Bryllion Fagin）是这样评价安德森时代的美国小说的：“美国小说多注意表面的事物，即使所谓的现实主义小说。我们一直都在讲述人们如何衣食住行，创业致富，获得成功的故事。‘冒险题材’的小说深受读者欢迎，但是似乎也仅局限于行为冒险。纵观历史，我们从来没有写过人物内心世界的冒险故事。”[13]费京的评价也许有偏颇之嫌，但是有一定道理。他认为：欧洲早就出现了剖析人类灵魂的伟大艺术家。从陀思妥耶夫斯基到马塞尔·普鲁斯特，欧洲的心理学研究经过了漫长的历史。然而在美国，只有舍伍德·安德森对探索人类心理的问题做出了真正的尝试[14]。由于安德森的努力，“我们才认识到每个人的身体中都蕴含着一个源泉。人们可以在其中安静地思考，永不停息。人们口头说一套，内心深处最秘密的地方想的是另一套。心里的话和口头的话是不同的。内心可以积聚思想、储存无法表达的情感。谁也不知道人类心灵深处究竟储存了多少东西。”[15] 安德森观察到，安德森之所以与他的前辈不同，是他的作品非常贴近现实生活。他发现周围所有的人与当时小说中成功的角色都没有相似之处，于是他产生了要书写真实的美国人的想法。安德森所有的努力都是为了在文学中表现他所看到和了解的普通美国人。他关注的是从农业社会向工业化社会转型期的美国人内心的成长状况。正因为此，他的《人与马》被认为是美国成长文学的最高成就[16]，《鸡蛋的胜利》中的第一个故事《我想知道为什么》是美国短篇小说中最优秀的作品之一[17]。他的《林中之死》被认为包含了他对美国文明最中肯与最具洞察力的评论[18]。安德森给短篇小说这一文学地位低于长篇小说的体裁注入了严肃的主题，打破了美国短篇小说形式的程式，可以说安德森是具有美国特质的短篇小说的先驱。

二、舍伍德·安德森创作艺术及其意义

谈到安德森的创作艺术，给人印象最深的莫过于他简约的句法特点。有人总结道：“他的大部分句子都是遵循同样的基本句式结构的：主语，谓语动词，宾语，补足语，或者是这一结构的变体：补足语，主语，谓语动词，宾语。……他的故事是一系列用数不尽的‘和’连接的独立的肯定句。”[19] 其实简约的文学，无论是结构上还是措辞上，都并不是安德森首创，而是有着西方文学渊源的。荷马的《伊利亚特》采用的就是简单的结构，连接词在将其连接成为一个整体的过程中起到重要的作用。亚里士多德在《诗学》中也表现出对简约的欣赏：“太华丽的辞藻掩盖了性格和思想的表现。”“修辞最大的美在于清晰有条理，而又不平淡无味。最清楚的言词，是由我们日常使用的词汇构成的。但这些词平淡无奇。例如，克勒饿丰和斯忒涅罗斯的诗，就是使用这些普通词。”[20]想必人类最初是可以用简约的句法和措辞表达思想的，随着社会物质化带来的各种复杂，人类似乎失去了不用复杂方法陈述自己的能力，现代人需要做出努力才能重新获得这种能力。安德森的句法的确简约。曾经有一位作曲家向安德森表示对他简约、直

接风格的欣赏，说假如是他行文，会说“桥下流动着潺潺河水（There is water flowing under the bridge)。”但是，安德森就会说“水从桥下流过”（The water runs under the bridge)。简约而生动。

需要强调的是，安德森并不是因为词汇量小而不得已简约的。安德森是有意在创作一种不同于以前文学传统的风格，他有意要创建一种美国风格。安德森曾经明确表示过：“有时我甚至认为小说的形式对美国作家已经不适合了，小说是一种引进的体裁。我们需要的是一种新的松散形式。在《小镇畸人》中我采用了松散的形式。”[21]安德森还说过：“首先，必须要创作出伟大的美国小说（原文为字母大写），还必须靠我们十分重要的创作来提升美国或英国的戏剧，更不用说其他的诸如诗歌等等之类的文学形式了。我们都致力于把我们宏伟而重要的思想感情付诸于文学作品的出版。”[22]

安德森对建构美国文学传统的自觉意识，可能与两个原因有关。首先，与他在芝加哥生活的经历分不开。安德森曾经于1896年搬到芝加哥居住。19世纪20年代，芝加哥就有“美国的文学首都”之称[23]，活跃着艺术界一批有志于改革的艺术家和作家。当时“芝加哥文艺复兴”的主旨是解放思想，直面美国生活中存在的现实问题。在芝加哥的经历使安德森相信美国作家需要自己本土风格的文学。因此，产生建立一个真正的美国文学传统的想法，应该是很自然的。第二个原因是安德森本人与超验主义十分吻合的思想，有可能是他产生创新的思想根源。爱默生在《美国学者》中说过：“我们要用自己的脚走路，我们要用自己的手来工作，我们要发表自己的意见。”“思想着的人绝不能受制于他的工具。”安德森对一种新的小说形式的需要，正是体现了他不能“受制于他的工具”的思想。超验主义对个人自主的信念，对个人内心需求的关注，对人生瞬间的重视，对痴迷于物质主义倾向的担心，对简朴生活的崇尚，这些无一没有在安德森的作品中反映。

爱默生在《论自助》中指出：“伟大的艺术作品给我们最深刻的教诲就是，要以最平和而又最执着的态度遵从内心自然而然产生的念头。”“人应当学会的是捕捉、观察发自内心的闪光，而不是诗人和伟人们的圣光。”安德森十分重视瞬间在人生中的作用，他曾说，“真正的人生历史只不过是几个瞬间的历史。只有在少有的几个瞬间我们才活着”。甚至有学者认为，安德森的故事并不是由事件和插曲组成的，而是由瞬间或顿悟构成的，在这之间，角色表露出他们的本质，而安德森也给顿悟的瞬间注入了生命。他在《手》《冒险》《上帝的力量》中都谈到了顿悟的瞬间，其手法可与乔伊斯的《都柏林人》相媲美[24]。在《小镇畸人》中，他及时抓住了揭示每个角色的信念和直觉的重要瞬间。解决畸人问题的办法可能产生于瞬间，而瞬间靠的是摈弃语言的直觉，和依靠人类的主体性。据此，有人认为《小镇畸人》是现代主义作品的基石，也是后现代主义文学潜在的先驱。[25]作家赫伯特评价道：“伟大文学的特征之一就在于它对顿悟的表现，安德森抒情的小说就让我们多次不断地体验到这种令人着迷的感觉。”[26]安德森甚至身体力行“要以最平和而又最执着的态度遵从内心自然而然产生的念头”。他做出弃商从文的重大人生决定，就是在瞬间做出的[27]。这是他“顺从内心的真实愿望”所做出的决定，这个瞬间成为安德森留下的一个神话。“甚至当安德森还活着的时候，他就成了神秘人物……因为安德森神话显然像美国民间故事乔治·华盛顿樱桃树的传说那样，已经牢牢地镶嵌在美国人的心目中了。”[28]

安德森似乎继承了超验主义简约的行文传统。爱默生和梭罗都以文笔简约著称。爱默生的句子言简意赅，被认为他“似乎只写警句”，而梭罗简洁有力、纯朴自然的《瓦尔登湖》更成为现代美国文学中散文的典范之作。简约同样是安德森最为鲜明的特征。但是他的简约不同于其他人，既不同于前人马克·吐温等，也不同于后人海明威等。安德森的简洁是基于代表美国中部小镇人们的口头传统。他书写的是中部小镇人们的口语，充满了小镇人们的习语，语言自然、传神。他的《一个讲故事者的故事》被认为从结构和风格方面，重书中西部的韵律和习语，并且将它们融入古老的口述传统上做到了完美无瑕，因此将这一古老的主题提升到了美国神话的领域[29]。契诃夫曾说，简洁是艺术上的成就。有美国人评论，就简约而论，美国没有比《小城畸人》更好的了[30]。

我们必须认识到安德森的简约并不代表简单。《小镇畸人》虽然简约，但是其表现力非同一般。再读之后，就会发现这种去除雕琢、简朴、具体的措辞中充满了抽象，其中既有乔治·莫尔的风格，也有詹姆斯国王钦定版的《圣经》的风格，还有整齐的演讲的节奏。那种看似无艺术可言，甚至不经意而为之的离题般的叙述，其实不是真的无艺术、欠考虑，或者离题……假如这是简单的话，那也是一种复杂的简单[31]。正所谓“大音希声，大象无形”。

由于安德森措辞简约，人们经常拿他和俄国作家屠格涅夫和契诃夫进行比较，认为他受到俄国作家的影响。对此，安德森是这样解释的：“奇怪的是，如果要我说出我读过的最耐人寻味的书，那不会是俄国的，我一直是乔治·博罗（George Borrow）的崇拜者，我想他的书我都读了25遍了，事实上我可以毫不做作地说是《旧约》的内容给我带来了无穷无尽的快乐。”[32]熟知安德森的哈里·汉森（Harry Hansen）认为这属于“两个互不相识的人同时达到相同的目标”的案例，他认为安德森没有从俄国人那里继承任何东西，因为在安德森发展的阶段，他对俄国作家一无所知。事实上，他对作家知之甚少，很多有经验的作家在和他交谈过后，都认为他没读过什么书[33]。作为作家，他完全是自我创造。他不受任何派别或思想的影响[34]。

我们同样不能忽视安德森的想象能力。他不同于其他作家的是，他并不是要反映生活，而是要重新创造生活。他的故事不是准确观察的结果，而是想象的成果[35]，虽然他想象的部分经常和真实的描述很难区分，比如他的叙事风格。安德森的叙事语言是美国中西部小镇中十分兴盛的口头讲述故事的传统加上《旧约》的风格。但是，他的风格并不像人们耳熟能详的民间故事那么悠然，而是有拘谨或威严之感，有约束之感，和小城杂货店里听到的故事截然不同。在安德森的故事中，单纯叙事的段落和描写对话的段落间不存在任何语气或方式的差别，不同角色说话的语气和方式也不存在差别。一切都是同一个调子。这是安德森的意图。安德森的想象反映在他的作品充满诗意。他非常重视词的音、意和句子的韵律。安德森被不少评论家称为是“试图写散文的诗人”，认为他通常以类似于无韵体诗的散文形式来表达自己的思想。“这种散文韵律十足，迂回婉转，富有乐感与节奏感……。这就是诗人在灵感下进行创作的风格。”[36]安德森用中部小镇的朴素语言，抒情式地表达了他对中部小镇人的理解、同情和关爱。无论是书中的角色，还是叙事语言，安德森的作品都有显著的美国特质。

三、舍伍德·安德森当前地位的种种原因

安德森在美国文学史上的地位值得研究。虽然安德森取得辉煌成就，成为具有突出的美国特质的美国作家，但是他没有得到应得的承认。安德森在文学事业上活跃了将近30年之后，在文学界的地位开始下降。舍伍德·安德森去世的时候在评论界已经开始受到冷遇，近40年来逐渐被淡忘。笔者认为，形成这种状况大约有以下几个因素。

首先，美国批评界从当时到现在，对安德森的文学价值未必有充分的认识。安德森本人从来不注意批评界对他的评价，也不注意他对自己的批评会影响到批评界对他的评价。安德森本人非常谦逊，他评价自己也就是个小作家，成不了大作家。相信批评界竟然真的认为安德森不过如此。安德森对文学创造非常严肃认真。哈利·汉森（Harry Hanson）注意到：“安德森从不追求出名，他很少看别人对他作品的评论。他知道哪里是败笔，可能他比任何美国作家扔掉的凝聚着辛苦的草稿都多。”[37]在出版短篇小说集时他会严格挑选。那些没有被他挑中的故事，批评界想当然地认为不是杰作。他们并没有去认真研究这些作品。安德森大量的没有出版的小说，都没有被研究，即便是在他逝世后。“到目前为止，还没有人认真研究过这些未经整理的安德森晚期的故事，其中的一些故事是作家死后由其他的编辑出版的，而且这些故事也很少被研究……他发表在杂志上的众多作品中有各种各样的散文、文字草稿、自传的回忆录以及纯小说，而这些不同作品的门类划分并没有清楚的界限。”[38] 这正是问题所在。尚未全面地研究一个作家的作品便做出结论，这样的结论很难想象是客观、公允和全面的。

其次，安德森的一些作品在出版时没有天时地利的好运。他的《回忆录》出版于1942年，正逢第二次世界大战。为战事所干扰的批

评界和为民生所担忧的读者，谁都没有闲暇静下心来研读或欣赏文学作品。《回忆录》是一部独特的作品，它并不是一般意义上的回忆录。截至目前，对这个回忆录尚没有令人满意的解读。大卫·D.安德森（David D. Anderson）认为："迄今没有评论家仔细研究过安德森的生活与作品之间的紧密关系，而我相信这样的研究对理解他的作品是至关重要的，对于确定他对美国文学的贡献也同样地重要。……《回忆录》是一本评论性传记。虽然尚不明确，但是他引进了批评的新概念，即：在安德森的晚年，他的作品并没有严重退化，而是转向了新的方向；安德森的写作技巧深深地植根于美国文学传统；安德森是美国浪漫理想主义的主流作家；安德森的作品只有被放置于当时的大背景之下才能有恰如其分的解读。"[39]安德森曾获得欧·亨利纪念奖的短篇故事《林中之死》（1926年），现在证明是安德森艺术的见证。但是，当以该小说为题目的安德森的第四部短篇小说集出版时，他的出版商贺瑞斯·利夫莱特（Horace Liveright）很快就破产了，因此这本书没有受到应有的关注。"假如有一定的发行量的话，这本书本来可以使安德森的名气不至于下降。"[40]作品受众面的有限，也影响到对安德森的接受。

最后，批评界没有及时、适当地批评和评价安德森，也是他沉寂几十年的主要原因。引起新的理论的关注是必要的，以梅尔维尔为例，从20世纪20年代到后现代，评论界看到不同的、多面的梅尔维尔：规避美国高雅文化的、弗洛伊德式的、极端民主的，甚至于马克思主义评论家、非洲裔美国文化研究者、后结构语言学家、同性恋研究评论家都宣称自己是梅尔维尔[41]。然而，我们不得不承认，在后现代社会，安德森其实很难处于中心，因为安德森是崇尚农业社会、反对工业化的。他反对物质至上，而20世纪60年代之后随着美国经济大发展，人们对物质的追求有增无减，可谓物欲横流。在这样一个社会背景之下，安德森的价值观明显落伍，因此被批评界淡忘不足为奇。安德森被评论界忽视的另一个重要原因，大约与安德森的创作立场有关。安德森坚持"我们必须与以赚钱为目的的欧美图书杂志的标准决裂，回归到旧时美好的写作艺术标准本身。"[42] 很难想象他要与之决裂的杂志会欣赏和支持他的作品。

四、安德森研究的必要性

解读安德森的作品有很大的难度。《小镇畸人》最初被认为是对乡村生活的抵制，是拒绝中产阶级的道德观，宣扬性解放，是文化原生态的兴起[43]。“在他的有生之年，他被叫做现实主义者、自然主义者、现代派、弗洛伊德派和马克思主义者，所有这些都不对。”[44]他的《小镇畸人》被认为是现实主义，自然主义，文学尚古主义，神话，印象主义，神秘主义以及抒情诗性质集于一身的一个例子[45]。对他的解读可谓形形色色。其实，多年之前门肯就说过，安德森为学术批评家提供了相当大的难度，这是因为他的作品是打破传统的、难以归类的。他那不明朗的、推测性的、询问性的方式给人留下的印象常常是他并不了解自己，以及他的作品大都是在自说自话。也许有时是这样的，但不经常。十有八九他的探求摸索掩饰了的是一种高超娴熟的技巧。他慢慢地揭示角色，从各种角度从容地审视他们。他停下来思考他们……最后，他对这些角色提出问题，而不是给他们贴上标签。因此，安德森短篇小说的现存作品，为我们留下了许多研究的空间。他的大多数作品还没有被给予充分的审视和诠释。甚至他的《小城畸人》中的故事也是被只注重整个故事系列的人轻轻带过。若将这些故事视为独立的个体而给予关注将会很有益处。如果将新的批评方法运用到安德森故事中，也会产生新颖的有价值的观点。研究安德森对现代小说技巧的贡献是十分必要的[46]。

显而易见，门肯希望看到的安德森研究并没有实现。《小镇畸人》的文学形式不同于一般的短篇小说集，关于这一点应该是没有异议的。但是，《小镇畸人》对现代小说形式的发展到底有哪些意义，尚无明确的定义。安德森对形式是通过精心思考的，他要发展一种不同于引进的长篇小说的形式、一种美国的小说形式。这种形式之所以能有效服务于安德森的创作目的，是值得研究的。安德森对语言的思考也是深入的。他很早就发现了语言的操纵性和欺骗性：“我非常害怕遣词造句。词语是很复杂的，我必须小心翼翼。”[47] 安德森使用简单语言的技巧可谓炉火纯青。简单的词语出自他的笔下，变得既亲切，又陌生。他把日常生活中简单的词语陌生化。对语言的操纵性的追问是安德森作品的一个重要特点，也是一个常常被批评家忽视的特点。安德森关于语言、语言的意义以及语言的操纵这些问题的自觉意识不断发展并最终成熟。这些新发现被认为展现了《小镇畸人》中更为成功的后现代感性[48]。安德森的独特之处还在于，他能将日常生活的简单语言写得抒情而且有节奏，将简单的词语用得富于激情。格楚德·斯坦一直都认为舍伍德·安德森具有用语言直接表达感情的天赋，并且认为这是一种美国传统。“除了舍伍德之外，美国没有其他人能写得简单清楚，且充满激情。”[49]

葛楚德·斯坦曾经评价说：“至今为止，美国文坛上有四位极具智性的作家，他们就是詹姆斯·费尼莫·库珀、威廉姆·迪安·豪威尔斯、马克·吐温和舍伍德·安德森。他们不是在反映生活或描写生活，体现生活或描绘生活，他们是在表达生活，而表达生活是需要智性的。”[50]可以说安德森发展了一种新的小说形式和叙事手法。它能真实表达人物内心的感受，不依赖情节和对话。安德森研究专家 Irving Howe 曾写到：“如果不需要发展情节，不需要表现变化和角色互动，安德森能写得非常好。从安德森最优秀的作品中，我们毫无问题可以感到作家写出了发自内心的真实经验，伟大的俄国作家屠格涅夫和契诃夫就是以这种方式创作的，他们的含蓄和言简意赅无人可及。”可以说安德森的成就使他当之无愧于美国的屠格涅夫和契诃夫的称号，然而，他却在美国文学批评界的视野中逐渐消失。这是一个不可思议的现象。

美国批评界似乎也注意到安德森在被遗漏。有人认为“它表明了最近 10 到 20 年间成长起来的学者把安德森搁置一旁了。这也是一个不应当发生的遗漏，因为安德森的作品为当代理论提供了肥沃的土壤，特别是早期关注‘畸人’的作品。”[51] 其实进一步研究安德森与现实并不脱节。安德森小说中关注的一些主题并没有过时：异化、孤立、非人化、离群、疏远、厌倦、焦虑、混乱等等仍然是当代文学的主要关注。《小镇畸人》关心的三大问题——工业化问题、性压抑问题、人际交流问题，在今天同样有意义。安德森用小镇的故事描绘的是人类普遍的情况，他关注的是人性。更为重要的是，对有些问题的深入探讨，也许带给我们的是一个新的领域。因为，安德森对美国文学史最重要的贡献在于他对短篇小说的艺术创新，短篇小说在此之前从来没有得到过批评界的尊重[52]。在文学研究中历来是重视长篇小说而轻视短篇小说，安德森的被遗漏是否与这种短篇小说歧视有关，也未可知。应该引起注意的是，安德森的短篇小说对美国的现代中长篇小说产生了广泛而深远的影响，直接受安德森影响的作家有海明威、福克纳、伍尔夫、斯坦贝克、考德威尔、萨洛杨、亨利·米勒等。托马斯·沃尔夫甚至于 1936 年宣称 “安德森是唯一对我产生重要影响的美国作家”[53]。这之间的关系很值得研究。其次，安德森能用日常简单词汇表达内心感受且充满激情，能使简洁的叙述产生抒情的诗意，这是去文学性语言对文学性语言的挑战，以及安德森的作品是对人的普遍关注，这都值得研究。

安德森似乎预料到批评界对他的接受将不会一路顺畅，他需要某种气候的到来："这个时刻将会到来……将会有一次文艺复兴，而我的作品和我个人的生活将受到赞赏。"[54] 美国评论界虽然已经把安德森降格为美国文学史上一位不受重视的作家，然而他们却做不到完全无视他。相反，他们给予他的注意甚至多于对一些重要作家的注意。这是因为安德森有让他们无法忽略的传世之作。[55] 有学者指出："只要美国习语还用简单的韵律在中西部的中心地带被言说着，安德森的风格就会被承认、被理解、被赞赏，无论当下的批评界怎么看。在风格上，安德森比在任何其他的方面都更加接近于重写和阐释美国历史最重要的部分。"[56]罗伯特·斯皮勒撰写的力作《美国文学史》对安德森的表彰令我们思考："鉴于安德森在把美国短篇小说解救于呆板的技巧中所产生的巨大影响，安德森在美国文学史上的地位应得到更多的殊荣。但是艺术形式和其他美学细节对今天的评论家来说已不是最重要的了。今天的评论家在评判"是"与"非"时关注的不再是作品的艺术价值。人们不禁要问安德森为什么今天风光不再。”[57]也许我们应该反思的是，艺术形式和美学细节是否应该重返文学研究的中心地位；安德森对自然环境的重视，对于当今世界是否有启迪作用。

（2009 年）

注释：

1 Judy Jo Small, *A Reader's Guide to Short Stories of Sherwood Anderson*, New York: G.K. Hall & Co., 1994, p.10.

2 Robert Dunne, *A New Book of the Grotesques*, Kent and London: the Kent State University Press, 2005, p.xii.

3 Robert Dunne, *A New Book of the Grotesques*, Kent and London: the Kent State University Press, 2005, p.xvii.

4 Robert Dunne, *A New Book of the Grotesques*, Kent and London: the Kent State University Press, 2005, p.xvi.

5 Robert Dunne, *A New Book of the Grotesques*, Kent and London: the Kent State University Press, 2005, p.xv.

6 Ray Lewis White, *Sherwood Anderson & Gertrude Stein Correspondence and Personal Essays*, North Carolina: The University of North Carolina Press, p.112.

7 John H. Ferres, "The Nostalgia of Winesburg, Ohio", *Winesburg, Ohio, Texts and Criticism*, Penguin Books, 1996, p.470.

8 David D. Anderson, *Sherwood Anderson, An Introduction and Interpretation*, Michigan State University, General editor, John Mahoney, *American Authors and Critics Series*, University of Detroit, 1967, p.154.

9 David D. Anderson, *Sherwood Anderson, An Introduction and Interpretation*, Michigan State University, General editor, John Mahoney, *American Authors and Critics Series*, University of Detroit, 1967, p.56.

10 David D. Anderson, *Sherwood Anderson, An Introduction and Interpretation*, Michigan State University, General editor, John Mahoney, *American Authors and Critics Series*, University of Detroit, 1967, p.172.

11 David D. Anderson, *Sherwood Anderson, An Introduction and Interpretation*,

Michigan State University, General editor, John Mahoney, *American Authors and Critics Series*, University of Detroit, 1967, p.165.

12 Ray Lewis White, *Sherwood Anderson & Gertrude Stein Correspondence and Personal Essays*, North Carolina: The University of North Carolina Press, p.5.

13 N. Bryllion Fagin, *The Phenomenon of Sherwood Anderson—A Study in American Life and Letters*, Baltimore: The Rossi-Bryn Company, 1927, p.63.

14 N. Bryllion Fagin, *The Phenomenon of Sherwood Anderson—A Study in American Life and Letters*, Baltimore: The Rossi-Bryn Company, 1927, pp.68-69.

15 N. Bryllion Fagin, *The Phenomenon of Sherwood Anderson—A Study in American Life and Letters*, Baltimore: The Rossi-Bryn Company, 1927, pp.68-69.

16 N. Bryllion Fagin, *The Phenomenon of Sherwood Anderson—A Study in American Life and Letters*, Baltimore: The Rossi-Bryn Company, 1927, pp.115-116.

17 N. Bryllion Fagin,*The Phenomenon of Sherwood Anderson—A Study in American Life and Letters*, Baltimore: The Rossi-Bryn Company, 1927,p.87.

18 David D. Anderson, *Sherwood Anderson, An Introduction and Interpretation*, Michigan State University, General editor, John Mahoney, *American Authors and Critics Series*, University of Detroit, 1967, p.134.

19 Roger Asslineau, "Language and Style in Sherwood Anderson's Winesburg, Ohio", *Winesburg, Ohio: Texts and Criticism*, Penguin Books, 1996, p.323.

20 亚里士多德、贺拉斯.《诗学·诗艺》，郝久新译，北京：九州出版社，2007年，第85页.

21 John H. Ferres, "The Nostalgia of Winesburg,Ohio", *Winesburg,Ohio: Texts and Criticism*, Penguin Books, 1996, p.14.

22 Ray Lewis White, *Sherwood Anderson & Gertrude Stein Correspondence and Personal Essays*, North Carolina: The University of North Carolina Press, pp.16-17.

23 Harry Hansen, *Midwest Portraits, a book of Memories and Friendship*, New York: Harcourt, Brace and Company, 1923, p.192.

24 John H. Ferres, "The Nostalgia of Winesburg,Ohio", *Winesburg,Ohio: Texts and Criticism*, Penguin Books, 1996, p.522.

25 Robert Dunne, *A New Book of the Grotesques,* Kent and London: The Kent

State University Press, 2005, p.109.

26 Eileen Baldeshwiler, "Sherwood Anderson and the Lyric Story", *Winesburg, Ohio: Texts and Criticism*, Penguin Books, 1996, p.422.

27 David D. Anderson, *Sherwood Anderson, An Introduction and Interpretation*, Michigan State University, General editor, John Mahoney, *American Authors and Critics Series*, University of Detroit, 1967, p.15.

28 David D. Anderson, *Sherwood Anderson, An Introduction and Interpretation*, Michigan State University, General editor, John Mahoney, *American Authors and Critics Series*, University of Detroit, 1967, p.163.

29 Maxwell Anderson. "A Country Town", *Winesburg, Ohio: The Texts and Criticism,* Penguin Books, 1996, p.254.

30 David D. Anderson, *Sherwood Anderson, An Introduction and Interpretation*, Michigan State University, General editor, John Mahoney, *American Authors and Critics Series*, University of Detroit, 1967, p.164.

31 Walter B. Rideout, "The Simplicity of Windesburg, Ohio", *Winesburg, Ohio: Texts and Criticism*, Penguin Books, 1996, p.291.

32 Harry Hansen, *Midwest Portraits: A Book of Memories and Friendships*, New York: Harcourt, Brace and Company, 1923, p.131.

33 Harry Hansen, *Midwest Portraits: A Book of Memories and Friendships*, New York: Harcourt, Brace and Company, 1923, p.179.

34 Harry Hansen, *Midwest Portraits: A Book of Memories and Friendships*, New York: Harcourt, Brace and Company, 1923, p.178.

35 Roger Asslineau, "Language and style in Sherwood Anderson's Winesburg, Ohio", *Winesburg, Ohio: Texts and Criticism*, Penguin Books, 1996, p.324.

36 Roger Asslineau, "Language and style in Sherwood Anderson's Winesburg, Ohio", *Winesburg, Ohio: Texts and Criticism*, Penguin Books, 1996, p.327.

37 Harry Hansen, *Midwest Portraits: a Book of Memories and Friendships*, New York: Harcourt, Brace and Company, 1923, p.169.

38 Judy Jo Small, *A Reader's Guide to Short Stories of Sherwood Anderson,* New York: G.K. Hall & Co., 1994, p.xi.

39 David D. Anderson, *Sherwood Anderson, An Introduction and Interpretation*, Michigan State University, General editor, John Mahoney, *American Authors and Critics Series*, University of Detroit, 1967, p.vii.

40 Judy Jo Small, *A Reader's Guide to Short Stories of Sherwood Anderson*, New York: G.K. Hall & Co., 1994, p.352.

41 Robert Dunne, *A New Book of the Grotesques*, Kent and London: The Kent State University Press, 2005, p.xi.

42 Harry Hansen, *Midwest Portraits: a Book of Memories and Friendships,* New York: Harcourt, Brace and Company, 1923, p.115.

43 Sherwood Anderson, *The Book of Grotesque*p, "Introduction" by Irving Howe, Santa Clara County: Stanford University Press, 1968, p.397.

44 Roger Asslineau, "Language and style in Sherwood Anderson's Winesburg, Ohio", *Winesburg, Ohio: Texts and Criticism.* Penguin Books, 1996, p.170.

45 修改后：Roger Asslineau, "Language and style in Sherwood Anderson's Winesburg, Ohio", *Winesburg, Ohio: Texts and Criticism*, Penguin Books, 1996, p.xi.

46 Judy Jo Small, *A Reader's Guide to Short Stories of Sherwood Anderson*, New York: G.K. Hall & Co., 1994, p.xiv.

47 Roger Asslineau, "Language and Style in Sherwood Anderson's Winesburg, Ohio", *Winesburg, Ohio： Texts and Criticism*, Penguin Books, 1996, p.320.

48 Robert Dunne, *A New Book of the Grotesques*, Kent and London: The Kent State University Press, 2005, p.26.

49 Ray Lewis White, *Sherwood Anderson & Gertrude Stein Correspondence and Personal Essays*, North Carolina: The University of North Carolina Press, p.74.

50 Ray Lewis White, *Sherwood Anderson & Gertrude Stein Correspondence and Personal Essays*, North Carolina: The University of North Carolina Press, p.45.

51 Robert Dunne, *A New Book of the Grotesques.* Kent and London: The Kent State University Press, 2005, p.xvii.

52 Robert Dunne, *A New Book of the Grotesques.* Kent and London: The Kent State University Press, 2005, p.xiv.

53 Malcolm Cowley, "Introduction to Winesburg, Ohio", *Winesburg, Ohio: Texts*

and Criticism, Penguin Books, 1996, p.331.

54 Robert Dunne, *A New Book of the Grotesques*, Kent and London: The Kent State University Press, 2005, p.xi.

55 David D. Anderson, *Sherwood Anderson, An Introduction and Interpretation*, Michigan State University, General editor, John Mahoney, *American Authors and Critics Series*, University of Detroit, 1967, p.163.

56 David D. Anderson, *Sherwood Anderson, An Introduction and Interpretation*, Michigan State University, General editor, John Mahoney, *American Authors and Critics Series*, University of Detroit, 1967, p.172.

57 Robert Dunne, *A New Book of the Grotesques*, Kent and London: The Kent State University Press, 2005, p.xiv.

少数族裔多数化：21 世纪的美国文学

摘要：美国人口普查显示，有色人种将逐渐取代白人而成为美国人口的多数，美国正在经历少数族裔的多数化。这势必影响到美国文学的版图。本文从离散文化理论的视角讨论少数族裔在历史上对美国主流文学的影响，指出离散文学与主流文学的交融影响到美国文学的传统。文章从少数族裔的多数化与主流文学的族裔化、多元文化与去族裔化的趋势等几个问题切入，探讨美国文学的离散文化特质，以及美国文学在族裔化加剧的 21 世纪的发展趋势。

关键词：离散文化 美国文学 族裔文学 非洲裔美国文学

由于美国独特的建国历史，界定自己民族文学传统这样一个对其他民族来说并不复杂的问题，对美国人却成为一个问题。当鲁宾—多尔斯基被邀请以“早期美国小说”为题写一篇论文时，他首先就该题目的三个部分分别提出质疑：什么是美国“早期”小说？什么是“美国”小说？什么是“小说”？并进而提出“根本就没有“早期美国小说”这回事。他问道：威廉姆·希尔·布朗、汉纳·福斯特、苏珊娜·洛逊、休·亨利·布兰肯瑞杰、查尔斯·布朗、詹姆斯·库伯等人的小说在哪种意义上能算作是美国历史和文化的早期产物呢？[1]事实上鲁宾—多尔斯基并不是唯一提出类似问题的学者。1990 年“前哥伦布基金会”的文学组成员被邀请重新定义“美国主流文学”时，组员之一杰恩·柯缇丝回答说，她唯一承认的“主流”是密西西比河，因为它在国家的中央，而且还有一个美国本土的名字。她认为美国的出版界所出版的都是“少数族裔”的文学作品，而没有出版的才是“主流”[2]。另一个组员 N. 斯格特·蒙纳迪指出，对他而言美国文学已经有一千多年的历史了，在历史长河近代某个时期，清教徒入侵了美国[3]。他们的反传统视角溢于言表。

正如大卫·鲍特所说：“与今天的大部分民族不同，美利坚民族不是他们居住地的原住民”这个事实导致了他们永恒的“身份危机”[4]。有学者指出：很少有国家面临需要如此长时间地证明自己的压力，很少国家像美国那样对民族文学遗产的合法性、一致性和成就感如此焦虑。[5]今天，在长达数百年的“白人男性”主导美国文学理念和文学批评理论的状态被颠覆之后，少数族裔和被边缘化的“他者”文学不断出现在美国文学经典之中。越来越多的族裔文学从某种程度上深化了美国主流文学的族裔成分。如何理解美国主流文学中的族裔成分，族裔文学与主流文学是怎样一种关系，从离散文化理论的角度加以审视，将有助于对这些问题的讨论。

一、美国文学的离散文化特质

最早试图界定美国文学的定义之一是：“那些移民到这片最终成为美国的土地上的人们用英语书写的文学作品。”[6]这一定义固然界定了作者的国籍和生长地，然而这些“在美国”“用英语书写的文学作品”与当时的英国文学作品有无区别、有何区别，对于这些问题，这个定义并没有提供答案。移民新大陆的欧洲移民中，有不少是在英国受过良好教育的。以美国的第一位女诗人安妮·布雷兹特里特（Ann Bradstreet，1612—1672）为例，安妮·布雷兹特里特出生在英国，她16岁时出嫁，两年后随丈夫和父母移居马萨诸塞海湾。她的诗作后来被带到了英国，以《美洲最近出现的第十个缪斯》为名出版。该诗集的美国第一个版本在作者死后于1678年出版，内容上做了修订和扩充之后，更名为《一些风格各异、充满机智和学识的快活诗歌》。初版中的大多数诗歌是对当时英国诗歌的模仿，其诗作多数描写她从接受清教直到完全信仰清教的精神成长过程。安妮·布雷兹特里特在20世纪被女权主义重新发现，被认为是北美洲殖民地第一位诗人，她的诗集也是美国出版的第一部妇女创作的作品。然而，诗集无论是首次出版地还是诗歌的内容和形式，都与英国诗歌无根本差别。事实上安妮·布雷兹特里特并不是唯一一位在英国出版自己作品的新大陆居民。欧文·华盛顿的作品就是先在欧洲被接受，正是欧洲的接受，奠定了他被美国人接受的基础。亨利·詹姆斯更是从写作内容到写作地点，都与英国有密不可分的关系。

在对美国文学的界定缺失的情况下，相关的一系列问题均没有定论。比如美国文学从何时开始，有人认为美国文学始于威廉姆·布拉德福于1630年开始编纂的历史书籍《普利茅斯垦殖记》（*Of Plimmouth Plantation*）；有人认为威廉姆·希尔·布朗1789年出版的《同情的力量》是第一本"美国小说"[7]，也有人认为出版于1844年的《帕米拉》是美国的第一本小说[8]。

在17世纪和18世纪，美国小说更多地局限为一个地理概念，当时的美国小说和今天的美国小说有根本的区别，这表现在母题、主题、主旨、表征乃至语言的差异方面。首先，早期美国小说不能反映美国文化的声音。援引杰弗里·鲁宾·多尔斯基的观点，有四个原因：第一，没有一种真实的用于文学的美国语言。从福斯特、罗森到欧文、库伯，都完全依赖于英语的方法、风格、节奏和结构。而他们的英语是从他们喜爱的17或18世纪文学作品中习得的，并不是在从英国彻底独立之后的美国学到的。第二，书面英语拘谨的形式和规范限制了早期的美国作家。没有美国文化的支撑，也影响到他们的创作，因为那个时期的人们更关心修建、运输系统等基础设施的修建，而不是美国文学的建构。第三，由于当时说教成风，人们对任何书面表达都普遍持怀疑态度。文学似乎是为道德的提升而创作的。第四，动荡的社会很难产生稳定的"美国"文类小说，因为小说家更注重在修正和重建权力关系中起作用，在塑造公共意识和成为解放民主思想的动力方面起作用[9]。从文学语言层面看，直到19世纪，美国散文才第一次吸收了美国口语：美国作家开始"从人民的日常生活谈话中发展出一种新的表达方式"，注重"更为正确的措辞"和"简单的语法句式"[10]。正因为此，有学者认为，具有代表意义的早期美国文学并不是出自像霍桑这那样充满加尔文思想的新英格兰作家之手，而是出自爱伦·坡、惠特曼和马克·吐温笔下[11]，因为他们的作品反映了新大陆的价值观和移民的生活经历，他们通过在文学作品中塑造和反映民族的特征，表现了所谓的“美国性”。正是在这个意义上，惠特曼才被视为美国第一位诗人，马克·吐温才是美国小说之父。他们的作品不仅表现出与英国文学不同的美国文学创作手法，而且塑造出了不同于英国人的美国人。美国从建国初期到内战之后的文学批评，都在致力于确定美国文学的主要特征，确定美国文学是否在表征美国人民，以及如何表征美国民族的问题上[12]。

20 世纪 60 年代及其以后的民权运动、女权主义运动、多元文化运动等，极大地改变了美国的意识形态和美国人的文学史观、文学观，并导致了对美国文学和历史的重新审视，从而结束了“白人男性”作家作品代表美国文学的时代。白人美国文学并不能代表美国人的身份的认识成为共识。少数族裔和女性的文学作品有史以来第一次成为美国文学的一部分。仅女权主义发掘出的从 17 世纪以来的美国女性作家就多达数千人。不仅如此，少数族裔作家在反驳“白人美国文学”的同时，努力发掘族裔历史、文化和族文学，言说着他们对美国文学的贡献。新历史主义批评理论关于历史背后的意识形态对文学文本的影响、文本产生之时的历史和文化语境、文本中表现的历史和文化语境的理论等，修正了美国传统的文学观。后殖民理论更是极大地颠覆了主流社会的话语霸权，使得种族、阶级、性别三大要素构成了新的分析体系。美国文学随之发生了很大的变化。种族问题成为美国文学的关键词，一系列问题相继提出。

二、少数族裔的多数化

“族裔”这个英语词汇 ethnic 在 14 世纪到 18 世纪的基督教文本中经常出现，意思是异教徒（heathen）。直到 19 世纪，该词才开始具有种族和民族的含义，然而在英语语言中，该词仍然残留着异教徒的含义。其世俗化的意义通常指“他者”“不标准的人”或“不完全是美国人的人”[13]，现在多用来指少数族裔。美国是个移民国家，其历史上有过两次移民高潮。第一次是在 1820 到 1860 年间。在这次移民中大约有350万的人移入美国，大多数是欧洲西北部国家的人，包括英国、爱尔兰和德国，这些人主要在乡村定居，修建铁路（同华工一起）、修建矿山、提供国内劳力和开拓中西部地区的田产；第二次是1870到1913年间，在这次移民中，大约有2500万人移入美国，包括英国和德国人的后裔、斯堪的纳维亚和波西米亚的自耕农、俄罗斯和波兰的犹太人、奥地利和罗马尼亚的犹太人、信奉天主教的波兰人、意大利的南方人、斯洛伐克人、塞尔维亚人和克罗地亚人。另外，还有2.3万日本移民和8.5万华人移民，西班牙裔墨西哥人、法裔加拿大人和法国克利奥尔人的后裔，等等。在移民时期，美国的移民多到“每一个工人都是外国人”[14]。移民中有白人、黑人和黄种人，其中黑人的移民规模曾经相当大。在19世纪的前半叶，来到美国的非洲人甚至多于欧洲人。从16世纪中期到1837年期间，到达美国的非洲人每年锐增。直到19世纪80年开始的第二次大规模移民，欧洲移民的人数才开始赶上和超过非洲移民人数的总数。从移民这个角度来说，在19世纪以前，美国是非洲的延伸，而不是欧洲的延伸[15]。到第一次世界大战爆发的时候，用沃纳·索勒斯的话讲，美国已经从一个“英国统治的，由三个民族组成的国家”一跃变成“一个现代的、多民族的国家”[16]。

因此，可以说所有的美国人都是族裔的。据《哈佛百科全书》的定义，族裔群体的特点主要有：起源、迁移、到达、定居、经济生活、社会结构、社会组织、家庭和亲戚关系，以及个人的族裔承诺。以此来衡量，历史上的白人盎格鲁－萨克逊新教徒群体与其他少数族裔并无分别，应属众多“他者”之中的“他者”之一。但是白种的盎格鲁－撒克逊新教徒美国人一来到新大陆就成了“美国人”，一直没有被认为是族裔的（ethnic），而他们把其他族裔都视为族裔的、“他者”。黑人从未踏上新大陆之前，就是种族主义压迫的牺牲品。华人移民经历了从19世纪末到20世纪长达半个世纪的臭名昭著的“排华”运动。几百年来的来自世界各个角落的不同的族裔移民美国，使得美国成为一个多种族、多族裔的国家。几乎所有的移民都经历了“移出故国、移入美国、成为美国人”的移民经历三部曲。民族归属和文化认同是关系每一个美国人的重要问题。在美国，由于多民族的语境，即便在20世纪80年代多元文化运动之前，各种文学实际上在共生中互相影响。族裔文化更是受到西方主流文化的影响。由于他者不可能不受到西方强势文化的影响，少数族裔的任何试图保持纯粹“根”文化的努力都成为不可能。而不同文化之间的影响，本身就意味着差异的融合，意味着新的、复数的、杂糅的文化之产生。

美国的人口结构正在发生着巨大的变化。1990年4月9日《时代周刊》刊登的一篇文章声称：“今天出生的人到了2056年就66岁了。到了那个时候，在人口普查统计中所谓的‘一般’美国人，需要到非洲、亚洲、西班牙、太平洋群岛、阿拉伯半岛——几乎是除了白种人欧洲以外的全世界——去寻根。”[17]新教白人美国人在美国的个别州已经成为少数民族。“美国少数民族的多数化”（the majorification of America's minority）一词已经被创造出来，用以描述这种现实。美国的少数族裔很快就会成为多数的。“他们一定会多数化，美国社会已经把他们变成了美国人。”[18]一个少数族裔多数化的美国正在形成。这将对美国生活的方方面面产生巨大的影响，其中包括美国文学。

三、主流文学的族裔化

种族问题是美国文学永恒的主题。由于美国的殖民历史，美国文学历来格外注重国家的文化认同。19世纪上半叶，文学界就文学创作的语言发生过讨论。把美国的历史分为殖民地时期和后殖民时期的划分，就直接涉及创作语言和文化表征的问题。如果说语言创造了意识，那么“表达方式”就创造了反抗的形式；没有在这两个领域中的创新就没有真正的美国声音[19]。甚至对于文学创作语言是方言英语还是美语这样的议题，都被认为事关国家认同的建构问题。因此，美国早期的文学批评十分重视民族文学，而这一批评现象又吸引和引导了许多作家。可以说早期的批评家建立了把美国文学作品当作文化批评的传统[20]。文学传递文化的声音，这一传统在美国流传至今。

美国有关种族问题的文学发展远远早于20世纪60年代的各种政治运动。威廉姆·德福雷斯特早在1868年对“伟大的美国小说”进行研究时就指出，哈丽雅特·比彻·斯托的《汤姆叔叔的小屋》是有“民族广度”的、把不同宗教、种族和阶级相提并论的小说[21]。乔治·华盛顿·凯布尔的《格兰迪希姆的一家》（*The Grandissimes*，1880）是一部直接探讨国家身份以及种族身份问题的文学作品。马克·吐温的《哈克贝利·费恩历险记》中哈克和吉姆在密西西比河上同舟共游的意象，在今天看来具有深刻的民族内涵。著名批评家卡尔·范在1922年评论说，亚伯拉罕·加纳出版于1917年的《大卫·莱温斯基的发迹》是“移民小说中最重要的一部小说”，艾伯特·哈尔博于1932年称该小说为“美国犹太作家作品中第一个也是唯一的一部伟大的作品”[22]。第二次世界大战是美国种族文学的分水岭。来自欧洲西北部国家的曾经一度被认为是唯一正宗的美国人，而欧洲南部和东部的移民则是“他者”。第二次世界大战之后，为了体现民主精神，美国提倡由新教－天主教－犹太人为主的“大熔炉”文化组合。犹太文学随即步入主流。索尔·贝娄于1953年获国家图书奖，1976年获诺贝尔文学奖。二战以后，黑人文学崛起。事实上20世纪初以来，黑人作家就不断涌现。享有“哈莱姆桂冠诗人”称号的兰斯顿·休士、黑人小说的先驱作家理查德·赖特、被视为黑人小说典范的《隐形人》的作家拉尔夫·埃利森，还有詹姆斯·鲍德温，这些作家的作品都成为美国文学的经典之作。黑人文学早就公开渗入美国主流文学。舍伍德·安德森从中西部盎格鲁美国人的角度评论小说《黑女儿》时指出：一种“棕色人”的意识正在越来越多地进入美国人的生活[23]。除了非洲裔美国作家的个人写作，非洲裔美国作家和艺术家发动的“黑人复兴运动”更是成为美国文学史上不可忽视的重要组成部分。非洲裔美国文学早已于不知不觉中融入美国主流文学，其中一些特征已经融合成为美国文学的传统。

W. E.杜波依斯早在1903年就指出，20世纪面临的问题是肤色分界线的问题，认为“世界历史是群体的历史，而不是个人的历史，不是国家的历史，而是种族的历史。那些忽视人类历史中种族观念的人们忽视了所有历史中的中心思想”[24]。可以说，后殖民理论包含的各种经验的讨论：移民、奴隶制、压制、抵抗、表征、区分、种族、性别、阶级等内容，从种族主题小说的出现开始，就以不同于后殖民理论的话语和视角在美国文学中被表达着。这是因为，美国文学从诞生之日起，就以反映美国生活为主旨。而作为美国生活中重要成分的种族问题，势必反映在文学作品中。

非洲裔美国黑人是美国最大的移民群体之一。他们在美国的经历以及反抗种族压迫的言说，不但开创了少数族裔文学的先河，而且影响了美国文学的整体发展。沃尔特·费希尔指出：美国梦的神话包括“两个梦想，确切地说是两个神话，我们在某种程度上分享着这些神话，这些神话成为一个整体，作为一种文化，表现出美国文化的特色”。他所说的两个梦想就是物质上的成功与精神上的价值观[25]。凯瑟琳·休谟将美国梦概括为三种愿望：平等、自由、富有[26]。虽然非洲裔美国人是被贩卖为奴而到美国，然而，像其他所有寄希望于改善生活而去美国的移民一样，黑人到美国以后也受到美国梦的激励。这表现在两个方面。首先，在研究1915到1919年间黑人移民时，契连科夫等人发现，非洲裔美国人对美国梦的信念比白人还要坚贞不渝。黑人对精神上的追求要胜过对物质的追求。对他们来说，自由和平等最为重要。正是这种执着的信念，使得黑人为争取自由和平等而艰苦卓绝地奋斗着，文学是其奋斗的媒介之一，用文学的形式，言说着“不可言说”之事。从理查德·赖特、拉尔夫·艾里逊到爱丽丝·沃克、托尼·莫利森；从黑人复兴运动到后现代文学，黑人文学讲述着黑人遭受的种族压迫，呼吁着种族歧视的结束和平等的到来。黑人作家在文学领域是最早发出声音的少数族裔群体之一。黑人作家以言说黑人独特种族经历的方式，打破了白人男性作家数百年来在美国文学领域一统天下的局面。第二，黑人作家所聚焦的关于异化、身份、自主和阶级等等主题，改变着美国的主流文学。现实生活中平等地位的缺失是美国梦的破灭。尽管美国梦是美国文化的一部分，但是不乏书写美国梦破灭的美国作家。移民经历中遭遇的种族压迫，自我的异化，低下的社会地位，这些都是族裔文学的主题。美国梦中的自由、平等的精神，激励着黑人用文学的形式表达自己在追寻美国梦中的痛苦和经历。20世纪60年代以后，种族、阶级、性别、身份又都成为了美国文学的重要主题。在某种意义上，黑人文学甚至起到过引领的作用。

除了非洲裔美国作家，其他少数族裔作家也对美国文学的发展起到过重要的作用。1964年以后出现了华裔作家群，揭开了美国文学史上的新篇章，有色人种移民文学产生了积极的社会效应[27]，美国现代语言学会即将出版的《汤亭亭〈女勇士〉教学指南》，意味着他们将汤亭亭与肖邦、乔叟、但丁、莎士比亚等文学巨匠相提并论[28]。托尼·莫利森、阿图罗·阿斯拉、汤亭亭三人被认为掀起了后现代魔幻现实主义小说的第四次浪潮[29]。早在1949年，卡尔庞捷就认识到少数族裔对美国主流文学的影响，他提出一个意味深长的问题：美国从非洲人，印地安人和混血儿那里学到什么传统？作为文体、意识形态和观点，它将起什么样的作用？[30]不可否认，少数族裔文学在用文学建构自己身份的同时，影响并发展了美国文学和文化。

四、多元文化与去族裔化：美国文学的发展趋势

发现新大陆本身就是美国离散文化的开始。每一个移民群体都是这个意义上的少数族裔，包括白人盎格鲁－萨克逊新教徒群体。多族裔的人口结构构成了多元文化的美国文化结构，体现出后殖民文化不可避免的杂糅特点。随着时代的发展进步，少数族裔和主流的概念也应该随之发生变化。他者和主流在不断地自我重建，对他们身份的阐释也应不断变更。文化的多样和杂糅的特质，导致美国文学的多样和杂糅的特质。“多元文化”并不是对某种美国作品的描述，而是对美国文学整体的定义。这个整体包括所有的部分。美国文化也不是某种传统，而是所有的传统[31]。在文学中，人们认识到，外部身份认同的不同背景和身份的多种标识，不仅仅是明显的，更是切实可行的。种族遗产、地区关系、种族背景、阶级地位、政治倾向、性别身份和性倾向越来越频繁地出现在作家的作品中，作家们自由地在自己与社会之

间寻找新的、现代的身份认同。

一切社会和文化都处于变化和适应之中，这是一个事实，不是理论[32]。生活在多元文化的社会中，不同种族、阶级和性别的背景使少数族裔在作品中的身份认同变化多端，十分复杂。有评论家对华裔作家的描述颇能说明问题：同样，美国华裔作家在他们的作品中说“ben-”（变——笔者注），改变历史的惯例、自传文献、神话和文学规则。很难判断美国华裔作家写的历史是真还是假，很难判断他们写的自传是真实的还是虚构的，很难判断他们表现的神话是中国的还是美国的，很难决定美国华裔是中国人还是美国人，或者既不是中国人也不是美国人。他们被赋予了说“ben-”的魔力，因此他们有能力在不同的历史、社会、文化和文学背景中改变他们的身份[33]。这个描述适用于所有少数族裔作家。种族身份是一个复杂而难以捉摸的现象。“根”文化的不在场，使少数族裔作家的“根”文化在很大程度上建立在想象的重构中。在重构中，作者的内化性审查（internal censorship）相当复杂。写什么、怎样写都很不确定。其结果是作者的“根”文化成为非此非彼的第三种文化。而第三种文化表征的是“美国”的声音，并不是“根”的族裔声音。因此说，族裔小说中的族裔符码是流动的、不稳定的。多族裔之间文化的互相影响，形成了美国文化的活力。文化的流动性是美国文化的特质，也是美国人身份的特质。离散文化研究并不只是关系到少数族裔，“新大陆”本身就是离散的开始，离散身份问题关系到什么是美国人的大问题。

随着少数族裔作家的作品入选各种美国文学文选，特别是权威的文选，一些少数族裔文学被经典化，而通常的认识是经典的就是主流的。从20世纪上半叶至今，少数族裔作家获普利策奖、国家图书奖等大奖的不在少数。如何看待少数族裔文学的经典化和主流文学的族裔特质等问题，直接关系到对美国文学发展趋势的整体考量。族裔文学与非族裔文学有哪些不同？美国主流文学中有哪些属于族裔文学？族裔文学在多大程度上能从主流文学中剥离出来？美国著名评论家沃纳·索勒斯指出：“整体的美国文学可以被读作是祖先的足迹，或当今的解密文字。”亨特纳·戈登将族裔文学比作“族裔符号和族裔话语的踪迹像毛细血管一样，无处不在，与主流文学不可分割。任何试图把美好文学从种族文学中分离出来的努力，只能导致美国文学的灭亡”[34]。如果将经典文学中的非族裔文学划分为主流文学，那么主流文学就由两种组成：族裔文学和非族裔文学。然而，美国在 20 世纪下半叶的文学史证明，纯族裔的文学越来越不可能。事实上族裔文学和主流文学一直在互相影响。这些影响显著地反映在近三四十年的美国文学中。无论把这种现象称作“主流文学的族裔化”，还是“族裔文学的经典化”，不可否认的是，两者的区别正在模糊。事实上，少数族裔作家对于将自己定位于族裔作家的做法并不接受。这种“去族裔”的创作取向和对自己身份的定位取向，在族裔作家中普遍存在。另一方面，多族裔和多文化的杂糅与融合已经形成美国文学的特色。鲁宾一多尔斯基在质疑“早期美国小说”之说时谈到：缺少对少数民族和族裔的表征的“早期美国小说”，还能是美国的吗？没有各民族的自由结合和一个能展现他们真诚的不同观点的论坛，就没有美国：没有表达无数不同经历的声音的汇合，就没有美国。美国小说应该是多元文化的，而这只是在最近才刚刚产生[35]。希尔顿·奥本辛格描述自己语言的一段文字，也许能最好地诠释当今美国文学的现状：“我用父母亲的波兰语和意第绪语，加上一些希伯来语和阿拉伯语，还有我夫人的菲律宾语写作，这些语言总是在我的耳边响起，这些不同的语言在我这张美国人的嘴中被咀嚼并凝结在一起。”[36]美国文学的跨文化特点日益明显。族裔文学已经深入主流文学而成为美国主流文学的一种特质。随着族裔文学的经典化和主流文学的种族化，美国文学将包容不同的声音，不同的文化和不同的族裔文学，将越来越包容多样性、混杂性和差异性。正如有学者指出的：20 世纪的最后 10 年证明，“美国文学已经不再仅仅是一个主流，美国文学是一个大海”[37]。美国文学的定义随着时间的变化而发展变化。未来的美国文学将会是什么样的？也许亨特纳·戈登的判断会给我们一些启示：“可以肯定，未来的美国文学作品将会放弃现在作家的作品中任何所谓‘美国的’范式。”[38]

（2006 年）

注释：

1 Jeffrey Rubin-Dorsky, "The Early American Novel", *The Columbia History of the American Novel*, Emory Elliott(ed), Foreign Language Teaching and Research Press, Columbia University Press, 1991, p.6.

2 Gundars Strads, etc., "Introduction: Redefining the Mainstream", *The Before Columbus Foundation Fiction Anthology: selections from the American Award, 1980-1990*, Ishmael Reed(ed) etc., New York & London: W. W. Norton & Company, 1992, p.xiii.

3 Gundars Strads, etc., "Introduction: Redefining the Mainstream", *The Before Columbus Foundation Fiction Anthology: selections from the American Award, 1980-1990*, Ishmael Reed(ed), etc., New York: London: W. W. Norton & Company, 1992, p.xiii.

4 Gordon Hutner, *American Literature, American Culture*, New York: Oxford University Press, 1999, p.444.

5 Gordon Hutner, *American Literature, American Culture*, New York: Oxford University Press, 1999, p.1.

6 Jeffrey Rubin-Dorsky, "The Early American Novel", *The Columbia History of the American Novel*, Emory Elliott(ed), Foreign Language Teaching and Research Press, Columbia University Press, 1991, p.7.

7 Jeffrey Rubin-Dorsky, "The Early American Novel", *The Columbia History of the American Novel*, Emory Elliott(ed), Foreign Language Teaching and Research Press, Columbia University Press, 1991, p.6.

8 Jeffrey Rubin-Dorsky, "The Early American Novel", *The Columbia History of the American Novel*, Emory Elliott(ed), Foreign Language Teaching and Research Press, Columbia University Press, 1991, p.7.

9 Jeffrey Rubin-Dorsky, "The Early American Novel", *The Columbia History of the American Novel*, Emory Elliott(ed), Foreign Language Teaching and Research Press, Columbia University Press, 1991, pp.12-13.

10 Jeffrey Rubin-Dorsky, "The Early American Novel", *The Columbia History of the American Novel*, Emory Elliott(ed), Foreign Language Teaching and Research

Press, Columbia University Press, 1991, p.11.

11 Gordon Hutner, *American Literature, American Culture*, New York: Oxford University Press, 1999, p.345.

12 Gordon Hutner, *American Literature, American Culture*, New York: Oxford University Press, 1999, p.1.

13 Bill Ashcroft, *The Post-colonial Studies Reader*, London: Routledge, 2002, p.220.

14 Ferraro J. Thomas, "Ethnicity and the Marketplace", *The Columbia History of the American Novel*, Emory Elliott(ed), Foreign Language Teaching and Research Press, Columbia University Press, 1991, p.384.

15 Lora Romero, "Romance and Race", *The Columbia History of the American Novel*, Emory Elliott(ed), Foreign Language Teaching and Research Press, Columbia University Press, 1991, p.92.

16 Ferraro J. Thomas, "Ethnicity and the Marketplace", *The Columbia History of the American Novel*, Emory Elliott(ed), Foreign Language Teaching and Research Press, Columbia University Press, 1991, p.381.

17 Gundars Strads, etc., "Introduction: Redefining the Mainstream", *The Before Columbus Foundation Fiction Anthology: selections from the American Award, 1980-1990*, Ishmael Reed(ed), etc., New York: London: W. W. Norton & Company, 1992, p.xii.

18 Gundars Strads, etc., "Introduction: Redefining the Mainstream", *The Before Columbus Foundation Fiction Anthology: selections from the American Award, 1980-1990*, Ishmael Reed(ed), etc., New York: London: W.W. Norton & Company, 1992, p.xii.

19 Jeffrey Rubin-Dorsky, "The Early American Novel", *The Columbia History of the American Novel*, Emory Elliott(ed), Foreign Language Teaching and Research Press, Columbia University Press, 1991, p.11.

20 Gordon Hutner, *American Literature, American Culture*, New York: Oxford University Press, 1999, p.1.

21 Amy Kaplan, "Nation, Region, and Empire", *The Columbia History of the*

American Novel, Emory Elliott(ed), Foreign Language Teaching and Research Press, Columbia University Press, 1991, p.241.

22 Amy Kaplan, "Nation, Region, and Empire", *The Columbia History of the American Novel*, Emory Elliott(ed), Foreign Language Teaching and Research Press, Columbia University Press, 1991, p.241.

23 Ferraro J. Thomas, "Ethnicity and the Marketplace", *The Columbia History of the American Novel*, Emory Elliott(ed), Foreign Language Teaching and Research Press, Columbia University Press, 1991, p.410.

24 Ferraro J. Thomas, "Ethnicity and the Marketplace", *The Columbia History of the American Novel*, Emory Elliott(ed), Foreign Language Teaching and Research Press, Columbia University Press, 1991, p.413.

25 Tsui-fen Jiang, "Imagining the Fantasy or Living the Nightmare?", *KUI Xing*: *The Journal of Asian/Diasporic and Aboriginal Literature Current Issue,* Vol.1, No.2, Autumn 2005, p.2.

26 Tsui-fen Jiang, "Imagining the Fantasy or Living the Nightmare?", *KUI Xing*: *The Journal of Asian/Diasporic and Aboriginal Literature Current Issue,* Vol.1 , No.2, Autumn 2005, p.3.

27 Ferraro J. Thomas, "Ethnicity and the Marketplace", *The Columbia History of the American Novel*, Emory Elliott(ed), Foreign Language Teaching and Research Press, Columbia University Press, 1991, p.406.

28 Amy Ling, "'Emerging Canons' of Asian Americans: Comparative and Global Perspective," *Beginning Ethnic American Literature*, Shirley Hume(ed), etc., Pullman & Washington: Washington State University Press, 1991, p.192.

29 Jose David Saldivar, "Postmodern Realism", *The Columbia History of the American Novel*, Emory Elliott(ed), Foreign Language Teaching and Research Press, Columbia University Press, 1991, p.522.

30 Jose David Saldivar, "Postmodern Realism", *The Columbia History of the American Novel*, Emory Elliott(ed), Foreign Language Teaching and Research Press, Columbia University Press, 1991, p.524.

31 Gundars Strads, etc., "Introduction: Redefining the Mainstream", *The Before*

Columbus Foundation Fiction Anthology: selections from the American Award, 1980-1990, Ishmael Reed(ed), etc., New York: London: W. W. Norton & Company, 1992, p.xiii.

32 Bill Ashcroft, *The Post-colonial Studies Reader*, London: Routledge, 2002, p.228.

33 Joan Chiung-huei Chang, "Transforming Chinese American Literature —A Study of History Sexuality, and Ethnicity", *Modern American literature*: *New Approaches*, General Editor: Yoshinobu Hakutani, Vol.20, New York: Peter Lang, p.181.

34 Hutner Gordon, *American Literature, American Culture*, New York: Oxford University Press, 1999, p.453.

35 Jeffrey Rubin-Dorsky, "The Early American Novel", *The Columbia History of the American Novel*, Emory Elliott(ed), Foreign Language Teaching and Research Press, Columbia University Press, 1991, p.9.

36 Gundars Strads, etc., "Introduction: Redefining the Mainstream", *The Before Columbus Foundation Fiction Anthology: selections from the American Award, 1980-1990*, Ishmael Reed(ed), etc., New York: London: W. W. Norton & Company, 1992, p.xiv.

37 Gundars Strads, etc., "Introduction: Redefining the Mainstream", *The Before Columbus Foundation Fiction Anthology: selections from the American Award, 1980-1990*, Ishmael Reed(ed), etc., New York: London: W. W. Norton & Company, 1992, p.xxvii.

38 Hutner Gordon, *American Literature, American Culture*, New York: Oxford University Press, 1999, p.347.

关于美国文学研究的国际化趋势

摘要：跨国（Trans-national）这个词汇在美国亚裔研究中并不是一个新词汇。然而，这个词在不同时期的亚裔批评中的含义却因时间和背景的不同而不同，随之涉及的研究视角和批评方法也不同。本论文从跨国（Trans-national）批评方法的起源开始，探讨这一批评的不同视角，以及可能的不同研究方法和意义，揭示了从跨国（Trans-national）的视角研究少数族裔文学的必要性，及其给亚裔文学批评提供的新视角和研究内容。

关键词：Trans-national 亚裔研究 跨国研究 跨民族研究

近年来从跨国（Trans-national）的角度研究美国文学引起美国学者以及国际学者的注意。2006年，耶鲁大学迪莫克（Wai-chee Dimock）的《穿越其他大陆：超越深度时间的美国文学》对美国与世界的关系进行了研究，揭示从爱默生、梭罗到现在，美国文学中的记忆与地理含义密不可分，并显示美国文学善于接受其他文学，且易于受到影响[1]。1987年，非裔英国批评家保罗·吉尔洛伊的《黑色大西洋》追溯了从非洲大西洋世界到托尼·莫里森的《宠儿》中的文化与文学史以及对奴隶制的记忆，产生了较大影响。美国亚马逊网上热销的具有国际声誉的尼日利亚学者阿比奥拉·伊莱尔于2001年出版的《非洲的想象：非洲文学以及黑人离散》，检视了非洲学者与西方学者间的关系，被认为是过去三四十年中对非洲文学与现代文化之关联的学术思考中最有分量的论著之一。美国文学的非盎格鲁元素越来越多地被揭示，美国文学的文化特质得以进一步重新思考。

跨国研究的课题反映了当代美国文学中的社会文化思潮，和21世纪以来的美国文学现状和发展趋势。此趋势有其社会和历史的影响，原因在于美国人从根源上讲都是族裔的。劳伦斯·布尔指出："美国文学现在不是，过去也从来没有完全局限在美利坚合众国的疆界之内。”无论是来自德国、斯堪的纳维亚国家、捷克斯洛伐克和波兰的白人移民，还是有色人种移民，他们的文化传统都在影响其他文化。从跨国界的视角研究少数族裔文学，即是从非盎格鲁传统的角度研究美国文学传统。

对族裔文学的关注和研究，也改变了美国文学的研究版图。美国的少数族裔文学研究主要始于20世纪70年代。哈佛大学劳伦斯·布尔教授指出：“‘美国文学’实际上指处在主导地位的亚文化的文学，欧裔美国白人，尤其是指盎格鲁美国人——特别是指从爱默生、霍桑到T. S. 艾略特和威廉·福克纳这些少数真正‘伟大’的盎格鲁美国作家。1970年前，重要的美国文学研究专家几乎既不关注少数族裔写作，也不关心非欧洲影响……而今天美国的文学选读面目一新，仅哈佛的本科生中，具有亚洲、黑人以及拉丁美洲背景的学生就有40%以上。[2]世纪之交的十几年，大批的少数族裔作品通过获奖、进入文学选读等多种渠道被公认为重要作家，族裔文学批评成为一个快速发展的研究领域。今天的美国，已经不能想象没有少数族裔文学的美国文学。

从社会学的角度看，2008年非洲裔美国人贝拉克·奥巴马入主白宫，标注着美国社会的族裔布局已经发生变化，并将发生更多的变化。白色不再是美国文学的主色。反映少数族裔文学在美国文学版图中的地位以及美国文学的发展趋势是一个必要的研究课题。

从文学研究的角度看，离散文学及其研究也导致了范式的改变。在后现代观念框架中，边界的和非中心的是关键的[3]。在今天的美国，离散群体已经具有学术研究的中心地位，应该有全面展示族裔文学影响的研究成果。研究显示，世界范围的文本流通和跨文化影响是当前美国文学研究的新走向。大西洋世界、美洲半球以及太平洋地区这三大区域在文学、文化流动和文化交互作用的研究，呈现显著的增生扩散趋势。特别是对黑人的跨大西洋研究和拉丁美洲及西班牙裔美国文学，是美国文学研究领域的热点。美国人的族裔特点如此之突出，以至于有美国学者说：“如果所有的社群都来把自己素描一番，就会发现他们都是族裔群体。”[4]既然主流的群体其实和支流一样都是族裔的，就给重新审视美国文学提供了一个新的视角。

从跨国（Trans-national）的角度研究美国文学，超越了以往对美国文学以及领土界限的传统理解。探讨跨国的族裔文学对美国文学的影响，对于认识美国文学的多元文化特质有积极意义。美国文学研究一向关注白人作家对少数族裔作家的影响，比如福克纳或马克·吐温对非洲裔美国作家的影响，而很少关心他们是否受到奴隶叙事或黑人文化实践的影响。与其相反，跨国研究对离散族裔对以白人作家为主的美国文学的影响，对于重新定义美国文学有拓展作用。索尔·贝娄和托尼·莫里森分别于1976年和1993年获得诺贝尔文学奖，标志着少数族裔文学正典化的开始。随后而来的少数族裔文学与主流文学的整合方式，就成为非常值得研究的课题。

亚裔美国文学批评中出现的“跨民族”研究一词，是英语词汇Trans-nationalism。该词是美国作家伦道夫·伯恩于20世纪初在描述不同文化间的新型关系时创造的一个概念，它既是一种社会现象，也成为一个学术研究领域（伦道夫·伯恩）。Trans-national 研究中的一种就是从国际视角审视美国。目前该词多见的中文翻译有:“跨民族的”和“跨国的”。跨国亚美文学研究正是基于这样两种“Trans- national”:跨民族亚裔美国文学，和亚裔学者对亚裔文学的跨国研究。为了不产生歧义，在指涉作为美国人的亚裔群体时，可以取用“跨民族的”，而在指涉跨国研究时，则可取用“跨国的”。

2006年，华裔学者兼作家林玉岭（Shirley Geok-lin Lim）在《跨民族的亚裔美国文学：场域与穿越》（*Transnational Asian American Literature: Sites and Transits*）一书中，论述了亚裔文学的离散和跨民族特性，强调全球化的思维方式在作为美国族裔文学分支的亚裔文学中的重要性。她指出，跨民族研究是对全球化的呼应，强调全球流动的多层性和交互性，而不只是从发达国家到不发达国家的单一向度的研究框架，已成为批评的前沿。“跨民族的”美国人不同于敏茨所提的“多元文化的”美国人，而是更接近于伦道夫·伯恩在1916年提出的美国是跨民族国家的观点。跨民族美国人的主题在大量亚裔作品中出现并得到认可。这是对之前民族主义范例的否定。

美国的亚裔文学跨民族批评始于20世纪的最后几年，21世纪后特别是近几年趋于明显。亚裔文学是“跨民族的”美国文学，而不是“移民的”或是“族裔的”美国文学，这成为亚裔文学研究的重要转向，涉及对相关重要概念的重新认识，也开启了亚裔文学研究的新领域。

随着亚太地区在世界经济中的主导地位日益上升，亚裔作家不可避免地要书写全球化过程中亚太地区社会、政治、经济的各种变化。跨国研究不仅是学术层面的必要补充，也有现实意义。美国有华裔约几百万人，散居世界各地的海外华人逾两千万。亚裔文学跨国研究，有助于了解21世纪华人在海外的文学和文化发展路径，有一定的理论和实践意义。

至于研究方法，从跨国（Trans-national）的角度研究美国文学方法可以有多种。可以离散写作作为立论角度。“离散”一词在后殖民和全球化的语境中标志着一种在跨民族、跨文化关联中考查民族、族裔、身份等问题的理论向度。在文学和文化研究中它包括文化的跨民族性、文化翻译、文化迁徙、文化混合等内涵。如若取用“离散”概念，则意在把握亚裔作家对祖籍国文化和历史采取的跨民族视角。

从“跨”的角度研究，一则可以对亚裔作家跨民族叙事进行比较研究，也可以从中国学者角度对亚裔区别于盎格鲁美国文学和其他族裔文学的原因从文化谱系上进行追溯研究。另外，也可综合文本细读、互文性研究和比较文学研究；用影响研究的方法研究亚洲文学与亚裔文学之间有事实联系的文学现象；通过历史、文学、文化兼通的跨学科视野，从亚裔文学影响的放送、接受、传播三个方面考察直接和间接影响；除了考证美国的媒介评论，重点研究亚裔作家对亚洲文学的创造性重塑方式。

需要说明的是，此种跨国研究，不同于一般的美国文学研究。亚裔作家采用祖籍国民族历史素材的国际化的角度、多民族主义和先美国结构（pre-US formation）的内容，构成亚裔文学独特的印记，形成其固有的文学策略和文学传统。这种传统属于“跨民族的美国”，而非“族裔的美国”的范畴，这是重要的区别。另外，由于亚裔作家的双重前景和背景，形成了他们双重意识的策略、双重编码的策略和变戏法的策略。这些策略和编码也是重要的研究内容。中国要建立文化强国，中国文化在海外的传播方式和在其他国家的影响和接受是必要的研究课题。跨民族写作中包括中国在内的亚洲文学在美国的影响和接受当然也是研究重点。

离散群体的复杂性，使得学界至今对离散的定义和如何使用此术语未能达成一致。全球化的进展更是加剧其难度。离散一词已经失去其本来的含义，成为一个开放性术语。这也使得此类研究的一些新的观察，无法用现有的离散理论准确描述。

身份认同是亚裔文学研究的一个重要主题。跨民族的亚裔文化身份看似回到约一百年前伦道夫·伯恩提出的跨民族身份，事实上此跨民族非彼跨民族。此类研究涉及对美国族裔文学中一些重要问题的研究，和对一些相关概念的重新审视。研究全球化语境中的跨民族亚裔美国文学，将使亚裔文学批评获得更为广阔的文化审美视野。美国文学跨国研究更多地注意美国在其他国家的影响和接受，比如在非洲；而亚裔学者则更重在发掘包括中国在内的亚洲文学在美国的影响和接受，这对于重新认识美国文学与亚洲文学的关系有积极意义。

全球化的背景为种族问题的研究提供了新的视角，此类研究中的离散概念突破了传统的与离乡背井紧密相连的悲凉与无奈的情感体验，具有高度信息化和科技化的全球化过程中离散群体的新视角，因此对离散文化的概念有一定更新，一定程度上可以丰富离散文化研究。

用跨民族研究的视角研究亚裔的文化身份，以前的异质性转变为跨民族性，杂糅性改为流动性，亚裔的跨民族主体意识和文化得以凸显，从而刷新了亚裔文学的身份。跨民族亚裔文学体现了全球化背景下亚裔群体文化身份认同的新转向，将引起对一系列相关问题的重新审视和定义，也涉及对一系列新命题的研究，内容新、角度新，给亚裔文学研究带来新的研究视角和内容。

（2012 年）

注释：

1. 劳伦斯·布尔：《（跨国界）美国文学研究的新走势》，王玉括译，《当代外国文学》，2009 年第 1 期，第 28 页.

2. 劳伦斯·布尔：《(跨国界）美国文学研究的新走势》，王玉括译，《当代外国文学》，2009 年第 1 期，第 23 页.

3. Sudesh Mishra, "Diaspora Criticism", *Introducing Criticism at the 21st Century*, Julian Wolfreys (ed), Edinburgh: Edinburgh University Press, 2000, p.34.

4. Ishmeal Reed (ed), *The Before Columbus Foundation Fiction Anthology, selections from the American Book Award, 1980-1990*, New York & London: W.W. Norton & Company, 1992, p. xvi.

媒介转换中的美国文学出版

摘要：随着电子技术及新科技的快速发展，网络出版、网络书店、电子书等一系列数字化出版方式正在迅速普及。全球出版界已经进入由传统出版向新兴出版转型的变革时期。美国文学的出版将何去何从？本文通过梳理媒介的发展历史和美国出版业的现状，以及媒介在电子时代的出版界中所起的作用，研究媒介转换中美国文学出版的前景，探讨美国文学出版在新形势下的发展趋势。

关键词：媒介转换 美国文学 出版

媒介（media）是19世纪中期出现的概念，又称媒体，原意为工具、中介、手段。美国著名传播学学者威尔伯·施拉姆认为“媒介就是插入传播过程之中，用以扩大并延伸信息的工具”[1]。其中与文学传播密切相关的称为文学媒介，文学媒介作为文学作品的载体，是文学传达的意义得以实现的物质形态和渠道，是文学思想的外在物质传输载体和文学作品产生社会功用的重要手段，关系着文学作品传播的具体实现。因此，文学媒介的变化和发展必然会反馈到文学作品生成过程之中，从而引起文学传达的形式和内容的转变。

一、媒介及文学媒介

媒介的发展大致可以划分为三个主要阶段：口语媒介、书写媒介及电子媒介。口语媒介是人类最早期的文学创作与传播媒介，它以口头语言为物质媒介。信息的传达以人体自身器官为基础，建立在自然听觉基础之上。生理器官的局限使文学仅以口头形式存在，形成了以说书为典型的口头文学创作。今日的评书播讲、广播小说等均可看作是该类文学的传承和发扬。随着文字符号的出现，语言文字成为文学创作的主要表达手段。刻在竹简、帛等上的手抄文学开始出现，文学得到了迅速发展，书面文学一跃成为主流。然而，真正让人类进入大众传媒时代的还是油墨印刷的纸印读物（纸媒介）的出现。纸印读物的出现让书籍、画册、杂志、报刊等图书形式成为20世纪大众所熟悉和不可或缺的学习和消遣工具。与之相应的纸质印刷出版业迅速盛行。随着科技的发展，电子媒介产生，它是以各种电子设备为物理基础，以光学、电学、声学为原理，以通讯传输、计算机及卫星发射接收系统等为支撑的信息传播媒介。电子媒介经历了从最初的计算机电子排版到软磁盘与光盘制作，再发展到今天的网络出版与电子书生产，它的产生给文学创作造成了前所未有的冲击。尤其是自20世纪90年代中期开始，视频数字化技术的进一步开发使得数字信息的高密度存储成为可能，出现了融文本、视频、声频、图形图像于一体的多媒体电子出版物，各国的电子出版尤其是出版业发达国家的电子出版进入了一个日益繁荣的时期。

文学媒介的大规模转型，是我们这个时代的文学出版所面临的一个重大变化。现代科技的发展使新兴传媒已成为社会不可或缺的生存手段。现代科技的广泛运用推动了文化领域的科技革命，导致了新兴文化形态的崛起和传统文化形态的更新。从纸媒介到电子媒介，文化传播正经历着一场深刻的媒体革命。

二、媒介转化下的美国出版业现状

随着网络、电视、广播受众人数的上升，美国在未来阅读纸质图书的人数将不断减少。据统计，市场图书的销售量从2004年至2009年只增长了0.9%，2006年至2008年图书销售量甚至出现下降的现象。据美国出版商协会数据显示，2008年美国图书总销售额下滑2.6%，美国出版商协会结合旗下86家出版商的销售数据显示，2009年美国图书销售总额为239亿美元，下滑1.8%[2]。

与传统印刷形成鲜明对比的是，随着近年数字随身听、手机等数字播放设备的普及，区别于传统磁带、光盘为载体的有声电子书籍的需求却在不断增长，这种变化迅速成为欧美出版商关注的热点。美国一些大出版社与书商大举向电子出版领域进军。近几年，时代华纳、巴诺集团等纷纷购买网络出版公司，涉足电子出版业；兰多姆公司和西蒙·舒斯特等出版社也在积极寻求与微软的合作，加紧推出电子图书；亚马逊网上书店制定了一个庞大的电子出版计划，已在其网站上推出了1000多种电子图书；不少著名的大学出版社，如哈佛大学出版社、纽约大学出版社、密歇根大学出版社、哥伦比亚大学出版社等采取合作方式，以历史方面的学术书籍的电子化为首选项目，联合向电子出版市场挺进。

由一家经营管理顾问公司进行的调查表明：2004年之前，美国电子出版的年收益占出版产品总销售额的26%。2006年，美国出版商协会调查显示，美国的出版社在网站设计和有声制品方面的投资增加了8%～10%；2008年美国图书总销售额下滑2.6%，而同年经网络渠道销售的“按需出版”的图书产量首次超过了传统出版并迅速增至传统出版图书的2倍。该协会的数据还显示：美国2009年的电子书下载金额年增176.6%，已达到1.695亿美元，创下出版界历史新高，其中电子书占整体书籍的销售比重为3.31%，同样创下新高纪录。由Bowker公司公布的关于美国图书出版情况统计数据也显示，在2009年已出版的图书中有764448册书不在该公司对传统出版物的定义和分类范畴之内。这一数字比2008年增长了181%，达到2007年产量的2倍，并首次使出版总量突破3100万本[3]。2010年5月24日，美国出版商协会（AAP）宣布13家主要出版公司的电子书在今年第一季度的销售额同比增长了252%，达9100万，成为美国出版业增长最快的门类[4]。以教用书籍为例，据美国MBS教材交流二手书批发商旗下的Xplana教育机构所公布的一项报告显示，预计到2014年教用书籍数字版本的销售额将会攀升至将近20%，这个数据将为数字化教科书产业带来约10亿美元的市场商机。

报纸业也同样面临严峻的生存挑战。2009年2月，知名网站Real Clear Politics评出了随时可能倒闭的美国十大报纸，其中《洛基山新闻》已经停刊，剩下的9家“随时可能倒闭”的报纸有《纽约每日新闻》《洛杉矶时报》《圣保罗先锋报》《芝加哥太阳时报》《底特律新闻报》《旧金山纪事报》《迈阿密信使报》《费城每日新闻》和《西雅图邮讯报》。《芝加哥太阳时报》集团于2009年3月31日正式宣布破产；《西雅图邮讯报》也在同年3月17日宣布从平面媒体撤退到网络版本；10月13日彭博新闻社成功竞购《商业周刊》杂志；2010年5月5日，《华盛顿邮报》宣布，将出售旗下连年亏损的杂志《新闻周刊》。据美国发行量稽查局（ABC）2010年4月26日公布的美国主要报纸去年10月至今年3月平日日均发行量看，美国主要报纸比上年同期大幅减少8.7%。分析称，新闻网站日益普及和经济不景气导致大量企业和个人停止订阅是其主要原因。

面对危机，报刊出版商纷纷调整其经营营销策略。除《西雅图邮讯报》于2009年3月结束146年的历史，宣布从平面媒体撤退到网络版之外，美国密歇根州的《安娜堡新闻报》于2009年7月结束174年的历史，被一家全新的网络媒体公司所取代。后者将出版一份每周两期的网络报纸，以及一份每周一期的高市场覆盖率的网络刊物。2009年12月，美国5家主要杂志和报纸出版商宣布，联合开发一个行业标准平台，以更丰富、更灵活、更有利可图的方式将他们的内容带到互联网、手机和电子阅读器上。这个由时代公司、Conde Nast、Hearst Corporation、Meredith和新闻集团等机构组成的联盟雄心勃勃，希望设计出主要针对还未面世设备——先进手机和更精美电子阅读器的软件。这项未命名的项目已经被报道过，最终的产品将适用于报纸、书籍和其他媒体。许多报纸都有文学评论和书评等栏目，这些报纸的消失，必然影响到文学创作以及文学批评。

三、对美国文学出版业的预测

费用的上升和利润的降低给印刷企业带来巨大的压力，销售业的垄断式经营也不利于传统出版业的发展，与此相比，新兴出版业以全新的手段显示出其优越性。新兴出版业借助于数字、网络等各种新技术、新设备，融多种优势于一身。以网络出版为例。网络出版亦称联机出版，作为网络时代一种全新的出版方式应运而生，是一种没有物化形态的出版形式。和传统的印刷本相比，这种全新的出版方式开拓了出版资源，省去了用纸印刷、装订、储运等环节，降低了生产成本，缩短了出版发行周期，从根本上解决了传统出版业存在的资源、库存等问题；传统出版的传播符号较为单一的缺憾也不再存在了；超文本链路的发展，加强了组织信息的开放性，使读者在阅读某一段信息时可以方便地、有选择性地调出与之相关的资料，从而进一步了解背景资料等信息；网络信息动态更新的能力则可以使网络出版物的修订再版工作根据各个读者的需要在几个小时内实现，体现了全新的出版和阅读的沟通方式和修订再版方式。

除此以外，还有广告的推动作用。作为出版业重要内容之一的广告业，在很大程度上影响着出版业的发展及变迁。由于主要广告商开始转向网络媒体，为了生存，杂志和报纸出版商也纷纷开始转向新兴媒体，自己创办或收购在线业务。

种种因素共同作用使得越来越多的出版商将目光关注在新兴出版上。欧美出版高端人士也对出版业的未来走向做出了推测。据哈珀·柯林斯出版集团总裁兼首席执行官布莱恩·莫雷（Brian Murray）分析：图书出版业将在 2010 年进行调整，传统图书零售商将继续苦苦挣扎，网上图书销售将继续增长。此外，随着电子书阅读器的繁荣，电子图书销售额将迅速增长。电子书销售是目前最主要的发展趋势。根据一份最新的 In-Stat 预测报告，电子书销售预期将从 2008 年的大约 100 万部增长到 2013 年的 3000 万部[5]。2010 年 8 月，以“出版业不再有回报”为主题的美国书业研究会在纽约召开，大会弥漫着变革的气息。会议官方组织者迈克尔·史特用生动的语言描绘了整个传统出版业将面对的情景：到 2012 年底，25%的叙事类故事书籍将以电子书形式出版，它们不会再选择纸质图书。与此相应，销售此类纸质图书的书店将以极快的速度关门，更多的图书将直接通过网络出版、出售，读者也愿意通过网络书店进行购买，阅读。“传统书店已经回不来了。”迈克尔·史特预言。这个预言指涉的也许不只是故事类书籍，新媒介引发的出版格局的变革势在必行。

（2012年）

注释：

1 威尔伯·施拉姆波特：《传播学概论》，北京：新华出版社，1984年，第144页。

2 http：//www.cppinfo.com/ggfw/cbsd/2010/9679.shtml，《09 美国图书总销售额下滑1.8%》.

3 http：//www.cppinfo.com/ggfw/cbsd/2010/9976.shtml，《美国书刊印刷业报告》.

4 http：//news.sxpmg.com/ynxx/szcb/201006/25097.html，《英国数字阅读报告》.

5 http：//www.cppinfo.com/ggfw/cbsd/2010/9967.shtml，《美国传统报刊业面临新媒体严峻挑战》.

第二章：美国华裔文学

想象、记忆与身份：美国华裔文学之跨文化解读

摘要：近年来国外的族裔文学研究越来越注重跨文化和跨民族研究，这给族裔文学研究带来了新的视角，也给一些关键的问题找到了答案。本文从跨文化和跨民族的角度重新审视美国华裔群体的身份认同和归属感问题，重新发现想象和记忆与华裔文化建构和族裔身份认同之间的关系，试图从跨民族和跨文化的视角解读美国华裔文学中的中国文化表征和华裔的身份认同。文章提出，在解读华裔文学中的身份认同时，应该认识到华裔身份的多元特点，注意区分美国华裔的社会的、物质的认同和个人的、精神的认同之间的区别，看到华裔在声称自己是美国人的同时，他们心中对中国根的诉求。

关键词：想象 记忆 美国华裔文学 美国华裔文化 中国文化

在美国，华裔经常被指涉为离散者（Diasporas）或移民（Immigrants）。虽然离散者和移民都离开家园而移居他国，但是两者是有区别的。有学者指出，移民涉及的迁徙过程往往以落地生根为目的，而离散者则更注意离散过程，视漂泊为基本生存条件，同时可以凸显离散主体与母国和居住国之间的心理和政治距离。[1] 按照这个区分，美国华裔似乎兼具离散群体和移民群体的特点，因为他们虽然已经归化为美国公民，以美国为居住地，意识到与母国和居住国之间的距离，却并没有以漂泊为生存条件。那么，他们到底是离散者，还是移民？抑或两者都不是呢？从不同的角度看问题，会得出不同的结论。从美国语境的角度看，华裔是离开母国的，所以美国人称华裔为离散者；从中国语境的角度看，华裔的先辈是移居美国的，所以中国人称

华裔为海外华人，即移民；而作为华裔，为了争得与其他美国人平等的地位，他们称自己为美国华裔，或美国人。因此，视角不同，对华裔的称谓便不同，对他们的认同也有区别。离散华人的认同，与他们的物理归属有关，与他们的精神归属也有关。作为离开母国的离散华人，他们可以称之为归属地的家园在哪里？他们的居住国是不是就是他们的家园？如果不是，他们的家园在哪里？他们能不能回归家园？笔者从跨文化和跨民族的角度讨论离散群体的家园问题，探讨想象和记忆在华裔家园构建和族裔群体身份建构中的作用和意义。

一、“想象的家园”

后殖民批评家霍米·巴巴指出，离散者是离家者（unhomed），但是并非无家可归（homeless）[2]。无论在哪种文化中，“家”都是一个人的归属之所在。可以说归属感与一个实实在在的地理空间有关。因此，在许多文学作品中，归属感非常具体地意味着对家园的拥有。正因为家园关系到归属感，华裔作家普遍关注空间、地域和家园问题。著名华裔作家汤亭亭（Maxine Hong Kingston）曾经说道：“我在这本新书中所做的就是伸张在美国的权利，这一普遍张力贯穿了书中所有的人物，购买住宅就是一种方式，它说明美国才是自己的国家，而不是中国。”[3]汤亭亭似乎在说，一旦拥有住宅，华人就能从移民或离散者变成美国人，形成一次身份的转变。住宅（House）与家（home）、家园的概念是可以互换的。因为，住宅是“最强有力的心理空间的意向”[4]，家不仅是居住的空间，而且带有养育、起源、归属的意味，是一个“用墙围起来的归属地”[5]。在美国华裔文学中，与有形的、实实在在的房屋或土地建立所有关系，是一种归属感的建立。这种归属感也包括自我主体建构与身份认同。寻找家园即是寻找自我。

然而，与有形的、实实在在的房屋或土地建立所有关系，构建归属感，并不意味着华裔的家园就一定是在他们的居住地美国。这是因为华裔的归属感更多的是一种精神诉求。尽管居住在美国，但是他们的精神诉求更多地是朝向中国。我们看到，从被誉为华裔文学祖母的黄玉雪（Jade Snow Wong），到当代最有影响的华裔作家汤亭亭，华裔作家总是用书写中国文化来表现华裔的优越感，来消解被歧视的压抑感。几千年的中国文化和悠久的文明，成为华裔颠覆在美国流行的华人负面脸谱化形象的有力武器。华裔在中国文化中找到精神安慰和精神支撑。生活在"鬼"中的华裔，在中国文化中找到一个逃避种族主义歧视的避风港。虽然有美国华裔作家声称自己是美国人，讲述的是美国故事，而不是中国故事，但是他们的这种精神诉求，很容易让读者得出他们认同于中国文化的结论。

可以说中国在华裔文学中不但是一个地理位置，也是华裔心中的一个精神位置。对华裔作者来说，家园就是在那遥远的叫做中国的、给人以精神力量的地方。所以，在华裔文学中，家园所在的中国，被用各种创作手法重构，其中充满了华裔作家的想象和记忆，充满了华裔作家的理想、期待和希望。中国成为了一个神话化的家园。用帕特丽西亚·顿克的话说："总是担心记忆中的、想象的或建构的家园，有可能只是一个理想中的，没有被历史、冲突、贫穷或腐败侵蚀过的梦想。"[6]

将心中的家园神话化，这不但出现在华裔作家的作品中，而且也见诸其他少数族裔作家的作品。美国非洲裔作家、诺贝尔文学奖得主托尼·莫里森便在其作品中经常利用神话，被认为"延伸了民族神话的历史，同时赋予它民族传统的独立特征"[7]。事实上神话作为一种叙事手法是如此的普遍，以致于德国小说家赫尔曼认为20世纪是"神话的时代"，在这个时代里，"人类回到了神话"。当然，这种回归仅仅意味着回归到神话古老的形式中去，而不是内容[8]。

华裔对中国的认知，相当程度上是通过阅读中国古典文学获得的。通过阅读中国文学、历史和其他文本媒介及非文本媒介所认识的中国，使得华裔认知的中国具有很大比例的想象成分[9]。这也部分地解释了不同的华裔作家在表征中国文化时总会有不同的视角。因为，华裔作家笔下的神话，实际上是他们对令人压抑的现实的回应。他们用神话讲述着现实生活中的真实，将产生于自己母国的神话再创作，构建出以华裔文化为背景的华裔神话，用以抵消美国民族的神话记忆。因此，华裔文学中的中国文化及文学的使用，一直是一个超出纯文学创作的议题。华裔作家通过神话化的中国文化传播华裔的文化和传统。在神话化的过程中，他们使母国的神话在异域获得新生。

英国文化研究学者威廉斯认为，某一文化的成员对其生活方式必然有一种独特的经验，这种经验是不可取代的。由于历史或地域的原因置身于这种文化之外、不具备这种文化的人，只能获得对这种文化的一种不完整或抽象的理解。这种为生活在同一种文化中的人们所共有的经验，被威廉斯称为“感觉解构”[10]。华裔所共有的“感觉解构”，决定了华裔认知的中国，不同于我们生活在中国的人认知的中国。华裔文化并不能简单地等同于中国文化。因为美国华裔的文化是不同于中国文化的。华裔文化是建立在华裔的生活经历之上的，而这是我们身在中国的读者所没有经历过的，甚至是不了解的[11]。由于族裔群体的认同是通过社群感和共同感实现的，社群中的一分子与社群认同，也被社群认同为社群的一部分[12]。因此，华裔文化使得华裔成为一个精神上相互认同的群体。共同的华裔文化背景，形成了具有共性的神话化的中国意象，以及华裔在中国文化中寻求精神慰藉及支撑的共同特点。

爱德华·萨义德指出：“想象的地理和历史”有助于“通过把附近和遥远的地区之间的差异加以戏剧化而强化对自身的感觉”[13]。华裔正是通过将中国神话化或戏剧化，来加强对自己自信心的树立和对自己形象的重塑。在重塑中，华裔通过中国民间故事、传说、神话和文学故事，用英语作为语言符码，在华裔文化的理解基础上，构建了一个华裔的家园，一个精神家园。家园的精神属性，决定了在族裔文学中，家园永远只是一个想象中的地方，而不是一个实际的存在。比如，有一位亚裔美国妇女说道：她作为一个少数族裔的女性，……作为一个美国女性，……作为一个电影制片人，……她不是外国人，但是却感到在外国。有时被社区拒绝，有时却因为需要而被接受。她有时有用，有时没用[14]。同样生活在一个社区，这个少数族裔的女性会感到没有被社区接受，与社区之间没有建立归属感。这从另一个角度说明，少数族裔的家园并不一定就坐落在他们的居住国。虽然在社会层面，他们已经成为美国公民，但是仍然经常会有“感到在外国”的感觉。这非常具体地解释了为什么少数族裔和主流美国公民同在一个真实的物理空间，他们却有着两个不同的心理空间。

二、记忆与家园

在离散文学中，家园越来越趋向于一个构想的家园，而非实实在在的家园，家园永远只是一个想象的地方。这个想象的地方是由记忆中的历史和记忆主体的理想构成的。家园可以是一系列并不相连的地理景象拼凑而成的。正如一位作家所描述的：“在他的脑海中逐渐展现出一个理想土地的画面，在这片土地上，阿拉伯沙漠、阿兹台克的领地、南极大陆、冰雪覆盖的阿尔卑斯山脉西北地区、刚果河和克里米亚平原，形成了一个整体的景象，那里居住着适合那些地方环境的居民。在这里，毫无关系的地理被重新安排在一起，调换了位置。”[15]在这种景象中，世界上最高的山脉和世界上最长的河流可以被放在一起，从而产生一种地理景象。美国华裔文学中的中国，往往是这种地理景象的呈现，它由作者的想象和记忆构建而成。

记忆在制造历史和文化的同时，也制造了记忆本身，因为记忆越来越被认为是通过想象形成的。记忆的主体有权选择记忆什么、不记忆什么。因此，便有了巴巴称之为“没有记忆的记忆”和“没有遗忘的遗忘”。民族叙事的开始，可以说就是对民族记忆进行筛选的开始。巴巴认为记忆和遗忘是民族的本质：“联合历史的记忆和保证今天的愿望，这是民族的心愿。”[16]民族记忆可以选择遗忘历史上发生过的令人不愿回忆起的事件，也可选择“记忆”民族愿意记忆的事件。对于有的作家，历史干脆就是记忆在适当的灵感激励之下产生的虚构故事[17]。因此，作家对记忆的选择是有明确目的和动机的。记忆什么、不记忆什么，完全不是盲目的。需要精神鼓励的华裔女作家会选择超女花木兰，需要英雄主义的华裔男作家会选择战神关公，在表征他们记忆中的民族英雄时，他们会不记忆主流不接受的或他们不需要的记忆。由于记忆的选择性特征，记忆是不完整的、是主观。因此，华裔作家笔下的故国文化不是信手拈来，或者记忆失误造成的。我们对这一点应该有清楚的认识。

记忆在离散文学和文化研究中占有非常重要的地位。20 世纪 90 年代，美国学术界用族裔文本来研究族裔，这本身就证实了在身份讨论中族裔作家的记忆之重要[18]。记忆之所以重要，是因为记忆是散居族裔传承祖辈文化的重要方式，也是他们的文学表达方式。作为表征华裔文化的集体记忆，是华裔对母国文化认识和传承的一个重要手段，它成为华裔群体的身份的一部分。汤亭亭的《女勇士》是不是回忆录，对此一直是有争议的。托尼·莫里森认为《女勇士》是有意识的“再记忆”，“是在通过口头传说和文本形式去倾听并诉说我们所知道的各种过去”[19]。

对族裔文化的表征是建立在作家个体记忆之上的一种再记忆。再记忆成为一种新的叙事。在再记忆中，作家的主体性是很强的。作者有选择的余地和自由，有选择的原则和思想。对母国的文化，不再是一种复制，或照本宣科。作家可以选择去创建、或者批判，也可选择去赞扬或者抵制。它既不同于母国文化，也不同于居住国文化，再记忆的根据是第三种文化——族裔文化，具体到美国华裔，就是美国华裔文化。美国华裔文化指的是构成华裔生活的实际的、具体的内容，以及华裔在美国为生存而进行的拼搏中形成的华裔特有的精神特点和价值观念。华裔文学中的再记忆表征的是华裔文化，它植根于华裔的历史和生活经历。用华裔作家记忆中关于中国的素材塑造的是华裔的历史。因此，族裔叙述便成为“一个文化回复行为”[20]。在作家的个体记忆中，展现的是华裔群体作为一个族裔群体的集体记忆。它表现的是华裔族群对母国文化的理解和情感、期望和理想，以及他们对在居住国的现实的对应和修正。

作为个体的作家如何选择“记忆”，作为社群的族裔群体如何选择自己的“记忆”，能够反映个体和群体如何应对、调试和回应历史及其对现实的压力。族裔作家正是通过这样一种调试，用自己记忆的母国文化来应对居住国存在的种族歧视的。族裔历史从而在族裔作家的笔下被个人化、族裔化，甚至性别化。建立在想象基础之上的记忆让渡于历史事实和真理。族裔作家利用小说构建他们在居住国的政治在场。族裔群体对故国的记忆和回归故国的精神诉求，成为不能实现也不能满足的一个情愫，家园变成“只是象征和再现的开端，是欲望、记忆、神话、研究、开发的无限更新的源泉——，简言之，是我们电影叙事的宝库”[21]。

由于记忆在很大程度上是由想象构成，其主观性和不可验证性对族裔文化的渊源和真实性形成了挑战。对于自己所经历过的事情，记忆是不准确的，甚至是主观的、不完整的，这是不难理解的。而对于自己并没有亲身经历、通过阅读和学习得来的二手经历，记忆信息的客观性、准确性和完整性就不言而喻了。一旦认识到华裔的记忆和再记忆是关乎美国华裔文化的，而不是中国文化的，那么关于文化再现的准确性的质疑不攻自破。族裔文学中表征的家园和家园文化，是族裔作家记忆中的家园和家园文化。家园文化的渊源从根上就存在于记忆中，因此，对族裔文化根源的真实性和准确性的追寻是艰涩的。叙述者永远都无法真正地知道，想象和记忆的内部解构决定了这是对缺失的根源的追寻[22]。

三、“回归家园”

当族裔文学讨论文化认同时，离散族群认同的是真正意义上的家园的人们，还是想象中的家园的人们？一个想象中的家园是可以回归的吗？如何看待离散族裔的家园回归问题，是离散文化研究中一个重要的问题。

事实上既然家园是想象中的家园，真正意义上的回归是无法实现的。“再记忆”中对家园的表述，变成了一种身份定位，而并非地理意义上的家园回归。离散族裔对家园的渴望，是一种精神追求，是对在居住国缺失的精神寄托的一种弥补。在期盼家园的表述中，离散作家塑造的是一个理想的精神家园。一个能够满足离散族群归属感的家园。在这个家园中没有种族歧视，族裔群体有着他们满意的社会形象，一个他们能够从中找到慰藉、温暖和支持的地方。在这个家园中，他们是他们愿意被看成的那种人，人们用离散族裔愿意的方式接纳他们、对待他们。他们接受并被接受。家园此时意味着理想的社会地位和社会身份。因此，对家园的寻求，其实是对归属感的追寻，而归属感则是自我位置的定位。离散族群的文化价值观不是直接从母国文化照搬而来的。他们心目中的华人，是与他们有着共同经历的，对母国和居住国有着共识的华人。他们认同的华人，也是和他们一样的华裔，而不是抽象的、他们无从认识的华人。离散族群所相信的关于母国的文化和历史的想法，是他们意念中的母国文化，建立在他们的理解、体会、记忆和思想之上。文化身份在族裔文学中是通过记忆和想象的叙事建构的。正是在这个意义上，身份形成于记忆之中[23]。

想象和记忆的本质特点，决定了族裔文化身份是不确定的，永远处于变化之中的。族裔身份除了作为个体的差异，作为一个整体的族群，文化身份在各种层面和角度，都永远处于多样的甚至自相矛盾的认同中。华裔作家赵健秀（Frank Chin）的身份认同，应该是具有典型意义的。在赵健秀的作品中，华裔的身份如同他最常用的意向一样，永远是暂时的、非永久的。处在活动常态下的铁路、公路和市场，表现了族裔的一种离散的心理动态状况。他们在动态中调试自己对自己的认识，和对现实社会的应对。

除了动态、变化之外，离散族裔的身份还呈现多元的特点。他们跨文化的心态使他们的身份认同也具有跨文化的、非单一的特点。华裔的跨民族文化和社会解构，将他们放置于非此非彼的位置。他们不同于欧洲或其他西方文化背景的美国人，也不同于中国文化中的华人。赵健秀极力反对华裔必须在分离和同化、在黄种人和白种人之间作出选择的立场。他认为这样的选择是虚幻的、自我破坏性的，而且是无从可能的[24]。

华裔的非此非彼的跨民族状态，使得有些学者将此范式归为“去中心”（de-center）民族，强调无国无家的行为和视角，认为正如跨民族主义中的“跨”字所表明的,“跨”字说明了两个国家之间的距离空间[25]。这里,我们应当注意区分两个不同的概念,应该认识到社会的、物质的认同,与个人的、精神的认同之间的区别。离散群体在居住国的生存现实,需要他们面对一系列实实在在的现实问题。他们可能选择定居在居住国,但是现实生活中存在的种族歧视成为他们首先要应对的障碍。取得平等权利的社会地位,就意味着战胜种族歧视,意味着在居住国生存下去的条件得到保障。有文献指出:现在的大多数离散族裔的成员都尽最大努力做到在居住国从容生活[26]。出于生存需要,离散族裔声称自己是居住国的公民,甚至声称与居住国的文化认同,这些都是社会层面的、物质层面的认同。但是,出于生存的需要认同于居住国,并不妨碍他们对母国文化的精神需求,也不妨碍他们对根的渴望。这是个人层面的、精神的认同。两者并不矛盾,也并不相互排斥。

从离散到跨民族,离散族裔不但形成了自己的文化,而且构建了自己的家园,一个精神家园。这个家园具有“跨”民族所带来的一切特点。它有跨文化的特点,因为它带有中国文化和美国文化的双重文化成份;它有跨民族的特点,因为它的文化不是纯粹意义上的中国文化,也不同于美国主流的文化,它的文化是华裔文化;“跨”的特点决定了它既非此非彼,又即此即彼。诚然,它是不同于母国和居住国的第三种文化。然而,这并不能等同于“去国主义”“去民族主义”。原因在于,首先,由于华裔对根的诉求和精神归属的诉求,中国文化将永远是他们心中的家园,是他们永远的精神归宿。中国文化随着海外华人在世界各地的定居,已经传向海外,传向世界各地。在和当地本土文化的融合中,中国文化在发展着,繁荣着。在这个层面,“去”中国文化的“去民族主义”是永远不会发生的。美国华裔文学的发展和历史已经做出最好的证明。其次,从文学文化的研究角度看,离散族裔本身具有民族主义和跨民族主义的特点。正如童明指出的:“任何形式的飞(离)散都是跨民族的民族主义。因此,飞(离)散者并非纯正的保持它家园的文化传统,而是将家园的历史文化在跨民族的语境中加以翻译,形成本雅明所说的那种‘更丰富的语言’(greater language)。文化翻译是不可避免的。飞（离）散者离开家园，带根旅行也好，带种子划分传播也好，都在新环境中繁衍出新的文化。准确地说，飞（离）散经历的真正价值，是飞（离）散者在世界中发现家园，或在家园中发现世界。的确，家园本身的文化在历史发展中也获得跨民族特征。”[27] 再者，中国文化在华裔文化中一定永远是“在场”的。德里达曾说：世上“没有什么纯粹的在场，一个在场总是伴随着‘印记’或别的东西，某些别的东西总是印在一个在场当中”[28]。所以，认为认同于离散文化就是“去国主义”的看法，未免片面。

从跨文化和跨民族的角度重新发现想象和记忆，其意义在族裔文学研究中是不可忽视的，它给族裔文学研究中的身份认同、族裔文化建构等关键问题提供了新的视角和答案。从跨文化和跨民族的角度阐释美国华裔文学中的中国文化和对中国的表征，也有助于避免想当然的误读和误解。另外，区分社会的、物质的认同和个人的、精神的认同，也是非常重要的。事实上，长期以来美国华裔文学的一个重要特征，就是在书写华裔在坚持华裔文化的区别的同时，坚持对根的诉求[30]。我们应该认识到华裔身份的多元特点。

（2007 年）

注释：

1 凌津奇，《离散”三议：历史与前瞻》，《外国文学评论》2007 年第 1 期，第 111 页.

2 童明，《飞散》，赵一凡等主编，《西方文论关键词》，北京：外语教学与研究出版社，2006 年，第 116 页.

3 Wong Ping Chin, “Children of the Chinese Diaspora: A Comparison of Lee Kok Liang’s Flowers in the Sky and Maxine Hong Kingston’s China Men”, Shirley Hune(ed.), etc, *Comparative and Global Perspective*, Pullman& Washington: Washington State University Press, 1991.

4 Helena Grice, *Negotiating Identities—An Introduction to Asian American Women’s Writing*, New York: Manchester University Press, 2002, p.200.

5 Helena Grice, *Negotiating Identities—An Introduction to Asian American*

Women's Writing, New York: Manchester University Press, 2002, p.200.

6 Helena Grice, *Negotiating Identities—An Introduction to Asian American Women's Writing*, New York: Manchester University Press, 2002, p.201.

7 Marni Gauthier, "The Other Side of Paradise: Toni Morrison's (Un)Making of Mythic History", *African American Review*, Vol.39, No.3, 2005, p.405.

8 Joan Chiung-huei Chang, "Transforming Chinese American Literature: A Study of History, Sexuality, and Ethnicity", *Modern American Literature: New Approaches*, General ed, Yoshinobu Hakutani, New York: Peter Lang, Vol.20, 2000, p.135.

9 徐颖果,《中国文化符号与美国的亚洲化》,《国外文学》,2006 年第 3 期,第 27 页.

10 斯图亚特·霍尔,《文化身份与族裔散居》,《文化研究读本》,罗刚、刘象愚主编,北京:中国社会科学出版社,2000 年,第218 页.

11 徐颖果,《美国语境里的中国文化:华裔文化》,《南开学报》,2005 年第 4 期,第 41 页.

12 Helena Grice, *Negotiating Identities—An Introduction to Asian American Women's Writing*, New York: Manchester University Press, 2002, p. 90.

13 斯图亚特·霍尔,《文化身份与族裔散居》,《文化研究读本》,罗刚、刘象愚主编,北京:中国社会科学出版社,2000 年,第218 页.

14 Bill Ashcroft, Gareth Giffiths, Helen Tiffin (eds), *The Post-colonial Studies Reader*, London: Routledge, 2002, p.216.

15 Christopher C. Gregory-Guider, "The'Sixth Emigrant': Travelling Places in the Works of W.G. Sebald", *Contemporary Literature*, Vol.46, No.3, Fall 2005, p.429.

16 Marni Gauthier, "The Other Side of Paradise: Toni Morrison's (Un)Making of Mythic History", *African American Review*, Vol.39, No.3, 2005, p.398.

17 Bill Ashcroft, Gareth Giffiths, Helen Tiffin (eds), *The Post-colonial Studies Reader*, London: Routledge, 2002, p.370.

18 Helena Grice, *Negotiating Identities—An Introduction to Asian American Women's Writing*, New York: Manchester University Press, 2002, p.3.

19 Helena Grice, *Negotiating Identities—An Introduction to Asian American Women's Writing*, New York: Manchester University Press, 2002, p.94.

20 Helena Grice, *Negotiating Identities—An Introduction to Asian American Women's Writing*, New York: Manchester University Press, 2002, p.93.

21 斯图亚特·霍尔，《文化身份与族裔散居》，《文化研究读本》，罗刚、刘象愚主编，北京：中国社会科学出版社，2000 年，第 222 页.

22 Anne Anlin Cheng, *The Melancholy of Race: Psychoanalysis: Assimilation, and Hidden Grief*, Oxford University Press, 2001, p.84.

23 Helena Grice, *Negotiating Identities—An Introduction to Asian American Women's Writing*, New York: Manchester University Press, 2002, p.93.

24 John Charcles Gishert, *Frank Chin*, Boise: Boise State University Press, 2002, p.36.

25 Evelyn Hu-DeHart, "From Area Studies to Ethnic Studies: The Study of the Chinese Diaspora in Latin America", *Asian Americans: Comparative and Global Perspective*, Shirley Hune(ed), etc., Pullman& Washington: Washington State University Press, 1991, p.311.

26 Gabriel Sheffer, *Diaspora Politics: At Home Abroad*, Cambridge: Cambridge University Press, 2003, p.164.

27 童明，《飞散》，赵一凡等主编，《西方文论关键词》，北京：外语教学与研究出版社，2006 年，第 123 页.

28 殷启平，《含混》，赵一凡等主编，《西方文论关键词》，北京：外语教学与研究出版社，2006 年，第 165 页.

29 Amy Ling, "Forward", *Crossing*, Boston: Northeastern University Press, 1986 (Reprint), p.6.

空间批评：族裔文学阐释的新视角
——美国华裔作家赵健秀短篇小说评析

摘要：20 世纪 70 年代初期在西方出现的对空间和空间性的兴趣，已经从多个角度进入了文学研究的视野。戴维·哈维提出，对全球化的关注使空间和文化地理问题成了学术界研究的中心。本论文从空间批评的视角，分析美国华裔重要作家赵健秀的短篇小说《铁路标准时间》。通过文本细读，探讨空间在赵健秀作品中的寓意，探讨空间批评对解读和阐释族裔文学以及族裔文学中的重要相关议题的意义。

关键词：空间批评 美国华裔文学 赵健秀 《铁路标准时间》 文化身份

20 世纪 70 年代初期在西方出现的对空间和空间性的兴趣，已经从多个角度进入了文学研究的视野：从马克思主义与批判理论角度，空间已经被索加和哈维有力地证明是马克思本人的诸多著作所关注的核心；从殖民主义和后殖民主义研究的角度，注意力焦点则集中到了探讨欧洲对空间的控制以及不同文化和人口之间的流动与互动所带来的影响之上；从女性主义和性别研究的角度，身体、性别以及主体的具体化很久以来一直都是批评的中心；从通俗文化和文类研究角度，大量现行的非规范的文化形式引起了很大关注[1]。对空间生产的关注，也带动了从不同的角度研究文学的实践，比如马克思主义批评理论、殖民和后殖民研究、女性及性研究等等。菲利普·韦格纳（Phillip E Wegner）断言，在全球化理论中，时间、空间和文化地理都将成为研究课题的中心。一个全新的全球文化的社会已经显现在我们的脑海中[2]。

美国华裔作家赵健秀（Frank Chin，1942－）被认为对美国华裔文学有突出贡献[3]。赵健秀的两部长篇小说《甘加丁之路》和《唐纳亚》被翻译成中文，为中国读者所熟悉。但对赵健秀短篇小说的研究，则少有论作面世。赵健秀是当代美国华裔作家中比较独特的一位作家。他对美国华裔的文化身份的认识和表述极具特色，对文化的理解更是独树一帜。赵健秀对中国文化的理解和接受也具有典型意义。本文拟以赵健秀的短篇小说《铁路标准时间》（*Railroad Standard Time*）为细读文本，从空间批评的视角审视美国族裔文学中的身份认同问题，探讨空间与主体建构的关系，讨论时间、空间与文化地理在文学和文化文本中的作用。

空间的概念

一直以来，人们对空间的认识停留在浅表的层面，福柯指出："空间以往被当作是僵死的、刻板的、非辩证的和静止的。相反，时间却是丰富的、多产的、有生命力的、辩证的。"[4]法国社会理论家亨利·列菲伏尔和米歇尔·福柯被认为对西方的空间研究做出了很大贡献。列菲伏尔的《空间的生产》（*The Production of Space*，1974）对许多学科都产生了令人瞩目的影响。后殖民批评对空间十分关注，早在 1993 年，萨义德在其《文化与帝国主义》一书中就提议应更多地关注对"地理符号以及西方小说、历史作品和哲学文本中蕴含的疆域进行理论上的测绘"。萨义德通过对多部欧洲和英国最重要的文学与文化作品的研究，诸如简·奥斯汀的《曼斯菲尔德庄园》、拉迪亚德·吉卜林的《基姆》、朱瑟贝·威尔第的歌剧以及艾伯特·加缪的《异乡人》，揭示了欧洲帝国主义之地缘政治的和空间的实践在文学中的显露[5]。马克思主义文学和文化学者詹姆逊也提出空间所起的重要作用，指出我们的文化正"日益被空间和空间逻辑所宰割"[6]。尽管这些思想家的切入角度不同，但是他们都有一个共同的特点，即都反对把空间看成与主体相脱离的客观存在，反对把空间仅仅看作是人类活动的一个空洞的场地。他们的共同看法是，空间本身既是由丰富多样的社会过程和人类干预所造就的一件产品，同时也是反过来影响、引导并限定人类世界的活动和方式的一股力量[7]。

空间理论中的空间具体指的是什么呢？列菲伏尔将空间解释为“具体—抽象”相结合的三位一体的空间模式。列菲伏尔提出，任何由社会产生的历史空间都是由以下三者辩证交织的矩阵，即他所称的空间的实践（spatial practices）、空间的再现（representation of space）与再现的空间（spaces of representation）三个要素，分别对应着认知（perceived）空间、构想（conceived）空间和实在（lived）空间三个认知层面[8]。这个解释较好地表示了空间批评中“空间”一词的含义。在空间批评理论中，空间不是物理意义上的空间，“它是概念化的空间，是科学家、计划者、城市规划专家、技术统治论者、社会工程师，还有具备某种科学素养的艺术家们的空间，在他们的空间观念中，都要通过构想空间来认识实在空间和认知空间的。”[9]

后殖民批评尽管早已对空间关注，然而空间理论中的放置不同于后殖民话语中的放置与错置。它强调空间的“具体—抽象”相结合的三位一体的空间模式，强调是物理空间和想象空间构成的“构想空间”。在空间批评理论中，“构想空间”占有更大的比重。举例说明，同在一个真实的地理空间中的主体，却可以因为有不同的构想而处在不同的两个心理空间。美国族裔文学所反映的，正是有色人种与白人同处在美国社会的物理空间中、社会定位都是美国公民的情况下，有色人种的心理空间。而族裔作家所做的，就是“用意识来测定”（詹姆逊语：cognitively map）族裔群体在构想的空间中的真实自我的位置。把解读族裔文学的视野延伸至空间，对于族裔文学中的文化解读和身份认同解读也许能开启新的视野。

在身份研究中，空间理论具有巨大的解释空间。身份认同中的一些主要概念均与空间有关，例如身份认同中的家园的概念。家园可以是物理意义上的，也可以是精神意义上的。而要想有精神上的归属感，首先要有具体的物质上的归属地，因为归属感注定与所有关系、空间和领域概念有密切关系。正因为此，在不少叙事中，归属感非常具体地走向对家园的拥有[10]。所以，美国最初的移民群体为拥有这块土地而竞争，并且以此寻找民族归属感[11]。实实在在的大地给移民一种归属感。美国华裔作品中不乏以土地的归属论个体的归属之作。有学者提出，在离散文化研究中，我们首先需要提出的就是：家是一个地理空间、历史空间，还是一个感情和感觉空间？[12]对此，我们的回答是，家既是地理空间和历史空间，也是感情空间和感觉空间。

在美国族裔文学的身份认同中，认知空间与实在空间各自如何在起作用？相互间是怎样的一种关系呢？用空间批评理论分析赵健秀作品中的一些相关意象，对于回答以上问题提供了新的研究视角。

《铁路标准时间》中的空间意象

在赵健秀包括小说和散文的全部作品中，出现频率最高的重要意象是铁路。铁路和与铁路紧密相关的火车，是代表早期华人移民巨大贡献和华人经历的隐喻。在赵健秀的第一部剧作《鸡笼中的唐人》（*Chickencoop Chinamen*）中，华人移民被描写成用整个生命建造内华达山脉铁路的群体，火车被称为“铁制追月者”（Iron Moonhunter）。在短篇小说《铁路标准时间》中，铁路直接出现在小说的标题中。该小说共有 7 页之长，第一人称叙事。故事讲述了主人公“我”12 岁时祖父去世。母亲将祖父留下的一块怀表送给“我”。母亲说祖父喜欢收藏铁路用怀表，这是最好的一块。从此“我”带着它。带着它当火车司机，带着它登记结婚，带着它在西雅图做记者，带着它开火车穿越南太平洋沿岸、穿越唐人街。带着它，“我”延续着祖父的时间，祖父与“我”同行。小说从怀表说起，论及葬礼的食物，从食物谈及文化，又从文化涉及语言。小说没有传统小说中的情节高潮或时间链，更像是一篇随笔。然而小说的各种倒叙和插入的细节，正好契合了怀表代表的时光流动和时间的延续。

小说的标题虽以“铁路”开头，但是标题的所指却是怀表。“铁路标准时间”指代的是怀表：母亲把一块怀表交给“我”之后，“我”把它放在桌子上：一块大怀表，Elgin 牌，19 钻，美国制造。手动上表，玻璃表面，永远的铁路标准时间[13]。小说以母亲交给“我”一块祖父的怀表开始。“这只怀表是我的，不是任何别人的。它曾经属于我祖父。”[14]祖父代表过去，而过去是历史。怀表是祖父的，但是今天它却传给了祖父的孙子“我”。祖父把他所拥有的历史交给“我”，由他的下一代传承。怀表的移交代表时间的转换，时间从祖父一代移交到孙子一代，怀表成为历史和当下的交汇点。然而时间并未在此停滞。“我告诉大家总有一天，我要把怀表传给我的儿子。”[15]儿子代表下一代，代表未来。怀表的继承与再继承，隐喻着华人传统的继承与再继承，隐喻着华裔历史文化的延续。“我延续着祖父的时间，……和我一起开火车吧，爷爷，这是你的孙子。”[16]爷爷已经去世。从物理意义上说是不能再和“我”一起开火车的。但是，在概念化的空间里，是完全可以的。赵健秀在空间实践中将空间再现。在再现的空间中，时空是交错的。逝世的爷爷和孙子交汇，过去与当下交汇。抽象的时空被怀表这一具象所表征。通过时空交错，通过抽象与具体相结合，赵健秀表现了美国华裔历史文化的渊源和延续。

赵健秀本人曾经是一名火车司机。在给笔者的一封电子邮件中，他不无自豪地说“我是太平洋铁路公司里的第一位华人司机”。在赵健秀的作品中，铁路并不是一条静止不动的铁轨，铁路也不只是一个当下的存在。铁路是过去，是现在，和延伸之后的未来。华裔先辈建造的铁路代表时空。故事结束时作者写道：“我就是这样回到家的。……我开着火车，一路上与西太平洋和南太平洋铁路平行而驶。”[17]西太平洋和南太平洋铁路都是华裔先辈建造的铁路，它象征着华裔先辈以及他们在美国大地上的足迹。而唐人街在海外是华人比较集中的居住地，象征着华人社群。“我”一路开着火车，与华裔先辈们并肩驰骋。华裔先辈的生命在“我”身上延续，他们的传统由“我”传承。通过对铁路和火车的描述，赵健秀创造出一个强烈的感觉空间。“我”感到先辈的存在，先辈伴随着“我”前行。这个感觉空间带有强烈的感情色彩。在这个空间中，读者已经模糊了地理空间和历史空间的界限，而随着赵健秀进入了他的感情空间。

小说中的铁路是一个重要的隐喻。赵健秀曾宣称“矿井，铁路，戏剧，逃犯和关公”存在于他的血液中、童年里，美国西部存在于他的血液里，美国州际铁路系统存在于他的血液里，铁路存在于他的血液里。事实上美国华裔历史和文化离不开铁路。美国的建国历史也离不开华人移民建造的铁路。在19世纪下半叶，洛基山脉的矿井里有三分之二的矿工是华人移民，在建造横跨美国的铁路的工人中，有十分之九是华人移民。因此，有学者指出：没有他们（华人移民），美国西部就不会是现在的样子。没有美国华裔英雄穿凿花岗岩山石的巨大贡献，美国就不会那么快地发展成为国际经济的发电[18]。建造铁路的经历和历史对于美国华裔十分重要。而铁路作为重要的意象，在华裔文学中有着深刻的内涵。

尽管华人移民建造铁路给美国作出了巨大的贡献，但是在很长一段时间里，他们的贡献被视而不见。有一位加利福尼亚的前议员观察到："当人们被告知是谁建立了这个国家时，他们总是被引导去相信我们的祖先来自欧洲。当人们听说那些去西部开发的先驱们的事迹时，来自亚洲的移民很少被提及。"[19]

欧洲中心论无处不在。作为一种抗衡的手段，赵健秀把建造铁路的华人移民比作在关公领导下的108位好汉，他们个个是英雄。为了实现在美国的淘金梦，他们不懈地与艰难险阻作斗争。在赵健秀的小说中，铁路象征着华裔先辈的经历和他们的功绩。通过把14世纪的故事移植到19世纪下半叶，通过把中国文化中的民间英雄移植到美国语境，完成了一次时空置换，完成了一次想象与真实的置换。在置换中再现了过去的时空，对过去时空的再现又产生了一个再现的时空。赵健秀的传记作者吉谢特（Gishert）指出："赵健秀用文学作品建构和定义华人移民，华人移民和矿工的经历形成华人的身份。西部从地理和意识形态上都是美国文化的一部分。赵健秀通过描写铁路和矿工移民的生活，申明西部是华裔的。"[20]铁路象征的时空代表华裔的历史和经历，对此时空的认知生成了作者的文学构想，而文学构想又反映出华裔实在的生活状况。三个空间分别对应着认知空间、构想空间和实在空间三个空间层面。

美国著名学者丹尼尔曾经这样形容过华裔所经历的歧视："别的移民群体因为他们所作出的贡献被歌颂，东方人之所以重要是因为发生在他们身上的事情。”[21]重构历史现实对华裔身份认同有着重要的意义。华裔作家用历史来说明自己，说明当下的华裔，这在华裔文学中是比较常见的题材。汤亭亭、赵健秀等作家无不是用历史讲述现实，用中国的素材讲述美国的故事。因此，用时空置换的手法重构华裔历史，在美国华裔文学的身份认同中起着不可忽视的作用。无论如何置换，目的都是颠覆美国历史上形成的脸谱化的华裔负面形象，虽然颠覆的手段各有不同。汤亭亭和赵健秀多是通过中国古典文学中的民间英雄，给华裔增加英雄气概和民族精神。华裔作家在作品中将华裔英雄化，这不仅颠覆了华裔的负面脸谱化形象，更是重塑了华裔的英雄形象。华裔在时空置换中对自己的主体性进行塑造，与自己选择的形象认同。

对空间的解读

对空间的关注也使我们更多地关注文学和文化中对空间的呈现，以及对文学作品中空间的解读。在空间批评理论中空间并不空。它不但是有形的，而且是可持续发展的。空间可以有多种寓意。比如，空间可以象征自由。在赵健秀的作品中，行驶在铁路上的火车是自由的，自由穿梭于美国州际，自由穿行在黑暗中。并且不限于在美国穿行。火车还是铁制追月者，类似中国传说中的嫦娥，可以脱离地球的引力登陆月球。空间表示自由自在，无拘无束。这在赵健秀的另一篇作品中得到同样的验证。在与笔者的一次电子邮件访谈中，赵健秀写道：

> 相爱的人因爱情而逃出统治阶级的控制，被比喻为野兽。厩中之兽（Barnyard Animals），即受人统治的兽，就好像受统治者统治的人一样，是没有性格的，不能决定自己的命运，没有爱情，没有生活，除了食物，一无所有。只有野生动物才表现出人类的高贵品质。亚洲文艺中的野生动物，通常以荒野中相爱的一男一女的形象而出现，比如野马，野鹿，野鸭，野鹅。在中国和朝鲜

故事中，虐待野鸭或野鹅的人，是要受到责备的。这些禽类具备仁、义、礼、智、信五德中的每一种：一只鹅在飞行中死去时，所有的鹅都发出悲悼的鸣叫声。没有哪只鹅会去骚扰失去了亲属的那只鹅。这是德。一只飞禽失去了配偶后，就不再交配了，这是义。它们的飞行队列有一定的排列规矩，每只鸟都自觉地飞在自己的位子上。这是礼。它们躲避老鹰，嘴里衔着芦苇杆，悄然无声地飞越关卡。这是智。每年秋季飞往南方，春季飞往北方，年复一年，从不改变，这是信。野鹅的飞行行为正是人类的家族群体行为，而不是国王的臣民们的行为。[22]

荒野即是空间，是空旷之地。此处空间被赋予了不受控制、远离统治的意义。在这种空间中生活的动物，被作者称为野兽，以区别于“厩中之兽”。荒野之地不仅象征着物理意义上的空间，而且象征着自由。

空间并非静止不变的。空间是移动的。火车作为交通工具的首要功能是运行，运行就是移动。赵健秀所钟爱的铁路意象具有移动的、无限延伸的喻意。在《铁路标准时间》中，铁路不但与当下平行，而且向着未来延伸。铁路随着火车移动，在动态中发展，而不是在静态中停滞。

空间可以隐喻身份的动态性质。“我”驾驶着火车驰骋在美国西部的原野上。“我”在时空座标上永远是移动的。在座标上的任何一点都是暂时的、非永久性的。这也意味着华裔的身份是处在永远发展变化之中的。赵健秀最喜欢的几个意象无一不是永远处于变化之中的：铁路、公路、市场。对时空的关注和对时空在身份认同的过程中所起作用的关注，影响到我们对身份认同的解读。这正解释了在空间批评话语中，空间常常被用作身份的隐喻，指涉身份变化的活力[23]。

斯图亚特·霍尔认为，从主观视角出发，文化身份根本就不是固定的本质，即毫无改变地置身于历史和文化之外的东西。它不是我们内在的、历史未给它打上任何标记的某种普遍和超验的精神。它不是一成不变的。它不是我们可以最终回归的固定源头。当然，它也不是纯粹的幻影。它是某物——不是想象玩弄的把戏。它有历史，而历史具有真实的、物质的和象征的结果。过去继续对我们说话，但过去已不再是简单的、实际的“过去”，因为我们与它的关系就像孩子与母亲之间的关系一样，总是破裂以后的关系。它总是由记忆、幻想、叙事和神话构成的。文化身份就是认同的时刻，是认同和缝合的不稳定点。而这种认同和缝合是在历史和文化的对话之间进行的，不是本质而是定位[24]。

空间是动态的、非静止的这一特点，决定了空间是不确定的。列菲弗尔认为，启蒙主义把空间概念化为一个静止的结构，其陷阱之一就是使我们以为空间是具体的事物，而不是一个开放的、冲突的、矛盾的过程，一个我们可以作为动因不断加以干预的过程[25]。在空间批评话语中，身份处在不断的变化中。在此意义上，身份是复数、变化的，而不是唯一的、固定的。

空间是延伸的、不断扩展的。空间本身既然是由丰富多样的社会过程和人类干预所造就的一件产品，这个产品就是可以由人类扩大的。它在影响、引导并限定人类世界的活动和方式的同时，也在不断地扩大这一空间。赵健秀小说中的铁路在时空中的延伸，加之火车的移动性，使得空间成为非封闭性的空间。它是延伸的、不断扩展的——铁路从华裔先辈建造的时间（19 世纪）延伸到“我”的时代，并将延伸到未来。这与非洲裔美国批评家贝克尔（Houston Baker，Jr.）提出的“布鲁斯摇摆乐”（Blues criticism）的批评方法相类似。该批评方法有两个重要的意象，即铁路调车场的换道室和铁路交叉口的标记。在贝克尔看来，这种处于运动状态、不断被措置又不断实现自我建构的过程最能体现德里达的延异理念[26]。

华裔作家对空间一直很关注。华裔作家的作品中不乏对空间的表征和诠释。比如汤亭亭用空间来表征界限或越界。在汤亭亭的《无名姑姑》中，“我的姑姑一定与我的父母亲住同一栋房子，但是却在旁边的小桌子上吃饭”。“我的姑姑跨越了在空间中没有标明的界限。”[27] 作为对无名姑姑的惩罚，她被罚在另桌上吃饭。主桌与另桌之间的空间是真实的、实实在在的距离。这个距离表示界限，它的根据是社会规则。无名姑姑跨越了社会规则的规定，汤亭亭用空间中的距离来表现姑姑被社会抛弃，被划入另册。

在另一位华裔作家徐忠雄（Shawn Wong，1949—）的作品中，空间是可以重构的。在徐忠雄的《家园》（*Homebase*）中，小主人公的母亲将自己家门前的路命名为"海洋路"，并将这条路上唯一的房子（他们的家）命名为 25 号。从此 25 号便收到寄往该门牌的邮件。能收到寄来的邮件，就说明命名已经被社会接受。而被命名的街道和房屋与命名它们的人之间便产生了一种隶属关系。海洋路 25 号变成了他们被社会承认的居所，他们成为了自己重构的空间的主人。命名空间以占有空间，如此，命名空间便创造了"空间的历史"。通过命名，创造出既成事实的新型空间。华裔在重构空间的过程中，也重构了自己的社会地位。这又一次证明了，假如社会空间和文化空间是人类行为的产品，那么就存在着重构人类空间和人类自身的可能性。空间不仅是背景、场所，空间还是斗争的目标[28]。华裔给不同的事物命名，包括土地，就是其中的一种。用语言命名，"是一种用来铭刻对土地宣称所有关系的方式"[29]。

对空间的关注扩大了我们阐释文本的视角。空间批评研究学者菲利普·韦格纳（Phillip Wegner）指出："目前我们最推崇的文学艺术评论都与爱德华·索加称之为列菲弗尔的'第三空间'——'再现的空间'，或实在的空间有关。"（30）许多后现代批评都与空间有关：离散、放逐、游牧、迁徙、错置、跨国主义。甚至德里达的"越界"概念，都与空间的概念有关。在族裔文学研究中，文本中的历史和社会行为在空间中的具体实现等问题也日益引起关注。空间批评在审视当代文学和批评中的重要主题如阶级、种族、性别、身份等问题时是如何起作用的？对空间的关注会给身份形成的过程带来怎样的影响？文学和文化文本如何帮助我们想象出新的空间？这些都是非常有意义的研究课题。

（2008 年）

注释：

1 Phillip E. Wegner, "Spatial Criticism: Critical Geography, Space, Place and Textuality", *Introducing Criticism in the 21st Century*, Julian Wolfreys (ed), Edinburgh: Edinburgh University Press, 2002, p.181.

2 Phillip E. Wegner, "Spatial Criticism: Critical Geography, Space, Place and Textuality", *Introducing Criticism in the 21st Century*, Julian Wolfreys (ed), Edinburgh: Edinburgh University Press, 2002, p.7.

3 徐颖果，《美国华裔文学选读》，天津：南开大学出版社，2006 年，第 122 页.

4 Phillip E. Wegner, "Spatial Criticism: Critical Geography, Space, Place and Textuality", *Introducing Criticism in the 21st Century,* Julian Wolfreys (ed), Edinburgh: Edinburgh University Press, 2002, p. 179.

5 Phillip E. Wegner, "Spatial Criticism: Critical Geography, Space, Place and Textuality", *Introducing Criticism in the 21st Century*, Julian Wolfreys (ed), Edinburgh: Edinburgh University Press, 2002, p.199.

6 Phillip E. Wegner, "Spatial Criticism: Critical Geography, Space, Place and Textuality", *Introducing Criticism in the 21st Century*, Julian Wolfreys (ed), Edinburgh: Edinburgh University Press, 2002, p.181.

7 Phillip E. Wegner, "Spatial Criticism: Critical Geography, Space, Place and Textuality", *Introducing Criticism in the 21st Century*, Julian Wolfreys (ed), Edinburgh: Edinburgh University Press, 2002, p.188.

8 Phillip E. Wegner, "Spatial Criticism: Critical Geography, Space, Place and Textuality", *Introducing Criticism in the 21st Century*, Julian Wolfreys (ed), Edinburgh: Edinburgh University Press, 2002, p.181.

9 Phillip E. Wegner, "Spatial Criticism: Critical Geography, Space, Place and Textuality", *Introducing Criticism in the 21st Century,* Julian Wolfreys (ed), Edinburgh: Edinburgh University Press, 2002, p.182.

10 Helena Grice, *Negotiating Identities—An Introduction to Asian American Women's Writing*, New York: Manchester University Press, 2002, p.188, p.199, p.202.

11 Helena Grice, *Negotiating Identities—An Introduction to Asian American*

Women's Writing, New York: Manchester University Press, 2002, p.188.

12 Helena Grice, *Negotiating Identities—An Introduction to Asian American Women's Writing*, New York: Manchester University Press, 2002, p.199.

13 Frank Chin, "Railroad Standard Time", *The Chinaman Pacific & Frisco R. R. Co.*, Minneapolis: Coffee House Press, 1988, p.1.

14 Frank Chin, "Railroad Standard Time", *The Chinaman Pacific & Frisco R. R. Co.*, Minneapolis: Coffee House Press, 1988, p.2.

15 Frank Chin, "Railroad Standard Time", *The Chinaman Pacific & Frisco R. R. Co.*, Minneapolis: Coffee House Press, 1988, p.4.

16 Frank Chin, "Railroad Standard Time", *The Chinaman Pacific & Frisco R. R. Co.*, Minneapolis: Coffee House Press, 1988, p.4.

17 Frank Chin, "Railroad Standard Time", *The Chinaman Pacific & Frisco R. R. Co.*, Minneapolis: Coffee House Press, 1988, p.7.

18 Jiang Tsui-feng, Imagining the Fantasy or Living the Nightmare? The American Dream for Chinese American in Frank Chin's *The Chickencoop Chinaman*, Taiwan: National Chengchi University, 2006, p.10.

19 Chang Joan Chiung-huei , "Transforming Chinese American Literature—A Study of History Sexuality, and Ethnicity", *Modern American Literature: New Approaches*, General ed, Yoshinobu Hakutani, Vol.20, New York: Peter Lang, p.16.

20 John Charcles Gishert, *Frank Chin*, Boise: Boise State University Press, 2002, p.7.

21 K. Scott Wong, "Cultual Defenders and Brokers: Chinese Respoinsed to the Anti-Chinese Movemetn", Scott Wong and Suching Chan (ed), *Clainming America, Constructing Chinese American Identities during the Exclusion Era*, Philadelphia: Temple University Press, 1998, pviii.

22 徐颖果，《美国华裔作家赵健秀访谈录》，《中华读书报》，2004 年 3 月 3 日，第 8 版.

23 Helena Grice, *Negotiating Identities—An Introduction to Asian American Women's Writing*, New York: Manchester University Press, 2002, p.199.

24 斯图亚特・霍尔：《文化身份与族裔散居》，罗刚、刘象愚主编，《文化研究读本》，北京：中国社科出版社，2000 年，第 212 页.

25 Phillip E. Wegner, Spatial Criticism. "Critical Geography, Space, Place and Textuality". *Introducing Criticism in the 21st Century,* Julian Wolfreys (ed), Edinburgh University Press, 2002, p.182（修改后：Phillip E. Wegner, "Spatial Criticism: Critical Geography, Space, Place and Textuality", *Introducing Criticism in the 21st Century*, Julian Wolfreys (ed), Edinburgh: Edinburgh University Press, 2002, p.182.

26 凌津奇，《"离散"三议：历史与前瞻》，《外国文学评论》，2007 年第 1 期，第 115 页.

27 Phillip E. Wegner, "Spatial Criticism: Critical Geography, Space, Place and Textuality", *Introducing Criticism in the 21st Century*, Julian Wolfreys (ed), Edinburgh: Edinburgh University Press, 2002, p.181.

28 Phillip E. Wegner, "Spatial Criticism: Critical Geography, Space, Place and Textuality," *Introducing Criticism in the 21st Century*, Julian Wolfreys (ed), Edinburgh: Edinburgh University Press, 2002, p.218.

29 Phillip E. Wegner, "Spatial Criticism: Critical Geography, Space, Place and Textuality", *Introducing Criticism in the 21st Century*, Julian Wolfreys (ed), Edinburgh: Edinburgh University Press, 2002, p.185.

30 Phillip E. Wegner, "Spatial Criticism: Critical Geography, Space, Place and Textuality", *Introducing Criticism in the 21st Century*, Julian Wolfreys (ed), Edinburgh: Edinburgh University Press, 2002, p.196.

29 Helena Gricen, *Negotiating Identities—An Introduction to Asian American Women's Writing*, New York: Manchester University Press, 2002, p.188.

自传的文类划分与真实性

摘要：在美国华裔文学中，自传文学占有很大的比例。自传文学的文类划分以及自传的真实性，成为华裔文学创作及其研究中的一个重要议题。本文就美国华裔作家赵健秀对自传的文类划分所引起的争论切入，探讨自传的真实性问题，以及由此产生的历史和文化的真实性及其真实表征的问题。

关键词：自传 传记文学 美国华裔文学 赵健秀 汤亭亭

美国华裔作家赵健秀的一个引起较大争议的论点，就是他断言自传是基督教文论，因此对自传文学持批评态度。赵健秀批评自传文学是宗教殖民的一种形式，认为自传文学是“基督教的文学武器”，是“一个基督教的陷阱”[1]。赵健秀在与笔者的一次电子邮件访谈中，对美国华裔作家的自传文学作品有更为详细的评说，甚至认为写不写自传是分辨真伪华裔作家的试金石。当笔者问道：我注意到美国华裔作家之间关于中国文化的争论，你在文章中引用了孙子的言论，我们都知道孙子是中国传统文化的一部分，你认为你对中国文化的运用，与你称之为“伪”华裔作家对中国文化的运用，有什么区别？赵健秀的回答如下：

他们写的都是自传。自传不是中国的文学形式。那些写自传的华人都是基督徒。那是基督徒的文学形式，不是华人的文学形式。

中国所发表过的自传，都是 20 世纪的华人基督徒所作。有些尚未诚实，有些则不然。不管怎么说，所有写过自传的那些华人都是基督徒。华人而当基督徒，犹如犹太人当纳粹。“带着你们的鸦片和基督教滚出去!”当时中国的政府官员如是说。他们在广东省港口焚烧了上千斤鸦片。此举激怒了英国人，从而打响了第一次鸦片战争。英格兰教会拥有制造鸦片的东印度公司。当时全中国男性人口中有 27%的人吸毒。基督教应为此负责，英国提供鸦片的服务以及（或）销售鸦片长达100年之久，基督教应为此负责。外国租界、条约港口，还有100多年免费使用香港，这都是基督教捞到的油水。这就是中国人对基督教有种特有的反感情绪的原因所在。这就是为什么说华人基督教徒是"白人优越论者"的原因。

从1910年容闳第一个发表自传《西学东渐》，到林语堂第二个发表《吾国吾民》，到胡适第三个发表《一个三十岁男人的自传》（写自传让我觉得像个基督徒——胡适语），到美国华裔作家两个人（Leong Gor Yan）的《唐人街内外》（1936年）、刘裔昌的《父与子》（1943），到黄玉雪的《华女阿五》（1950）、汤亭亭的《女勇士》（1975），直到谭恩美的《喜福会》（作者说这是一个真实的故事，因为是自传）。这些作者在讲述自己的故事时所流露出的基督教徒特点是非常显著的。胡适说第一个自传是《圣经》中的马太福音、路加福音和约翰福音，第一本非圣经的自传是圣·奥古斯丁的《忏悔录》（*Confessions*）。中国人总是想写写自己，但从来不忏悔、不屈从，因此，被当成奸臣的，比如《三国》里的曹操，又被奉为智勇双全。曹操作品中的思想与孙子兵法中的韬略相抵触。中国人背诵孙子的韬略，能做到脱口而出，但却不会以自传的形式忏悔，关公从来没有写过自传，毛也从未写过自传[1]。

二

赵健秀认为自传就是忏悔。有这种认识的也许还不止赵健秀一个人。一个叫圣·奥古斯丁的基督徒被认为是创立西方自传体文学惯例的第一人。奥古斯丁的《忏悔录》这本书充满了对自我弱点的揭露和对自恋倾向的贬低，该倾向成为后来西方自传文学的一个流行主题[2]。

1 摘自2004年3月3日赵健秀回复笔者的电子邮件。

“中国人背诵孙子的韬略，能做到脱口而出，但却不会以自传的形式忏悔。”因此，对于赵健秀来说，自传文学基本等同于忏悔，就是基督教文类。忏悔等同于自我否定，他认为中国人是不忏悔、不自我否定的，因此用不着自传。自传是不是基督教文类，答案显然是否定的。有评论家断言：“人们写自传的本能和人类的写作一样古老。”在人类历史上，为了给自传文学一个重要的地位，人们一直在坚持不懈地努力，为了“辨别和确定生命的意义”[3]。中国有自传已有几千年时间。单说公元前2世纪到公元前1世纪司马迁写的《史记》，就是是我国第一部纪传体通史，开创了纪传体和书表的编写体例。从形式讲，传记和自传是相同的。即便是在西方世界，公元前4世纪柏拉图的自传性作品《第七封信》也已经把传记的创始时间提前到基督教的创始之前。因此，认为自传是基督教文类的观点是站不住脚的。于是，有人便推测赵健秀之所以认为自传是基督教文类，是因为写自传体的华裔作家碰巧都是基督教徒。这一论点也值得质疑。不能因为“这些作者在讲述自己的故事时所流露出的基督教徒特点是非常显著的”，便断言他们是基督徒。即便他们是基督教徒，也不能因为他们是基督徒而推断他们作品的文类就一定是基督教文类。

“中国人总是想写写自己，但从来不忏悔，中国人不屈从。”写自传就是写自己，无论忏悔与否。不可否认，自传的第一要义就是写自己，写自己的经历和感情。依此看来，赵健秀也认识到中国人也是有写自传的冲动的，只是不忏悔而已，因为“中国人从不屈从”。赵健秀在这个论点中表现出的是他的强烈的个性和对美国流行的华裔负面脸谱化形象的坚决抵制。遗憾的是，他在提出论点后省去了论述和论证的过程。极大的跳跃使得他的论点失去推理的论据。赵健秀文章中的跳跃已经表现为典型的赵健秀思维和文字表述的特点，我称之为“赵式跳跃”。赵式跳跃不但使得赵健秀的文本晦涩难懂，这种非线性思维甚至表现为逻辑的缺失，而且也令他的文本经常歧义丛生，争议不断。

赵健秀的这一观点遭到严厉的批评。“如果赵健秀坚持把自传文学看成是基督教的产物，他最好仔细想想他公开指责的诸如白人至上论那些偏执的行为。”[4]笔者认为，赵健秀固然认为自传是基督教文类，然而这和白人至上论还是有区别的。赵健秀反对白人文化霸权的立场是众所周知的。自传在赵健秀眼里就是忏悔，而赵健秀认为中国人是不会去做自己否定自己的忏悔的，因此，这种文类对于他这样的华裔是没有价值的，因而自传成为一种具有消极负面因素的文类。但是这绝不等同于把一种令人自豪的文类的创建功劳记在白人头上的做法。

雅各布说“叙述无处不在”。文类的选择本身也是叙述。从赵健秀的立场出发，他一定不会选择一个他认为有否定自我意味的文类来写作。赵健秀非常关注的美国华裔文学的定义和特征主要集中在文类、表征和机制三个方面。首先，赵健秀要建立美国华裔的英雄传统，要让华裔作家成为“战士作家以文学形式作为战斗的武器”。这显然与赵健秀认为主要用于忏悔的自传相去甚远。“自传是一种源于基督教忏悔传统的文学风格。……华人写不出自传是因为我们的天性不可能仇恨自己，而对于白人种族主义宗教而言，那些不这样做的人，就是改变信仰者，是间谍，不得好报。”[5]在后殖民批评中，东西方意识形态的差异与文学和文化有很大的关系，而且直接对文学创作产生影响。赵健秀对自传的态度反映出他对西方意识形态的态度。

二

赵健秀对在传记中加入虚构的故事也持批评态度。他指责汤亭亭的传记中有虚拟的成分和改写的成分，从而引起对于中国文化的塑造和华人形象的表征问题长达数十年之久的争论。的确，汤亭亭的《女勇士》模糊了文类的分界线。汤亭亭作为作者，她本人认为该书既非纯虚构小说，也非纯非虚构小说，是虚构加非虚构合成的小说。但是出版商从他们的角度考虑，将该书定为自传，评奖委员会将此书定为非虚构小说。既然是自传，小说中的细节常规性地都被视为事实，包括汤亭亭对中国历史和文化的文学处理。这引起不小的争议和误解。不了解中国文化的美国主流读者会认为被她文学加工后的是真实的中国文化和历史。在这个问题上，赵健秀予以坚决反对。

而汤亭亭对于所谓传统和历史的真实性一直持质疑态度。“中国传统是什么？在电影中又怎样表现？”[6]在汤亭亭看来，个人的和心理的与社会的和文化的是很难截然分开的。汤亭亭对于想象在创作中的作用，应该说是有两个认识。首先，汤亭亭坚信作家有选择创作手法和创作思想的自由，有选择题材和体裁的自由。一个作家可以选择虚构她认为应该虚构的东西。其次，汤亭亭要通过虚构，达到抵制社会现实中令人失望的东西之目的。她通过虚构超女木兰，颠覆美国社会流传的华裔的负面脸谱化形象，正如赵健秀通过关公颠覆华裔男性的负面脸谱化形象一样。汤亭亭虚构的自传中加入了她的理想，使她愿意看到但是在现实生活中却看不到的东西得到表征。美国华裔妇女的超女形象和地位在她虚拟的自传中得以实现。通过虚拟的历史挑战文献的历史，是《无名姑姑》中一个明显的特点。使无名姑姑怀孕的无名男子具有多重身份的可能。这种可能也使无名姑姑的感情生活有多重可能，而这些可能使得小说成为网状的、可以四散开来发展的结构，而不是单一可能的、线性发展的结构。多可能性的视角质疑了人们关于历史和传说的认识。汤亭亭想表现的是，历史并不是只有一个版本，历史和传说一样，是人为构建的。汤亭亭并不是在否认发生过这些历史事件，而是质疑我们从历史事件的碎片中是否真的能了解到历史的真相。因为历史的意义和形成并不完全取决于那些事件本身，而是取决于人们用来把历史事件阐释为今天称之为历史的意识形态和思想。

在《女勇士》中，作者的母亲经常给孩子们讲故事。“我们听着故事长大。知道了如果我们长大了只是妻子、家奴，我们就失败了，我们可以是勇士。”汤亭亭听了许多母亲讲的故事。汤亭亭有时似乎也分不清什么是她听来的故事，什么是她想象出来的，正如关于《三平书》的存在一样[7]。可以想见，汤亭亭用她的想象力弥补了听来的故事，使其成为连贯的关于中国的画面，成为她所理解的中国历史和文化。所以，汤亭亭笔下的华人文化之根，很多是关于“根”的传说的记忆。汤亭亭作品中的虚构成为她创作手法中重要的内容之一，被认为具有魔幻色彩。约瑟·大卫·赛尔蒂瓦（Jose David Saldivar）说，美国在 20 世纪出现了 4 次不同的魔幻现实主义运动。第一次是 1925

年欧洲先锋时代，第二次是20世纪40年代后期，第三次开始于1955年。而托妮·莫里森、Arturo Islas、汤亭亭掀起了第四个时期的魔幻现实主义运动[8]。由此可见汤亭亭的虚构在其作品中所占的分量。

汤亭亭作为一个受过美国正规教育、在美国出生成长的华裔作家，其创作思想和手法毋庸置疑受到美国主流文化文学的多层面的影响，加之对中国文化的间接接受，不应该期望她能创作出“纯粹”的中国文化和中国人形象。这个道理同样适用于赵健秀。赵健秀的作品表现出的更多是文化的价值观，而不是中国文化。就真实性而言，我们看到的赵健秀和汤亭亭的区别只是内容和程度的区别，而没有质的差别。事实上，很多情况证实有关生命的“虚构”是自传中不可缺少的元素[9]。由此推而广之，华裔作家作为一个群体，他们的作品中所表征的中国文化和历史的真实性，恐怕都具有这种特点。

三

那么自传到底是什么？巴雷特·约翰·曼德尔有一个简明的定义：“自传体文学是一个人对整个生命(或者生命中最重要的部分)的回顾，为了生命的一个特殊目的而写的，以作者自认为是真实的事实写成。”[10]“作家是历史学家，他可以真实生动地讲述历史。”[11]这里的核心问题是什么是真实，以及“作者自以为是真实”的是否就是真实。传记作家也许认为很真实，但是事实上却未必很真实。赵健秀并不是第一个质疑传记的真实性的人。一些批评家早就认定了自传文学有歪曲事实的危险，从而提出“自传是最难捉摸的歪曲了的文献”“自传是文学世界中的非洲”“自传是一种虚构的散文”，甚至“自传是作假，是解释，是幻想”[12]。

然而，自传一直是非常常见和流行的文类之一，美国历史上有不少传世之作都是自传或自传体小说。被誉为美国文学之父的华盛顿·欧文就在传记创作上很有建树，以致于影响到美国后来的文学创作。美国现实主义小说之父马克·吐温的《自传》、西方心理小说之开先河者亨利·詹姆斯的《中年岁月》、哈莱姆文艺复兴运动中的重要作家理查·赖特的《黑孩子》等等，都是美国文学史上可圈可点的自传文学杰作。自传体小说更是在美国文坛上占很大份额。马克·吐温的《密西西比河上的生活》、杰克·伦敦的《马丁·伊登》、路易莎·梅·奥尔柯特的《小妇人》及凯瑟琳·安妮·波特的《灰色骑士灰色马》等许多作品，都因以作者的生活经历为素材而有很大程度的自传性质。以上的例子证明，虚构是传记中不可缺少的元素，尽管作者和读者都渴望达到真实。我们需要回答的问题是：记录一系列事实是否就能达到真实？虚构是否就不能达到真实？对此，治·格斯多夫的一段话也许能较好地回答这个问题："自传文学要求一个人要同他自己保持一定距离，这样才能重新塑造他自己，跨越时空，聚焦他的特殊的统一体和身份。"[13]这恐怕是自传作者都为之奋斗的目标：聚焦在能够说明自己特点的事件上。问题是怎样的事件才是能说明自己真实的细节？

自传很少能仅仅是客观事实的堆砌，即便看上去好像如此。因为作者在选择记录哪些、忽略哪些，强调哪些、淡化哪些的时候，已经做出了选择。这种立场很少是中立的、含混的。汤亭亭不是将虚构掺入自传的第一个亚裔作家。亚裔文学中的《乔伊·小川的姨妈》就是小说、历史、自传的混合体，被认为是戈尔尼奇所说的"自我呈现的小说"。套用戈尔尼奇的术语，它也是一部"理论叙事"。因为这个文本也介入和深化了我们修订过去的方式：我们不仅是在解释过去，而且是在解释我们呈现过去的策略[14]。确切地说，《女勇士》不是自传，然而它也不是小说、历史或回忆录。用托尼·莫里森的话讲，《女勇士》是一个自我觉醒的"再记忆"，是通过口头和文本形式的记入，倾听和诉说着我们认为的各种过去[15]。而记忆本身就已经跨越了文类的划分界限，因为它混合了官方的权威记忆（历史）和个人的历史（自传、回忆录、日记）[16]。事实上要想毫不含糊地展现一个完整的人，这种愿望近乎一个理想。《女勇士》解释了自传不是一个对整体所作的静态而明晰的自我描述，而是一个动态的展现，一个对永远无法判定的自我持续不断的解构和组建的展现[17]。在这些自传中，虚构的自我和真实的自我并置，隐藏的自我和呈现的自我并置，多重自我并置，这样就给我们一种印象，那就是很难找到自我和重新安置自我[18]。

自传是美国华裔文学中最常见的一种文类。从某种意义上说，甚至可以说美国华裔文学始于自传或自传体文学。从发表时间看，最早发表的华裔作品是自传。被誉为美国华裔文学鼻祖的水仙花的《一个欧亚裔的记忆拾零》（Leaves from the Mental Portfolio of an Eurasian）（其代表作《春香夫人及其他故事》中的一篇）就是自传。最早于1910年发表的容闳的《西学东渐》也是自传。从发表自传的作家数量看，许多华裔作家的成名作都是自传。也就是说，不少作家以自传成名，从刘裔昌的《父与子》（1943）到黄玉雪的《华女阿五》（1950）直到汤亭亭的《女勇士》（1975），加之许多具有自传性质的虚构文学作品，如雷霆超的《吃一碗茶》、谭恩美的《喜福会》、庄华的《跨界》等等。因此，对自传的认识关乎对许多华裔文学作品的评价。美国华裔作家中最初写自传的多数是男性作家。20世纪70年代，在美国女权主义运动的激励下，开始涌现大批女性华裔作家。这些女性华裔作家的创作本身就有一定的政治意义。她们关注的不仅是她们自己。她们关注一直没有被平等对待的女性群体。这反映到她们的自传中，这些自传中的传主并不仅仅代表她们自己，而是代表华裔女性群体。正是在这个意义上，汤亭亭的《女勇士》被认为是美国（不仅是华裔）女性的女权主义宣言。超女木兰并不仅仅代表汤亭亭，它代表美国华裔女性；对于接受它的美国主流妇女，它也代表所有美国妇女的女权主义精神。

如果按照治·格斯多夫的定义："自传文学要求一个人要同他自己保持一定距离，这样才能重新塑造他自己，跨越时空，聚焦他的特殊的统一体和身份。"汤亭亭无疑很好地"聚焦"了她的"特殊的统一体和身份"。那就是《女勇士》试图表达的女权主义精神和汤亭亭希望塑造的美国华裔女性形象。从对终极目标的实现程度看，自传是真实的。尽管对一些细节的刻画是经过文学处理的。作者并没有聚焦在自己日常生活中的真实的细节上，而是通过文学处理，将自己的经历扩散化，使之具有代表性。传主的经历不再只是个人的经历，它成为华裔作为少数族裔的经历，成为华裔女性的妇女意识觉醒的经历。因此，对自传的真实性的审视，不应该将眼光囿于个体的生活细节，为所谓细节的真实性所拘束，而应注重主题的表达，类似中国山水画中的写意。

在 20 世纪后期的二三十年间，美国文学的文类界限越来越趋于模糊。很少有作家能坚持一种创作思想，坚持一种艺术手段的。各种文学思潮和流派层出不穷，产生了多元的创作思想和手法。单一的、固定的做派在缤彩纷呈的多元化时代，不可能有强大的竞争力，无论在作品的可读性方面还是在市场价值方面。自传也反映出这一时代的色彩。美国当代的自传几乎发展为自传体小说，它具有小说创作的诸多特点，有明确的主旨和丰富的角色塑造手法，甚至有超出真实生活的引人入胜的情节。神话、传说、童话、回忆、民间故事、宗教故事甚至历史事件，种种以往不会同时出现在一部小说中的文学素材，现在常常会集中出现在一部小说或者传记中。托尼·莫里森和汤亭亭的作品就是很好的说明。后现代时代的作家对文学创作的理解与他们的先辈相比，有很大的区别。当代作家的作品中后现代主义的影响无处不在。包括赵健秀本人。赵健秀不但创作理念有后现代思想的特点，其创作手法也不乏后现代文学特点。如果用真实性作衡量标准，我们会发现赵健秀的作品也相当地魔幻，和后现代许多作家一样，文学也同样成为神话的延续。

四

赵健秀用自传来分辨真伪华裔作家，将它作为衡量华裔作家的真实性和华裔作家笔下的中国文化的真实性的标准，引出一个重要的问题，即真实性问题，华裔的真实性和华裔认知的中国文化的真实性。问题首先是什么是真实的美国华裔。真实的华裔是不是就是完全同化了的？华裔有没有可能做到完全和美国人一摸一样，对这个问题历来就有不同的看法。

美国华裔学者 Anne Anlin Cheng 认为由于肤色的不同，要想同化成完全的、可以消失在人群中而不被察觉的美国人，是不可能的："的确，亚裔美国人的同化突显了这样一个事实情况，即有种族性身体特征者的同化会带来一系列各种各样的问题。同化就意味着要实现各族群的混合，但由于肤色的实质差异这却又将永远无法实现。"[19]因此，华裔作为华人后裔和美国人，使得他们的真实性成为一个两难的问题。移民史和离散史的独特经历使亚裔美国人一方面在身体上远离故土，另一方面在文化上无法摆脱自己的"根源"。因此，他们距离真正的美国当然也就一样忽远忽近了[20]。

然而，美国华裔作家包柏漪的观点完全不同。在一次国庆活动中，包柏漪被《新闻周刊》选择作为美国文化多元化的代表做了发言。在发言中她说：

> 我不认为要成为美国人，就必须付出失去故国文化的代价。正相反，我觉得获得了双重的恩赐。我可以从两个丰富的文化中汲取我所最需要的养分。这可能令人难以置信，像很多鞋子，被涂上花花绿绿的各种颜色，有红、白还有蓝，但正是这样才叫漂亮，时髦极了。

安·安琳·张认为包柏漪提供的是一种关于文化的力量的极端观念：即你想成为什么就能成为什么，认为包柏漪所说的种族易装的做法具有传统的大熔炉论性质[21]。安·安琳·张指出，包柏漪的变装秀比喻提醒我们变装秀作用的实现在于在两端之间进行中和：即在变装的过程中，我们既不"只是表演得像"，也并不"真正是"所装扮的对象，而是某种两者的复杂结合体[22]，其结果是仍然不能做到真实的华人，或真实的美国人。不但如此，真实性的认识也是很有问题的："和疑病症人一样，经历同化的少数种族—族群的身体被训练得全神贯注于自身的合法性和纯正性。而'亚裔美国人的疑病症'最引人注目的地方在于病人已分不清'真实'和'假性'的界限。"[23]

安·安琳·张认为传统的看法是把同化看成是一种自我的丧失和主体的撤离（认为同化即意味着失去自身的某些部分）。她认为这种对完美及其对立面的执迷，使我们更深地洞察了同化的相联的两个基本活动：比较和仿拟。那么，比较和仿拟的结果是怎样的呢？安·安琳·张引用了霍米·巴巴在《关于仿拟和人：殖民话语的矛盾性》中提出的命题，即殖民仿拟是被殖民者按照殖民标准来进行同化时所执行的指令，但事实上，这种指令是不可能奏效的，因为被殖民者由于种族差异将永远无法仿拟成功，无法符合殖民标准。的确，在《女勇士》中我们经常会看到游移在殖民主语言和“自己的”母语之间、无法进行选择的情景。如果对汤亭亭的叙述者来说“说英语”构成了某种“虚假”，那么“说汉语”则似乎并不更显得真实：“你也不知道汉语该怎么说。”叙述者做出的大量描述自身的分裂隐喻（她的裂开的舌头，撕裂的声音）暗示了其自身的分裂，悲惨演绎着霍米·巴巴所称的“仿拟殖民话语”的崩溃。因为巴巴正是把仿拟看作是一个注定要失败的归驯工具。他解释说，殖民仿拟是对变成革新的、可辨的“他者”的强烈渴望，即存在差异的公民，几乎相同却又不完全相同。结果就是：既是美国的又不是美国的，既是亚洲的又不是亚洲的—亚裔美国公民必须被装扮得或仿拟得几乎一模一样，但又不完全一样[24]。

安·安琳·张指出：同化最容易被认为是对理想的另外的自我的仿效，但同时这种理解也使我们无法看到同化是如何导致吸收和内化一个“失败的”肉体上的自我的。这并非因为同化本身使个人无法保持真实，而是因为同化使其在这种假设的语境中不可能感觉到安全。它使人不停地想要去比较。那些生活在种族想象中的人们不断把自己看成是不正常、不健康和不完美的，于是，高度的警觉就开始设定主体的形成。我所说的“种族想象”指的是美国人对少数族裔的形象和观念达成的一系列共识，这些共识使得拥有种族上健康的身体既变得令人高度向往，又显露出问题重重[25]。

安·安琳·张认为对正在从“缓慢的感染”的同化处境中走出来的人来说最成功的融入社会的前景或许只是完全地参与到游戏中去：关键的甚至不是去变成理想的他者，而是要变得能够抵御疏离所产生的静止和瘫痪的状态，从而有助于使自己达到能够与该理想相比较[26]。霍米·巴巴对同化和虚假之间关系的建构这个问题是这样认识的。他认为“仿拟”是一种殖民的、规驯的指令和工具，然而却注定要失败：

“殖民仿拟是对变成革新的、可辨的‘他者’的强烈渴望，即存在差异的公民，几乎相同却又不完全相同。”[27]赵健秀提出的真实性的问题，涉及离散族裔的文化和身份认同的问题，是一个需要深入讨论的问题。关于第二个问题，即美国华裔所认知的中国文化的真实性问题，则属于另一个问题。

（2008 年）

注释：

1 Chang Joan Chiung-huei , “Transforming Chinese American Literature—A Study of History Sexuality, and Ethnicity”, *Modern American Literature: New Approaches*, General Ed, Yoshinobu Hakutani, Vol.20, New York: Peter Lang, p.7.

2 Chang Joan Chiung-huei , “Transforming Chinese American Literature—A Study of History Sexuality, and Ethnicity”, *Modern American Literature: New Approaches*, General Ed, Yoshinobu Hakutani, Vol.20, New York: Peter Lang, p.79.

3 Chang Joan Chiung-huei, “Transforming Chinese American Literature—A Study of History Sexuality, and Ethnicity”, *Modern American Literature: New Approaches*, General Ed, Yoshinobu Hakutani, Vol.20, New York: Peter Lang, pp.54－55.

4 Chang Joan Chiung-huei , “Transforming Chinese American Literature—A Study of History Sexuality, and Ethnicity”, Modern American Literature: New Approaches, General Ed, Yoshinobu Hakutani, Vol.20, New York: Peter Lang, p.81.

5 David Leiwei Li, “The Formation of Frank Chin and Formations of Chinese American literature”, Shirley Hune (ed), etc., *Comparative and Global Perspective*, Pullman: Washington State University Press, 1991, p.220.

6 Anne Anlin Cheng, *The Melancholy of Race,Psychoanalysis, Assililation，and Hidden Grief*, Oxford University Press, 2001, p.27.

7 徐颖果，《美国华裔文化——美国语境里的中国文化》，《南开学报》，2005 年第 4 期，第 99 页.

8 Jose David Saldivar, “Postmodern Realism”，Emory Elliott (ed), *The Columbia History of the American Novel*, Foreign Language Teaching and Research Press,

Columbia University Press, 1991, p.524.

9 Chang Joan Chiung-huei, "Transforming Chinese American Literature—A Study of History Sexuality, and Ethnicity", *Modern American Literature: New Approaches*, General Ed, Yoshinobu Hakutani, Vol.20, New York: Peter Lang, p.73.

10 Chang Joan Chiung-huei, "Transforming Chinese American Literature—A Study of History Sexuality, and Ethnicity", *Modern American Literature: New Approaches*, General Ed, Yoshinobu Hakutani, Vol.20, New York: Peter Lang, p.57.

11 Gundars Strads, "Introduction", *The Before Columbus Foundation Fiction Anthology*", Ishmeal Reed (ed), ect., New York and London: W. W. Norton & Company, 1992, p.xiii.

12 Chang Joan Chiung-huei , "Transforming Chinese American Literature—A Study of History Sexuality, and Ethnicity", *Modern American Literature: New Approaches*, General Ed. Yoshinobu Hakutani, Vol.20, New York: Peter Lang, pp.54—55.

13 Chang Joan Chiung-huei, "Transforming Chinese American Literature—A Study of History Sexuality, and Ethnicity", *Modern American Literature: New Approaches*, General Ed, Yoshinobu Hakutani, Vol.20, New York: Peter Lang, p.54.

14 Helena Grice, *Negotiating Identities—An Introduction to Asian American Women's Writing.* New York: Manchester University Press, 2002,p.94.

15 Helena Grice. *Negotiating Identities—An Introduction to Asian American Women's Writing.* New York: Manchester University Press, 2002, p.94.

16 Helena Grice, *Negotiating Identities—An Introduction to Asian American Women's Writing*, New York: Manchester University Press, 2002, p.94.

17 Chang Joan Chiung-huei, "Transforming Chinese American Literature—A Study of History Sexuality, and Ethnicity", *Modern American Literature: New Approaches*, General Ed, Yoshinobu Hakutani, Vol.20, New York: Peter Lang, p.72.

18 Chang Joan Chiung-huei, "Transforming Chinese American Literature—A Study of History Sexuality, and Ethnicity", *Modern American Literature:New Approaches*, General Ed, Yoshinobu Hakutani, Vol.20, New York: Peter Lang, p.72.

19 Anne Anlin Cheng, *The Melancholy of Race, Psychoanalysis, Assililation, and*

Hidden Grief, Oxford University Press, 2001, p.69.

20 Anne Anlin Cheng, *The Melancholy of Race, Psychoanalysis, Assililation, and Hidden Grief,* Oxford University Press， 2001, p.69.

21 Anne Anlin Cheng, *The Melancholy of Race,Psychoanalysis，Assililation，and Hidden Grief,* Oxford University Press, 2001, p.70.

22 Anne Anlin Cheng, *The Melancholy of Race, Psychoanalysis, Assililation, and Hidden Grief,* Oxford University Press, 2001, p.71.

23 Anne Anlin Cheng, *The Melancholy of Race, Psychoanalysis, Assililation, and Hidden Grief,* Oxford University Press, 2001, p.72.

24 Anne Anlin Cheng, *The Melancholy of Race, Psychoanalysis, Assililation, and Hidden Grief,* Oxford University Press, 2001, p.79.

25 Anne Anlin Cheng, *The Melancholy of Race, Psychoanalysis, Assililation, and Hidden Grief,* Oxford University Press, 2001, p.80.

26 Anne Anlin Cheng, *The Melancholy of Race, Psychoanalysis, Assililation, and Hidden Grief,* Oxford University Press, 2001, p.81.

27 Anne Anlin Cheng, *The Melancholy of Race, Psychoanalysis, Assililation, and Hidden Grief,* Oxford University Press, 2001, p.106.

关于美国华裔戏剧的界定

摘要：对美国华裔戏剧这个概念的界定，是一个比较复杂的问题。它不但关乎作为少数族裔的美国华裔的戏剧本身，而且关系到华裔剧作家本身的文化身份认同问题。本论文从美国华裔戏剧的历史发展，以及华裔剧作家在美国语境中的各种现实关切等角度，探讨如何界定美国华裔戏剧，以及相关的政治、社会、文化等因素对此问题的影响。
关键词：美国华裔 美国华裔戏剧 美国亚裔戏剧

在美国，华裔往往是作为亚裔族群之一被指涉的。华裔文学一般不被刻意单独分成“华裔文学”，而是笼统地划归在“亚裔文学”的范畴，所以华裔戏剧也同样，不单独分出“华裔戏剧”，而是作为亚裔戏剧被认识和接受。笔者在这里之所以专门论述华裔，是因为这个课题选择研究的都是华裔剧作家创作的戏剧，主要研究美国华裔的戏剧，所以将这些戏剧冠之以“美国华裔戏剧”。但是，在背景介绍中无法脱离“亚裔戏剧”的概念，为了叙述方便起见，不得不经常提及“亚裔戏剧”这个名称。

回顾美国华裔戏剧的发展历史，华裔戏剧初具规模的发展，要追溯到 20 世纪 60 年代末。华裔与日裔戏剧一道，从一开始构成了美国亚裔戏剧的主流。20 世纪 90 年代有艺术家开始呼吁，亚裔戏剧应该包括其他种族的文化，特别是要包括东北亚地区和印度地区的文化。今天的亚裔戏剧已经非常多元化，而且丰富多彩。亚裔戏剧包括华裔、日裔、韩裔、新加坡裔、菲律宾裔、马来西亚裔、越南裔等来自亚洲的移民族群的戏剧作品。同其他的亚裔剧作家一样，华裔剧作家多用英文创作剧本（本文只研究华裔剧作家用英文创作的剧本）。而创作语言的选择，在很大程度上反映了剧作家的文化身份认同。

美国华裔剧作家同其他亚裔剧作家一样，在文化身份认同的问题上经历了不断的变换。里克·什奥密（Rick Shiomi）指出：20 世纪

60 年代以来美国亚裔戏剧创作的目的就是为了证明亚裔也是美国人："我们要证明我们是美国人。我们的戏剧风格是西方的，但是故事的内容是美国亚裔的。"尽管最初的亚裔剧作家多数也认同于其祖籍国的文化，有人甚至认为亚裔戏剧如果否认亚洲的文化根源，就是向非亚裔艺术家投降。但是，在如何看待祖籍国和居住国的问题上，每一代的亚裔剧作家都表现出不同的态度。

具体说华裔剧作家。第一批用英文写作的华裔剧作家致力于颠覆流行于美国舞台上的华人的负面形象。这些形象不是古怪的小丑，就是险恶的唐人街罪犯。美国主流社会直到 20 世纪 60 年代以后，才愿意接受诸如赵健秀这样的第一代亚裔剧作家在作品中对华人形象的真实表现。第一代华裔剧作家的代表赵健秀，从美国华裔的视角挪用中国文化，用关公、木兰等作为华裔的形象代言人，竭力颠覆华裔的负面形象，极力树立华裔的积极形象。在 20 世纪 70 年代的第一代华裔剧作家的作品中，华裔与他们祖籍国的关系是确定而明显的。但是在 20 世纪 80 年代的第二代华裔剧作家的眼中，华裔的身份如何界定，成为一个答案不确定的问题。

第二代华裔剧作家的代表黄哲伦通过其作品《束缚》(*Bondage*)、《寻找唐人街》(*Trying to Find Chinatown*) 等提出：问题不是"如何界定美国亚裔群体的身份"，而是他们的身份是否可以被界定。黄哲伦通过《束缚》中的一个角色表达自己的观点："在即将到来的那个世纪，所有的标签都要重写，所有的假设都要重新考察，所有的关系都要重新定义。" 文化身份的流动性和杂糅性的命题被明确提出。

第三代华裔剧作家与祖籍国的关系渐行渐远。不仅如此，第三代开始了去族裔性的身份认同。第三代华裔剧作家谢耀（Chay Yew）说道："90 年代和以往完全不同，人们不再将关注点侧重于种族问题，而是把种族问题作为跳板，继而引发对其他问题的讨论。"亚裔戏剧家开始超越族裔戏剧的疆界，开始探索一些普世性的议题。虽然有专注于族裔主题的剧作家，但是也不乏超越此主题的剧作家和作品。此时亚裔剧作家与主流的融合也是普遍接受的，20 世纪 90 年代美国主流区域的戏剧公司上演美国亚裔剧作的情景已经不是什么新鲜事了。与第一、二代不同，第三代剧作家感觉他们离自己的根很遥远。如果一定要说明他们的文化身份的话，剧中大部分人物都表示自己不属于任何一种特定的文化。随着时间的推移，在多元文化主义的概念被广泛接受的时代，是否与祖籍国认同的问题，似乎逐渐失去了其作为问题的尖锐性和迫切性。

在相当一段时间，身份认同与亚裔的创作方向有密切关系。在戏剧中应该书写亚裔自己的经历，还是像白人那样写大众戏剧？在这样的问题上，第一代和第二代亚裔剧作家经历过选择的困惑。像赵健秀这样的为华裔甚至是亚裔族裔的群体利益而创作的剧作家，显示出对族裔群体的集体关切，和作为族裔剧作家的使命感，因而他们的剧作具有较强的政治意识和社会责任感。如果说第一代亚裔剧作家创作的目的是为了表明他们也是美国人，不应当受到歧视，而第二代亚裔剧作家要极力解决的是表现亚裔戏剧的族裔特点问题，那么第三代亚裔剧作家更为关注的则是亚裔个体的不同经历，而不是亚裔作为一个群体的经历。

第三代亚裔剧作家的作品注重描写的是亚裔身份的多重性和他们生活经历的多样性。他们在戏剧中讲述亚裔自己的故事。在这些故事中，亚裔身份只是他们复杂经历的一部分。他们不再认为剧作家肩负的是必须用作品表现整个亚裔群体的民族责任。亚裔剧作家的创作关注从70年代的注重政治立场和族裔群体的表征，转变为对亚裔个体经历和感受的表现，尽管个体的经历也包括作为少数族裔整体的美国经历。

一个常见的误区就是认为所有的华裔可以用一个定义来描述。其实华裔作家和其他亚裔群体一样，他们对身份的认同是多样化的，不存在一个唯一的标准。即便是对“亚裔”这个应该能涵盖他们所有人的词汇的问题上，也有不同的声音，因为许多亚裔剧作家对“亚裔”这个词并不认同，原因是多种多样的。首先，“美国亚裔”（Asian-American）被认为是一个包罗万象的词汇，不能准确地描述这个用连字符连接的词汇所试图包含的意义。维克多·巴斯卡拉（Victor Bascara）提出，“美国亚裔”一词不是准确地描写了一群散居在国外的人，而是描述了几个孤立小岛组成的群岛，这些岛不仅位置不同，而且历史环境也不同，所以文化和政治方面所关心的议题也不一样。任何一个构成这个群体的移民历史、祖籍国、经济背景、语言、宗教和文化，不仅相互间有重大差异，而且每个种族内部因性别、年龄、阶级、教育和其他因素也存在着重要差异。因此，他的结论是，“美国亚裔”一词并非能够轻易地概括一群个体。但是，称一位剧作家或一部剧作或一个剧团是美国“亚裔”的，却容易让人想象出一个统一的整体形象，从而形成一个过分简单化的、抹杀个体多样性的族裔类型。

更重要的是，有的剧作家排斥“亚裔”这个修饰身份的形容词，认为这个修饰词暗示着亚裔戏剧不同于一般的戏剧，而且具质量低下的含义：“我不会称自己是美国亚裔剧作家，但也不反对别人这么称呼他们自己。这只是用种族差异来修饰这个行业，以便消费者了解剧本的一种方式。人们并不把山姆·夏普德称为白人剧作家，……从负面意义上看，‘美国亚裔剧作家’这个称谓含有低档次、次等品的意思，这是对该形容词的一种未被承认的、非官方的解读。”

也有剧作家认为“亚裔“是个不够精准的词汇，也从来没有被精准地使用过。亚裔最初被称为东方人，英文是 Oriental。后来这个词被认为有殖民主义话语之嫌，加之这个词的指代也缺乏准确性，因此用亚裔（英文是 Asian American）这个词汇将 Oriental 取而代之。可是，随着美国社会越来越多元文化化，这个词汇试图表现的差异，被认为越来越没有必要，这个词被认为将变得没有用处。

可以看出，包括华裔在内的亚裔对“美国亚裔”这个称谓有多层面的感受和解读。有人把自己界定为“美国华裔”，而有人并不认为这种划分是必要的。因为“亚裔”这个定义被认为暗示了一些有争议的概念，如“异国”“祖国”等。美国亚裔戏剧人希望观众在舞台上看到他们的时候能把他们看作是美国人。

由此可以看出，对于亚裔而言，文化身份的概念更多地成为关于种族、性别、性取向、地区、宗教等的分别，而不是关于国家的分别。亚裔认同于美国人，这是毫无疑义的。当亚裔演员在舞台上演出时，他们愿意被当成美国人，而不是外国人。“身份问题不再是关于我们是谁，我们从哪里来的老问题”，而是“我们有可能会变成什么”以及“我们被怎样表征着”“这些将如何影响我们表现自己的方式”的问题。

然而，华裔和亚裔的名称，却很容易让人从地理位置上联想到他们的祖籍国。埃斯特·金·李（Esther Kim Lee）指出：从广义上讲，美国亚裔戏剧的性质是跨国家与跨文化的。从字面意思上讲，“美国亚裔”这个概念需要放到跨国背景中才能解释。提起“亚洲”，人们就会想起亚洲的地理位置以及亚洲诸国。而“美国”则是美国亚裔与他们的祖先们移民到达的目的地。在这个意义上，亚洲各国与美国之间会产生各种形式的交流、旅行、迁徙，具体包括留学、劳工、难民、艺术交流等形式，于是“美国亚裔”这个词就产生了。

帕特里希·佩维斯（Patrice Pavis）说，如果跨文化戏剧是由许多表演传统有意识地组合在一起的混合体，而且每个表演传统背后都与一个文化区域有关联，那么我们认为美国亚裔戏剧是跨文化戏剧的一种形式。然而，20 世纪 90 年代的美国亚裔戏剧告诉我们，亚裔戏剧在跨文化戏剧形式的基础上，正在扩展他们的创作内容，他们都把自己的族裔身份作为事业发展的跳板，而关注许多非族裔议题的主题。曾经一度认为不同于主流戏剧或一般戏剧的亚裔戏剧，正在跨越族裔戏剧的边界，这些艺术家被认为“接受了美国亚裔戏剧的国际化的事实”。

在全球化时代，各种不同文化之间的交流每天都在发生，学科之间的跨界更是一个愈演愈烈的现实。不同文化之间的交流形成的文化融合，使得文化的重建和行业的跨界非常普遍。在试图对亚裔戏剧的身份进行界定的过程中，我们看到的是亚裔美国戏剧呈现的多样性和多民族性，这使得试图用一个简单的句子定义亚裔戏剧的努力变得没有意义。

总而言之，美国华裔的命名和自我命名，是一个非常复杂的议题，也是一个比较敏感的议题。用来修饰华裔剧场的形容词如“少数族裔”“种族剧院”“多元文化”等，都让华裔剧作家感到是在暗示族裔的戏剧不同于“美国”人戏剧，因此似乎有种族歧视的意味在其中。比如有剧作家指出，在 20 世纪 70 年代，“少数派剧院”或是“种族剧院”

是一个备受歧视的字眼。后来，我们被叫做“特定种族”或是“多样文化”，这似乎不再显得那么蔑视或者说好像使我们的存在合法化了。早期的时候，我觉得我们就像领养的孩子一样，无论是在资金、别人的认同度还是媒体里，我们从来就没有享受过公正的待遇。后来，由于泛亚宝库剧院的业绩，我们的地位得到了改善。当初我经营泛亚宝库剧院的时候，我只是希望做一些有意义的事情来丰富美国的戏院文化。20世纪以来，美国的剧院就基本上被欧裔新教徒垄断了。到了20世纪70年代的时候，我觉得是时候争取一些机会了，毕竟我们也是美国人。仅仅以安东尼特派瑞奖来定格戏剧，也过于狭隘了吧。

有些作家甚至提出要自己命名自己，而不采用任何现有的流行称谓。这些态度都说明“美国华裔”不仅是一个命名的问题，而是涉及许多深层次的社会内涵。

总之，由于包括华裔在内的亚裔戏剧界的身份的多样化，使得任何试图定义亚裔群体身份的做法都受到质疑，因为亚裔群体的族群身份正在变得模糊。亚裔群体与其他美国人的身份界限正在慢慢隐去。无论是黑人、白人还是黄种人的美国人，他们凸显的只有一个身份标志，那就是他们都是美国人。所谓“美国华裔戏剧”主要是为了划分方便，专指由具有华裔血统的美国剧作家创作的戏剧，而并不试图定义美国华裔戏剧，更不是要将其从美国戏剧中分离出去。相反，这是对美国戏剧研究中长期缺失美国华裔戏剧内容的一个必要补充。

（2012年）

美国华裔文学中的西方文学传统

摘要：美国华裔文学中的中国文化影响受到中外批评界极大的关注，而他们作品中的西方文学传统却很少有人研究，其意义也被忽视，致使对华裔文学及其接受的阐释和评价有较大的片面性。事实上，华裔作家受到西方文学传统的影响要远远大于他们所受到的中国文学、文化的影响。这一现象的形成有着复杂的原因，其中美国语境中的东方主义的影响是主要原因之一。本文以美国华裔作家中的两位重要作家汤亭亭和赵健秀为例，通过阐释他们作品中的西方文学传统，说明贯穿于汤亭亭和赵健秀作品的其实是一套美国价值观。文章从互文性的视域对赵健秀的长篇小说《甘加丁》进行了分析，说明声称自己在文学作品中捍卫和传承中国文化的赵健秀，其实表征更多的也是西方文化和文学传统，只是表现手法不同于汤亭亭而已。

关键词：美国华裔文学 西方文学传统 汤亭亭 赵健秀

汤亭亭作品中的西方文学传统是显而易见的，而美国评论家也非常清楚。当《女勇士》初获成功时，被评价为“近年来的最佳小说之一”，汤亭亭顿时跻身于西方文学大师的行列，与弗拉基米尔·纳博科夫（Vladmir Nabokov）、约瑟夫·海勒（Joseph Heller）、多丽丝·莱辛（Doris Lessing）、君特·格拉斯（Gunter Grass）、约翰·奇佛（John Cheeve）、加西亚·马尔克斯（Grabriel Garcia Marquez）等比肩而立[1]。西方评论界对汤亭亭的文学成就不乏赞誉之辞。汤亭亭的创作被评价为“具有詹姆斯·乔伊斯（James Joyce）和威廉·福克纳（William Faulkener）的主题风格”。《纽约时报书评》甚至赞扬道：“正如《艺术家的肖像》是关于作爱尔兰人的小说一样，《女勇士》是关于作华人的小说。”一时间将汤亭亭与乔伊斯（Joyce）相提并论。尽管汤亭亭的主题并没有仅限于女性作家的主题范畴，她的创作手法也并不逊色于白人男性大师，但是汤亭亭还是很快地被冠以“族裔”作家的称号而被符号化。汤亭亭成为边缘化群体作家、少数族裔文学作家、女性文学作家的符号化代表，而没有得到其他男性白人文学大师在文学界所得到的尊重与欣赏。正如华裔作家陈耀光指出的："汤亭亭的性别和族裔背景被放大了，这使她的作品的文学性被忽视。"不仅如此，犹如她的地位被边缘化，汤亭亭作品的文类也被边缘化。同样是移民作家，纳博科夫从来没有被认为是族裔作家或移民作家；同是一种文类，纳博科夫的《洛丽塔》（*Lolita*）从来没有被归划在自传体文类，相反，其不但被视为严肃的文学创作，而且永远是先锋派小说，时而被冠之"革命性小说"，时而是"伟大的艺术品"；时而是现代派，时而是后现代派，永远处在时代的前列。而汤亭亭最初计划创作的小说《女勇士》却被编辑说服改为"非虚构"的自传。

这一切都是因为汤亭亭被降格以待。有学者指出，在美国文学批评的传统中，文类的分野存在着高下之分。比如悲剧被视为高档文类，而喜剧则是低档文类。很长一段时间内，女性作品被划在闺中读物（domestic fiction）或情感罗曼司之列，并不是严肃的文学或文学性高的作品；自传和奴隶叙事一样，都被认为缺乏艺术价值；族裔文学理所当然是低档文学，民间小说是部落文化的"口头史"。而先锋派小说和"艺术小说"都是所谓的高档现代派小说，后现代小说更是被标记为男性文类和"精英"小说，是欧洲父权式小说（Euro-patriarchal）。正因为此，纳博科夫以及与自传同属一类的自白体小说（Confession）没有被视为自传类文体，而汤亭亭的《女勇士》一开始就被定位于自传体。其中的区别说明了美国文学批评界的东方主义势力将同样具有西方传统的文学分出主次、高下，也揭示了华裔文学由于种族歧视的现实在美国面临的种种困境。

汤亭亭受到西方文学传统深刻的影响是很自然的。20 世纪 70 年代，汤亭亭是加州大学伯克利分校的英语专业大学生，曾系统学习过西方文学经典，尤其是受到形式主义大师们的影响，诸如劳伦斯·斯坦恩（Lawrence Sterne），马塞尔·普鲁斯特（Marcel Proust），詹姆斯·乔伊斯（James Joyce），弗吉尼亚·伍尔夫（Virginia Woolf），格特鲁德·斯坦恩（Gertrude Sterne），艾兹拉·庞德（Ezra Pound），T. S.

艾略特（T. S. Eliot），威廉·卡洛斯·威廉斯（William Carlos Williams），弗拉基米尔·纳博科夫（Vladmir Nabokov），塞缪尔·贝克特（Samual Beckett）。汤亭亭也受到当时一些文学思潮的影响，如意识流、实验派小说、后现代小说、黑色幽默、荒诞派等。

值得注意的是，东西方文学传统从谱系上有时竟然难以截然分开。后现代无序拼贴中的拼贴（Arabesque）经常指阿拉伯东方。从叙事形式角度，它来自于亚洲的波斯经典《天方夜谭》（*Arabian Nights*，又译《一千零一夜》）。小说《天方夜谭》中有许多阿拉伯、波斯、印度等亚洲国家几千年来流传下来的寓言、笑话、轶事、说教故事、比喻、童话和传说。

不少研究都发现，如果用互文方法研究《女勇士》，就不难发现《女勇士》中女主角的故事与霍桑的《红字》十分相似。可以说汤亭亭的故事非但不是有“异国情调”的东方故事，反而就是发生在美国人民身边的事。在美国的东方主义性观念中，对女性的压迫和对女性的性压迫，都只是发生在东方的“蛮荒之地”的事。事实上汤亭亭更多地受到西方文化和文学的影响。比如，当问及唐敖的变性情节时，汤亭亭曾明确表示她是受到伍尔夫的《奥兰多》（*Olando*）的影响。美国的东方主义成为误读汤亭亭的主要问题。其实汤亭亭创作的是美国文学，这是毫无问题的。汤亭亭自己也说过：“事实上我认为我的小说更为美国而不是中国。我感到我在把自己构建和创造成美国人，让每一个人认识到，这些角色是美国人。尽管我对中国人有深刻的记忆，但是这些角色都是美国人。而且，我在创作的是美国文学的一部分，我非常清楚我在这样做，在给美国文学添砖加瓦。评论家们还没有认识到，我的作品是美国文学的另一个传统。”尽管汤亭亭开创了华裔在美国的西方传统，她仍然被西方读者指认为“中国的”，说明汤亭亭作品仍然处于美国的东方主义化的学术批评的阴影之下。

二

另外一位重要的美国华裔作家赵健秀，也同样表现出明显的西方文学传统，而这个特点也同样经常被忽视，不同的是赵健秀表现的方式与汤亭亭有较大的差异。本文以赵健秀的小说《甘加丁之路》为例进行说明。在这部小说中，赵健秀的创作语言不但不是在凸显族裔特征，甚至有些要忽略族裔特征的迹象，而其中西方文学传统的影响比比皆是。

我们知道，文学语言之所以区别于非文学语言，很大程度上在于文学语言依靠语言的引申意义，即语言所引起的联想和想象，以及语言本身含有的暗示和暗指。赵健秀在该书中频繁大量地使用电影名和文学作品名来进行暗示和暗指，通过引申来完成小说的创作；通过内容互文、题目互文、角色名互文实现了语言互文和文化互文，有效地深化了小说的文学性和文化塑造性，而这些互文主要建立在西方文学传统的基础之上。在《甘加丁之路》中，人名所起到的作用是不可忽视的。比如，小说的主要角色尤利西斯，他的名字是取自爱尔兰作家詹姆斯·乔伊斯的小说《尤利西斯》；暗指汤亭亭的潘多拉，其名字来自希腊神话中的“潘多拉魔盒”，比喻带来不幸和灾难。“关公在亚洲被看成是‘中国战神’，在西方被看成是‘中国的普罗米修斯’。”[2]“我们家的姓是战神关公的姓。……她们说关公是关姓家族中最伟大的人。妈妈说关公就像中国的约翰·韦恩。妈妈的大姐芙蓉阿姨说他看上去更像中国的克拉克·盖博。”约翰·韦恩常在美国西部片中扮演硬汉、英雄。“我们就是桃园结义的三兄弟，我们是三个火枪手。”《三个火枪手》是法国大文豪大仲马的小说，作为杰出的通俗小说在西方流传甚广。阿多斯、波尔多斯和阿拉米斯三位朋友勇敢、正直、仗义。有西方文化背景的读者看到阿多斯、波尔多斯和阿拉米斯三位剑客的名字，就能理解《三国演义》中的关云长、张飞和赵云是什么样的人物。赵健秀用西方电影中的角色来说明中国文化中的人物。赵健秀在用电影名互文时，已达到法国学者克里斯蒂娃所说的无意识状态和自动化状态。

赵健秀用大量的电影名来互文。而电影浸润着文化和历史。对于美国读者，特别是看过这些电影的读者，这些电影名字的提示可能起到一字千金的修辞效果，而对于其他文化背景的读者，尤其是对这些电影一无所知的读者，仅仅用电影名来描述可能使读者不知所云。“像《公民凯恩》中的奥森·维尔斯那样，我勃然大怒。”奥森·维尔斯究竟发怒到何种程度，读者并不能读出。这样的例子不在少数：“我们穿行其间的街道仿佛《正午》《我亲爱的克莱门汀》和《OK 卡拉尔的枪战》中的大街，但实际上应该是《避暑胜地》和《盖吉特在西雅图》中的街道。”“从外表看，她恰似短了一截的贝蒂·戴维斯，只是嘴唇大了点，眼睛就像劳斯莱斯汽车上的两盏金色大前灯，她戴着一副大眼镜，胳膊上毛茸茸的，嗓音尖细，介于埃萨·基特和泰米·维纳特的嗓音之间。”“她那模样仿佛是没长胡子的奥利弗。”“父亲是唐人街里的英雄！他是唐人街里穿着最考究的赌王。他是爱说大话的罗宾汉式的英雄。在我母亲眼里，他长得像罗尔·弗林。”

赵健秀用电影名和戏剧名点到为止的描写方法几乎成为他的叙事特色：“他的这番话好像是路易·布奴艾尔的《被遗忘的人》中的最后一幕。”“弥尔顿在电话里大声说，咯咯地笑起来。我终于想起来了，他的大众汽车发动机式的笑声就像彼得·洛里在《马耳他雄鹰》和弗里茨·朗的《大都会》中的笑声。”在这部小说中，电影和文学作品作为能指，没有明确和固定的意义。没有看过该电影的读者，恐怕只能靠想象了。正应了“有一千个读者，就有一千个哈姆雷特”那句话。这样的修饰，对于异域文化中的读者来说，具有意义上的断裂和不确定性。电影名字代表的意义不再产生于文本的内部结构，而产生于电影所代表的文本与其他文本的相互关系。对所指电影概念的缺失，造成词语的内涵与外延在逻辑上的混乱。燕卜荪曾把含混分成七大类型，赵健秀的电影名叙事法至少具有其中三个含混的特征。即：参照系的含混（ambiguity of reference）；所指的含混（ambiguity of referent）；意味的含混（ambiguity of sense）[3]。如果说误读即阅读，以上的含混所造成的误读的可能性可将阅读发挥到最大限度。

格尔兹提出，要想获得对特定文化表现形式的深层理解，我们不应理会形而上学的分类，必须沉降入细节。所谓“沉降入细节”，就是进行“厚描”（thick description）。为了形象地说明什么是“厚描”，格尔兹在《文化阐释》一书中用“眨眼”作了一个浅显的类比。有个人眨了眨眼睛。如果我们仅仅对这个动作加以描述，即闭上又睁开一只眼睛的眼睑的话，我们所进行的就是“薄描法”（thin description）[4]。赵健秀对电影名的应用，对于西方读者来讲，虽然描述简要，但是由于电影名的联想、暗示和引申作用，这种描写看似“薄描”，却是“厚描”。因为电影名能引申出文化符号的所有可能意义，引申出其产生的具体文化环境和社会背景。小说中的尤利西斯是赵健秀的化身，在作品中尤利西斯说道：“他这么说也许是想起了托马斯·沃尔夫、迪伦·托马斯、詹姆斯·乔伊斯都是在流放中了却一生，把他们当作了我。”“我”是什么样的人，赵健秀并没有具体描述。读者对托马斯·沃尔夫、迪伦·托马斯、詹姆斯·乔伊斯流放经历的所有理解加在一起，就是“我”，可谓言简意赅。虽然对于读者来说，这些是含混的、不确定的，然而正是其不确定性，将解读引向对更为丰富的意义的追寻。赵健秀通过对电影名的应用，产生了他独特的“话语”，简要但意蕴丰富。然而，对于非西方文化背景的读者，这种简约的电影名描述带来的更多的是意义的缺失。没有作家愿意看到自己作品意义的大量缺失。从这个角度看，赵健秀心目中的读者是有西方文化背景的读者，赵健秀的话语是浸润着浓厚西方文化的话语。事实上，赵健秀认知的文化和亲身经历的文化充满了美国主流文化价值观。或者说，赵健秀表现的基本上是美国文化的价值观念。电影对于赵健秀而言，就是接受文化的主要媒介和渠道之一，这些电影灌输、传递着文化。

罗兰·巴特说道：“任何文本都是互文本；在一个文本中不同程度地并以各种多少能辨认的形式存在着其他文本：例如，先前文化的文本和周围文化的文本。”[5]互文性理论作为一种强调文本影响研究的文学理论，也必然会注重文本背后的文化影响研究。从互文性的视域审视赵健秀的《甘加丁之路》，赵健秀的互文策略表现出他的文化影响的来源。在他的文本中，互文批评关注的所谓“先前文化”和“周围文化”基本是美国文化。大量的美国电影名蕴含的美国文化和西方文化及其价值观念，构成了一个西方文化话语的网络。其中的细节都因在这个网络中而产生词语意义和文化意义。小说中的华裔角色也只有在这样一个文化互文网络中，才产生意义。离开这样一个西方的文化互文网络，对华裔角色的那些描写都将失去意义。西方文学和文化对赵健秀的影响明显大于中国文化对他的影响。西方文化塑造了赵健秀的主体性。他的创作策略表现为叙事方面有明显的能动性、自主性和自为性。他明确表示有宏伟的目标：“尤利西斯希望亚美裔演员们担负起创造亚美裔戏剧的责任，喋喋不休地大谈特谈创造亚美裔戏剧的历程，好像《星际旅行》中的科克船长在谈论‘人性’，说什么要学习W. B. 叶慈、肖伯纳、格雷戈里夫人、詹姆斯、乔伊斯和肖恩。奥卡西，他们都靠都柏林的艾比剧院创造了爱尔兰戏剧，在此之前，爱尔兰人在英国戏剧中只有概念化的形象，被当作是不列颠岛上的黑人，没人听得懂他们在说什么，也没人在乎。”[6]他要创建美国华裔的戏剧传统，但是他深知这个任务的艰巨性：“无论是谁创造了它，美国舞台终究是西方舞台，是在契诃夫、萨拉杨和阿瑟·米勒影响下形成的舞台。”[7]

与文本的间性直接相关的就是创作互文本的主体，在文本的互涉性中，读者所看到的不仅仅是文本之间的传续与变异，更重要的是这种历史的转变是如何成为可能的。赵健秀完全是在美国文化的语境中形成了他的主体性。他认为正是歌曲、故事、童话、神话等才构成了文化：我记不清中国是啥样。没有一点记忆。记不得一张脸，记不得一个神话故事，连一支歌曲也记不得[8]。赵健秀熟知美国电影，对中国电影却只字未提。相比之下，他对中国电影的了解是十分有限的，而赵健秀认为电影、戏剧、童话、神话，都是历史，都是文化。从这个角度讲，赵健秀对中国文化的了解是十分有限的。正因为此，他的作品才突出表现了美国的文化价值观念。从跨文化的角度审视赵健秀的作品，就能发现文化差异是非常明显的。

以大量的西方电影和文学名著作为参照框架，可能令没有足够西方文化背景的读者不知所云。即便是对于西方读者来说，赵健秀语言符号的不确定性也未必能够引导出充分的解读。无论对西方读者，还是中国读者，语言符号的不确定性都导致阐释的无限性。加达默尔认为，阅读过程涉及到读者和文本双方的对话和“视野融合”。读者所带来的时空视野和个人视野构成了阅读过程的“前理解”，文本的意义就是读者的视野与文本的视野进行有效的对话的结果。由于该理论认为文本意义主要由读者决定，它实际上将意义的本源从文本转移到了读者[9]，读者在意义生成过程中的作用大大提升。

法国批评家巴特将文本中的所有能指归纳为5种代码：解释代码、语义代码、象征代码、布局代码和文化代码[10]。赵健秀《甘加丁之路》中的电影名可以说起到几乎所有以上5种代码的作用，既是解释性的、描述性的，也是象征性的，又都是叙事结构布局和文化性的。

如果我们用比较文学的方法和跨国主义的视野，了解并认识到美国的东方主义传统及其形成的历史、文化、意识形态等原因，就不难发现美国的东方主义传统对于接受和阐释美国华裔文学的影响。美国华裔文学是美国文学，而且表现出明显的西方文学传统。由于美国文学市场试图将他们划归在族裔文学的狭小范畴内，给他们打上族裔的标记，便有意地淡化了美国华裔作家的艺术成就，有意地将其族裔化而后边缘化，背后的原因是美国由来已久的东方主义传统。认识到这一点，对于我们全面评价美国华裔文学有着重要意义。

（2007年）

注释：

1 林涧，《语言的铁幕：汤亭亭与美国的东方主义》，上海：复旦大学出版社，2006年，第89页.

2 赵健秀著，《甘加丁之路》，赵文书译，南京：译林出版社，2004年，第309页。

3 殷企平，《含混》，赵一凡等主编，《西方文论关键词》，北京：外语教学与研究出版社，2006年，第158页-163页.

4 陈榕，《新历史主义》，赵一凡等主编，《西方文论关键词》，北京：外语教学与研究出版社，2006 年，第 675 页.

5 http：//bk.baidu.com/view/.

6 赵健秀，《甘加丁之路》，赵文书译，南京：译林出版社，2004 年，第 323 页.

7 赵健秀，《甘加丁之路》，赵文书译，南京：译林出版社，2004 年，第 306 页.

8 赵健秀著，《甘加丁之路》，赵文书译，南京：译林出版社，2004 年，第 81 页.

9 张剑，《细读》，赵一凡等主编，《西方文论关键词》，北京：外语教学与研究出版社，2006 年，第 636 页.

10 陈世丹，《代码》，赵一凡等主编，《西方文论关键词》，北京：外语教学与研究出版，2006 年，第 36 页.

第三章　美国华裔文化

也谈汤亭亭对中国历史文化的虚构

摘要：美国华裔作家汤亭亭在作品中对中国文化的处理引起不小的争议，主要是有人认为汤亭亭作品中的中国文化不准确，甚至被歪曲。美国华裔作家作品中常常涉及中国文化。因此，如何看待华裔作家作品中的中国文化，是美国华裔文学研究中的一个重要问题。本文就此问题，从汤亭亭的创作原则、美国华裔的生存现实以及汤亭亭的文化观等几个方面进行讨论，试图解释所谓汤亭亭误读历史的问题。
关键词：汤亭亭　美国华裔文学　中国文化　文化身份认同

美国华裔作家汤亭亭于 1976 年出版的《女勇士》获得数项美国国家级大奖。国内外研究《女勇士》的论文经久不衰，多数是在褒扬。然而在美国，汤亭亭在作品中对中国文化的处理却引起不小的争议。争论的焦点是汤亭亭笔下的中国文化。以华裔剧作家赵健秀为代表的意见认为，汤亭亭作品中的中国文化不准确，比如，以花木兰为原型的发木兰被其母在背上刺字，此情节是将岳母刺字移花于木兰。除此以外，还有一些批评家认为汤亭亭歪曲了中国文化，比如将华人男子全部刻画成父权主义的受益者。美国华裔作家作品中常常涉及中国文化，如何看待美国华裔作家作品中的中国文化，是美国华裔文学研究中的重要问题。

2004 年 3 月，汤亭亭在上海的讲话中介绍了她的新作《第五和平之书》（2003 年 11 月出版）。她在讲话中所谈及的问题，对于我们理解汤亭亭作品中的虚构原则，包括对中国文化的虚构，都提供了新的视角。这里从四个方面进行讨论。

首先，汤亭亭十分重视创作自由，非常看重一个作家的表达自由。她在 2003 年 3 月 7 日的讲座中谈到，美国华裔作家中没有哪两个人是相同的，那么是什么把他们归为同一类世界华人作家的呢？是自由表达。汤亭亭认为散文（Prose）是有意识的生活状态，而写诗则很自由，是靠灵感、靠想象、靠天赋。“我常对自己说，让我活得像个诗人吧。这样我就不必非得用某些语言，非得用某种风格。”她强调创作的自由、主题选择的自由、语言选择的自由和思想表达的自由。她认为作家应该能够不拘泥于格式、文体的限制。这无疑能解释她在作品中对中国文化的再创作，她作品中的中国文化也因此而“不准确”。《第五和平之书》也是很好的例子。该书给试图将每一本书都归类的人出了一道难题，因为书中既有虚构的，又有非虚构的。全书共有四章，第一、二章是非虚构的，第三章是虚构的，第四章又是非虚构的。汤亭亭称它是“非虚构－虚构－非虚构的三明治”[1]。除了形式的表达自由，题材的选择上也表现出自由，譬如《第五和平之书》一书的题目。《第五和平之书》的标题表明该书是一部关于和平的书，而且是和平之书“之五”。那么和平之书之一，之二，乃至之四都有哪些呢？汤亭亭在第二章开始便有所交代。据书中的解释，很久以前中国曾经有过和平之书，共有三种，书名是《三平书》（*Three Lost Books of Peace*）[2]，告诫人们如何避免战争，如何和平解决争端，但被人为地焚烧了。汤亭亭讲，从秦始皇开始，历代帝王在朝代交替之时便要焚书，此传统流传至现代中国，造成数以千计的图书馆被焚烧。因此，“和平之书”失传了[3]。20 世纪 90 年代初，汤亭亭对海湾战争十分不安，便开始写一部关于和平的书，将其命名为《第四和平之书》。1993 年汤亭亭位于加利福尼亚奥克兰的家被大火烧毁，她的已经完成了 156 页的《第四和平之书》也随之化为灰烬。汤亭亭感觉她经历的火灾如同经历了战争的洗劫，产生了许多对战争的批评和对和平的向往，便决定再写一部书，通过写作重建自己的生活，同时也宣传和平的思想，于是就有了这本《第五和平之书》。从汤亭亭的描述来看，中国曾经有三部和平之书的说法显然没有足够的证据。然而这并不妨碍汤亭亭写《第四和平之书》和《第五和平之书》，或者说用“第四和平之书”和“第五和平之书”来命名自己的作品。中国以前到底是否存在三部和平之书，对于汤亭亭已经不重要了，重要的是她要以和平为主题，写一部宣扬和平思想的书。汤亭亭说，“和平源自思想”，“用文字表达的思想能传播到每个人的头脑中去，是人们的头脑决定这个世界”[4]。据此，能决定书写和平之书的是作家，而非任何一部其他的书的存在。汤亭亭历来注重作者的创作自由，认为作者应该能自由地创作，不必拘泥于史实。正因为她的这一特点，读者对她的作品中哪些是虚构的、哪些是非虚构的，往往很难分清楚。譬如，汤亭亭在大火中寻觅的《第四和平之书》，是否确有此书稿，还是仅仅是叙事策略，都很难确定。

其次，汤亭亭的移民背景对于她写作内容的选择也产生了影响。汤亭亭的父母亲是第一代移民。在上海的讲座中汤亭亭讲到，当她听到华人的移民故事后就想用这些故事作为创作的素材。但是故事中有些关于华人移民对移民局撒谎，或他们偷渡的事，“如果照实写来，也许美国联邦调查局等会来找麻烦。但是如果故事是虚构的，那么他们就会说，既然不是事实，就不追究了吧”。中国读者有可能想象不到美国华裔的诸如此类的问题，因而没有意识到汤亭亭的移民背景会影响到她对虚、实的选择，限制了她写非虚构作品的可能。正是因为华人的移民背景，汤亭亭因此而有了自己的对策。“对于不同的读者，不同的时间，不同的历史条件，和不同的需要（读者的需要），我得发明讲故事的方法。打破虚构与非虚构之间的界限。混合虚构与非虚构的形式。”以汤亭亭的父亲为例。在《中国佬》中，汤亭亭的父亲先到了古巴，在香烟厂和甘蔗地里打工。以后乘船到了纽约。然而事实却是，汤亭亭的父亲两次被监禁，并被递解出境，后来去了古巴。第三次躲过了移民官才侥幸进入美国。而这一真相与《中国佬》中的父亲经历有着重要的不同。汤亭亭说，“这个故事我只能在他们去世之后讲，我不想让我的父母亲被抓起来递解出境”[5]。

另外，汤亭亭对中国文化的理解也是形成她“用典不准”的原因之一。她在上海讲座中说，“我写中国文化时，我不是照搬中国文化，我不是在翻译，而是写我所熟悉的生活。那是美国生活。生活在美国的移民，对母国的文化只记他们有兴趣的事情，没有兴趣的事情他们会忘记。他们还会因为需要而创造一些中国神话、中国文化”。汤亭亭对中国文化的处理正是如此，只记下她有兴趣的部分，并因为需要而创作新的神话，比如对木兰的处理。汤亭亭在多个场合申明她的作品中的中国是她想象出来的，是创作的。她明确表示她写的并不是中国，而是美国。事实上汤亭亭是用中国文化中的一些具体意象和情节，来讲述她的美国故事。汤亭亭在上海讲话中谈及，中国历史一经用英文讲述，就发生了变化。中国历史不仅属于你们（生活在中国的人们）。在她的眼中，历史文化并非只有一种民族的人能使用，并非是唯一的版本。一个国家的历史在不同的历史文化中也能发挥作用，可以是不同的作用、用于不同的目的。在这一点上她与赵健秀有很大的差别。

而且，汤亭亭对其作品中人物的意义，会随着时间的推移而有不同的阐释。她说：“我在写《女勇士》时，我认为花木兰是个女权主义者，反抗压迫。现在我再读《木兰》，我发现木兰是关于回家（回家意味着安定、和平），我感到它是首呼唤回家的诗，是首和平的诗。”汤亭亭现在要宣扬和平，所以《木兰辞》对她而言，便成为了一首呼唤和平的诗。如此处理，花木兰成了一个美国神话。在美国的语境里起着象征的作用。汤亭亭说，“我要讲的是广义的人类的生活。世界上有许多花木兰的版本，有人认为这个版本是真的，有人认为那个版本是真的，选择每个版本都有他自己的理由。而说哪一种是真的、对的，本身就是一种政治行为。创作《木兰辞》也是一种政治行为”。美国科罗拉多的空军军校用汤亭亭的《女勇士》作教材，目的是激发学生的斗志。对此，汤亭亭说：“我听到后感到不安。我写《女勇士》原本是为了和平，现在却被军队用于战争。在美国，《女勇士》在人类学、社会学、英语系、妇女研究、族裔研究等学科用作教材。人类学用它来研究华人这一物种，社会学用它来研究社会问题和意识形态。我写它是作为文学作品，最合适的用途是在文学课堂上研究。”

对同一个木兰版本的两种不同的理解，体现了汤亭亭关注点的变化。现在她关注和平。她不但在作品中，而且在现实生活中主张和平，并且身体力行。2004 年 3 月 7 日在上海讲座中她说，“明天就是国际妇女节，是我为了和平而坐牢的一周年纪念日……当时，为了反对美国对巴格达所进行的‘震慑与敬畏’大规模的军事打击行动，约有500人聚集在华盛顿。大家身着印有‘平’字样的衣服，因为我们想用和平的‘平’（code pink）来对抗布什说的‘紧急行动’（code red）。我们呼唤着和平，我们用三种语言唱着祈祷和平的歌曲。我和我的‘写作姐妹’爱丽丝·沃克、泰瑞·W威廉姆斯和苏珊·格利菲森一起游行，走向白宫，在白宫前面我们受到了阻拦，他们以‘在禁地游行’为由，将我们拘捕”。对此事件，《第五和平之书》的后记中有详细记述。

关于汤亭亭认同中国文化还是认同美国文化的问题，国内有许多讨论发表。不少的人认为汤亭亭认同于花木兰，就意味着认同于中国文化。然而汤亭亭一再申明，她是美国人，她并不认同于中国文化身份。汤亭亭说，“我书写全世界所有的有趣的人和事。当一个人生活在异种文化中时，对于他们所知道的母国历史，他们只会记住有趣的部分。也会根据自己的需要去创作历史。这些故事会不断地衍变”。对于中国文化，她说：“中国历史一经用英语讲述，就已经改变了。”“中国文化不仅属于你们（生活在中国的人），现在它们是美国神话。”她甚至用中国文化中的神，来表达她的意愿。她说，“我希望做一个观音那样的人，把善带给每一个人”。汤亭亭从20世纪70年代一个与花木兰认同的女权主义者，到今天希望做观音一样的人，表现了汤亭亭的关注点发生了变化。正如她所说的，她每次讲中国的故事，故事都不同，根据读者的不同、环境的不同和读者不同的需要，故事永远在变化中。事实上中国文化在汤亭亭的作品中永远都在变化，我们有理由认为还将继续变化。

总而言之，美国华裔作家对中国文化和历史的认知，不同于生长在中国语境中的人。美国华裔作家生活在美国，他们有着我们生活在中国的人想象不到的问题，比如无处不在的种族歧视问题。所以，在研究美国华裔作品时，一定要注重研究大语境，即美国的历史、文化和社会发展，还有美国华裔的移民史。与此同时，还要研究作家作为个体的特点。这些都是我们在讨论美国华裔作品和作家时不能不考虑的问题。

（原文标题为《也谈汤亭亭虚构中国历史文化》）

（2007年）

注释：

1. Renee H. Shea, "The Story Revised: a Profile of Maxine Hong Kingston", *Poets & Writers,* Sept /October, 2003, p.32.

2. Maxine Hong Kingston, *The Fifth Book of Peace,* New York: Vintage Books, 2003, p.51.

3. Maxine Hong Kingston, *The Fifth Book of Peace,* New York: Vintage Books, 2003, p.45.

4. Maxine Hong Kingston, *The Fifth Book of Peace,* New York: Vintage Books, 2003, p.54.

5. Maxine Hong Kingston, *The Fifth Book of Peace,* New York: Vintage Books, 2003, p.2.

“生活是战争”：异域文化中的中国经典翻译
——美国华裔作家赵健秀笔下的《孙子兵法》

摘要： 在当代美国华裔作家中赵健秀是一位不容忽视的重要作家，他对中国文化的理解和表述对于研究世界范围内的华裔文学和文化具有典型的个案意义。本文试图通过赵健秀作品中多次出现的“生活是战争”的引言，揭示中国经典在华裔反对种族歧视、重塑华裔英雄形象的斗争中所起的积极作用，探讨华裔在异域认知中国传统文化的途径及特点，重在说明翻译在文化传播中的作用，以及中国传统文化在异域的传播途径和发展变化。

关键词： 赵健秀 美国华裔文学 《孙子兵法》 文化翻译

赵健秀的作品中经常出现“生活是战争”这句引言。该引言出自其散文集《刀枪不入佛教徒》。在该书的第三页上，赵健秀指出：“Sun Tzu says: Life is war. War is the state of being the big fuck-up. Life or death. The road to glory or extinction. Therefore, before you go to war, study it. Study hard.”[1]翻译成中文，意思是：“孙子曰：生活是战争。战争关系到国家命运、生死存亡、荣辱之大事。因此，参战之前，要先做研究，要潜心研究。”但是，在和《孙子兵法》对照之后，发现《孙子兵法》中并没有“生活是战争”这样一句话。《孙子兵法》的开篇章《始计第一》中的第一句话是这样的：“兵者，国之大事，死生之地，存亡之道，不可不察也。”①而“兵者，国之大器”并不包含“生活即是战争”之意。赵健秀在《刀枪不入佛教徒》中大段大段地引用《孙子兵法》，多数是直接引语。那么他引用的孙子语录来自哪里呢？赵健秀在2004年10月3日给笔者的一个电子邮件中谈到中国

---

① 本文中的孙子兵法全部引自刘伶主编《白话〈孙子兵法〉读本》。白山出版社：沈阳，1991年5月第2版，1995年7月重印。

经典的英文翻译时说："最好的和最有权威注释的翻译都是美国人做的。罗慕士翻译的罗贯中的《三国演义》，沙博理翻译的《水浒传》（又名《水边的不法分子》）……还有新加坡人翻译的。"[①]在另一封电子邮件中，赵健秀表示不懂中文。2004 年，当我告诉他我把通过电子邮件对他的访谈翻译成中文并在《中华读书报》上发表后，他回信请我寄一份报纸给他，并说"抱歉我读不懂中文，请寄给我一份报纸，我会找人翻译给我看"[②]。由此可见，赵健秀阅读中国经典主要是通过英译本，而美国人翻译的中国经典在他看来信誉度很高的。假如"生活是战争"引自美国人翻译的《孙子兵法》，赵健秀一定认为他引用的就是孙子语录，而不是翻译者根据自己的理解增加的话语。赵健秀所说的"孙子曰：生活是战争"假设是从《孙子兵法》的英文译本中得到的，而英文翻译者又是从何处读出"生活是战争"这句话的，则无从考察。

一、赵健秀笔下的《孙子兵法》

由于赵健秀认为"生活是战争"出自孙子，而孙子又是他十分欣赏的军事家、战略家，因此，这句话被赵健秀广泛引用。在赵健秀看来，这句话不但道出了生活的真谛，而且蕴含着丰富的战略战术。"中国人的道德是儒道，它不是建立在基督教这样的信仰的基础之上的，而是建立在知识和历史的基础之上。生活就是战争。在战争中要想赢得胜利不是靠你相信什么，而靠你知道什么。"[③]在赵健秀看来，要想在生活中成为胜利者，就需要真才实学。 除了战斗精神，还要有战略

---

① The best and most scholarly annotated translations have been American. Moss Roberts, Luo Guanzhong's (Romance of the) THREE KIINGDOMS; Sidney Shapiro (THE WATER MARGIN) OUTLAWS OF THE MARSH, Anthony Yu (U. of Chicago) (MONKEY) JOURNEY TO THE WEST. and Singaporean. 一摘自赵健秀 2004 年 10 月 3 日邮件。

② I'm sorry I don't read Chinese. But send me the article anyway. I'll have a friend translate. 一摘自赵健 2004 年 2 月 2 日邮件

③ 本文所引《甘加丁之路》，均引自赵文书翻译、译林出版社 2004 年出版的《甘加丁之路》。

战术。“生活是战争，所有的行为都是策略和战略……写作是战斗。”赵健秀的写作致力于颠覆美国文化中消极、怪异的华人刻板形象。赵健秀要重塑华人形象。写作就是开展一场特殊的战役[2]。

战略家孙子所著的《孙子兵法》对赵健秀的影响非常之大。在《刀枪不入佛教徒》中，赵健秀摘录了大量的孙子语录，全书中共有 40 段之多，最长的一段孙子原文是 168 个汉字，把赵健秀引用的英文译文翻译成汉字，汉语译文则长达三百多汉字。赵健秀引用的孙子语录主要有两类，一类用来表达他对战争的认识，另一类用来表达对要取得胜利就必须具备战略战术之重要性的认识。“指挥军队作战的最高境界是使人看不出任何痕迹，因此无论深藏的间谍或是高明的智者都不能谋划出办法对付你。”（《孙子兵法》中原文是：故形兵之极，至于无形。无形则深间不能窥，智者不能谋[3]。）“因此，我每次取得的胜利，采用的作战方法都不是简单的重复，而是根据情形有无穷的变化。”（《孙子兵法》中原文是：故其战胜不复，而应形于无穷[4]。）“战争中最难的莫过于制胜的策略。难在要把迂回的路变成直便的路，把不利的条件变成有利的条件。”（《孙子兵法》中原文是：莫难于军争。军争之难者，以迂为直，以患为利[5]。）

“生活是战争”及其他由此而来的赵健秀口号，都深受《孙子兵法》的影响。《孙子兵法》作为中国经典文献之一，不但影响到赵健秀的人生态度，而且影响到他的创作思想。在美国华裔作家中，赵健秀以言辞激烈著称。他的作品火药味十足。他所“引用”的这句孙子的语录，成为其招牌式口号。与莎士比亚著名的“人生是舞台，每个人都是演员”相比较，赵健秀声称的“生活是战争，每个人天生都是战士”可谓截然不同。赵健秀的口号源于他认为的《孙子兵法》和中国文化。

二、赵健秀笔下具有美国价值观的中国英雄

赵健秀毕竟是生长在美国的华裔。美国文化对他的影响要大于中

国文化对他的影响。他所塑造的华人英雄形象不可能完全是中国经典文学角色的复制。事实上，赵健秀塑造的美国华裔英雄受到两种文化的影响，是两种文化结合的产物。赵健秀显然学到了孙子的机智。他用美国文化中的英雄形象来颠覆美国文化中华人的负面脸谱化形象。他的表述充满美国文化元素，甚至是西方文化元素和西方价值观。他的小说《甘加丁之路》的标题取自英国作家吉卜林（Rudyard Kipling, 1865—1936）的一首诗“甘加丁”。诗歌描写一个为侵略印度的英国殖民者服务的印度人。在赵健秀的眼里甘加丁是个民族叛徒。小说的第一部分《创世》讲述了演员关曼龙一生最大的愿望是饰演陈查理。陈查理是一个虚构的华人侦探，在 1925 至 1949 年间曾先后在 50 部电影中出现过，在美国闻名遐迩。陈查理代表了主流愿意接受的华人形象：肥胖，缺乏性感，唯唯诺诺，讲蹩脚的英语，滑稽可笑 [6]。赵健秀要纠正这种华人形象。赵健秀树立的正面华人形象和陈查理完全相反。他们英勇威武，极具男性魅力。他们既有中国民间英雄关公的威武外表，也有西方文化中的个人主义精神，从里到外是彻头彻尾的英雄。在赵健秀的作品中，中国民间英雄和美国硬汉形象合而为一，比如，他经常用西方文化中的英雄形象指涉华人：“假如普罗米修斯是华人，他会从诸神那里盗取火种，警告人们撤离城市后焚烧首都，砍下触怒他的诸神的首级，悬挂于宫殿之上大柱，再一把火将宫殿付之一炬夷为平地。” [7] “我们家的姓是战神关公的姓。……他们说关公是关姓家族中最伟大的人。妈妈说关公就像中国的约翰·韦恩。妈妈的大姐芙蓉阿姨说他看上去更像中国的克拉克·盖博。约翰·韦恩（John Wayne，1907－1979）是美国电影明星，扮演过许多西部牛仔，塑造了众多硬汉子英雄形象；克拉克·盖博（Clack Gable, 1902—1960）也是美国电影演员，在 20 世纪 30 年代以扮演粗犷、富有男子气概的角色闻名 [8]。事实上，《甘加丁之路》中表现的华人正是富有个性的美国人，而不是陈查理型的华人。有人认为赵健秀对英雄传统的主张不仅扭转了黄种人作家的局面——在白人的时钟上辨认出黄种人的文学时间的尴尬，而且以美国华裔的标准对西方传统提出了批评 [9]。

但是赵健秀的做法也引起争议，被认为是“企图用一种完全美国的方式，把华人传统解读成一种积极的个人主义传统”[10]。

在赵健秀看来，中国的神话、儿歌、古典小说等民间文学等都是中国文化的记载。了解和记住这些，就意味着了解和记住了中国文化，否则就是不懂中国文化：“我记不清中国是啥样。没有一点记忆。记不得一张脸，记不得一个神话故事，连一支摇篮曲也记不得。”[11]因此，在赵健秀看来，是否在华裔文学中如实反映中国经典、反映中国神话，是关乎是否继承中国文化的大事。了解中国经典和神话和民间故事，对于赵健秀来说就是继承中国文化传统。任何依附于历史的、或对历史有兴趣的、或书写历史的、或写华人移民的任何美国华裔都与英雄传统有关系。“正因为我们首先是带着英雄传统到美国来的。每个堂会都是按照《三国演义》的桃园结义的形式组织起来的。最大的联盟就是梁山泊的一百零八条好汉。”[12]在给笔者的一封电子邮件中，赵健秀指出：“一个美国亚裔不知道四大名著，不知道中国的文化，他不会感到恼火，但是一个真正的华裔就会。我是一个华裔，虽然我讲英语，但是我从来没有适应他们的文化，我也从来没有迎合或同化。尽管我比《融入美国》节目中的那些美国华裔更了解基督教徒和白人文化。”赵健秀在邮件中问笔者：“华裔作家把所有的作品都看作历史，以至于每部作品都要作上注释、标上日期，甚至连故事集也不例外。我们知道在王朝和孔子出现之前的中国神话和传说，我们知道岳飞的生卒年代和历史事实，我们也知道明代写成的关于岳飞的英雄传奇。今天（在中国）人们仍然能读到这些历史么？有关英雄传统的作品仍然有出售么？——《三国》《水浒》《封神榜》《岳飞》《杨家将》《梁红玉传》《西游记》和《红楼梦》。在这里（美国）的每一家书店都有出售。”①

赵健秀并不是唯一认为神话和传说等是反映历史事实的，其他学

① The Chinese writers treated all writing as history and as such dated and annotated everything, including the collection of stories. We know the “Myths and Legends” came before dynastic China and Confucius. And we know the dates and factual history of Yue Fei and the “romantic fictions” of the Yue Fei of the heroic tradition written during the Ming. Are the the histories still available to the people? Is the heroic tradition still available—*3 Kingdoms, Water Margin, Creation of the Gods, Yue Fei, The Yang Family Generals, Liang Hongyu, Monkey, The Dream of the Red Chamber*? They’re available here, in every bookstore.——摘自赵健秀2003年4月30日邮件。

者也有同样的认识，比如美国学者海莲娜·格莱斯（Helena Grice）：“神话与关于过去的合法版本的历史、自传或传记应该具有同等效力，一般认为话语是建立在‘事实’的基础之上的。”[13]神话、传说、民间故事等等是否等同于一个民族的历史和文化，在离散文化研究中一直是一个重要议题。这关系到离散族群对祖籍国文化的认识渠道和离散族群本身的文化建构问题。神话和传说等是离散族群认识祖籍国文化的主要渠道之一。“从小耳濡目染，走进屋，你就会看见关公，走进餐馆，你还是看见关公，见到桃园结义的三兄弟（笔者在美国观察到，许多唐人街华裔的店铺正厅都供奉着关公，关公是他们的守护神）。走进屋，饼干盒上的福禄寿三尊神像，也许是花木兰像，诱使你打开饼干盒。”[14]尽管他们所谓耳濡目染的类似关公的塑像等，已经是离散族裔化了的塑像。这些塑像充盈着离散族群对中国文化的理解、翻译和改写，其中加入了许多受到异国文化影响之后形成的想象。这些想象体现了离散族群的希冀、愿望和需求。

最近美国的研究证明，神话在美国已经成为族裔文化研究的一个重要内容而受到重视。以下的研究成果较为详细地说明了美国学者对神话的作用的最新认识：

> 近年来对美国移民的文化研究提高了对移民作家讲述故事方式的重视程度，指出它们已经不再是对移民融入美国社会过程的简单陈述。沃纳·索勒斯、乔·格杰德、马修·雅格布森、莉莎·露易等学者发现，这些讲述改写了关于“美国”的概念，它们力图证明移民作为国家成员的合法性。奥姆·欧沃兰德也加入了讨论，以他的《移民者的思维》和《美国身份》两项研究成果深入探索了19世纪末和20世纪初的欧洲移民如何利用想象建构自己在美国的社会、文化和政治的地位，并在此基础上展开他们自己的历史版本，以申明美国是他们的家园。奥姆·欧沃兰德注意到一种“从历史到神话的调适”，指出移民群体的领袖创造出了他称之为“寻找家园的神话”或故事，证明移民族裔在基因上或意识形态上与对美国象征体系非常重要的人物和事件之间存

在的联系。欧沃兰德明确列出的一系列的文化文本例证给人留下深刻印象，它们包括虚构的和自传体的文本，族裔报纸的社论，以及族裔领袖们在宴会和集会上的演讲，还有纪念族裔传统的节日，为族裔英雄纪念碑而举行的筹资活动等文化活动。他认为这种寻找家园的神话是一个美国现象，因为它们共同的主题和情节超越了族裔分界：对于所有的族裔来说，这些神话都是为了确保他们能被盎格鲁主导的社会所接受，同时（也许有些自相矛盾地）确定族裔身份在美国的重要性。尽管专业的历史学家认为这些故事是幼稚的，甚至是有害于的历史编纂而对其不理不睬，但欧沃兰德认为必须严肃对待这些神话，并不是因为这些神话的内容，而是因为它们产生的原因。[15]

由此可以看出，不仅是美国华裔对神话非常看重，其他族裔也同样，其中包括欧洲裔美国人。在大家都是移民的这样一个国度，每个族裔都要创造出自己的神话，用以申明自己在这个国家的合法地位和权利。这似乎成为美国见诸于各个族裔群体的一种文化现象。美国华裔只不过是用同样的方式做了其他族裔都在做的事情。

三、文化翻译与中国文化在异域的传播

赵健秀“生活是战争”的来由，以及他对此信条的发挥，从一个方面表现了中国传统文化在异域传播与发展的状况。离散族群在他们能够接触和理解的中国传统文化的基础之上，对中国传统文化进行了取舍。取舍的过程是一个文化翻译的过程。他们所理解的中国传统文化中被加入了中国传统文化不曾蕴含的内容，加入了异域文化的文化价值观，以及他们认为他们需要在异域文化的语境中必备的文化要素。此时的中国文化主要起到象征的作用，象征着他们的这些思想来自中国，来自中国传统文化。他们不必了解这些文化文本，甚至可以完全不了解，仍然可以拿它说事。假如“生活是战争”不是出自英文翻译，

另一种可能就是赵健秀根据自己的理解或记忆加入到《孙子兵法》中去的。赵健秀有可能和别的一些华裔作家一样，把记忆、想象和史实全都混在一起，截取部分内容，进行创作。以赵健秀对中国当代历史的描述为例，他的文本显示了他曾受到中国20世纪60年代“文化大革命”的影响，这在《甘加丁之路》中有不少描述。“他们（华裔）没有读过毛主席的《红宝书》，尽管他们对《红宝书》深信不疑。”“‘红卫兵是我的兄弟姐妹，伙计！’我对他们说，‘我喜欢革命现代京剧。哇！它们说到我的心坎上。’”[16]“……我现在是第三世界革命唐人街先锋队——唐人街黑虎队——的‘权力归于人民’之教育部长。”[17]

在海外的赵健秀未必了解当时的“文化大革命”的背景和内幕，但是赵健秀掌握了当时“文化大革命”最流行的口号：造反。这正是当时赵健秀所需要的，也是60年代和70年代的美国华裔所需要的，因此他们会表现出上述那些带有“革命”色彩的言行。赵健秀的传记作者吉休特，约翰·查尔考（John Charcles Gishert）曾经评价《甘加丁之路》道：“赵健秀至今最长的而且最为复杂的小说《甘加丁之路》，是对现当代美国亚裔的经历进行全面评价和批评的一部小说。”[18]20世纪60年代、70年代是美国华裔文化的建立被提到议事日程的时代[19]，是美国华裔历史上的重要时刻。《甘加丁之路》作为赵健秀反映现当代华裔经历的重要小说之一，势必要反映当时华裔受到的各种影响。赵健秀的造反精神可以说是受到过当时中国红卫兵“造反”口号影响的。

综上所述，华裔所理解和表述的中国文化具有三个特点。首先，作为美国华裔了解中国文化重要渠道的中国经典在被异域文化中的人翻译的过程中经历了文化翻译，被加入了异域文化。福勒认为，文化身份不应是唯我论地由文化根源决定的，而是彼此间有密切关联的，翻译则是从语言层面说明这种情况[20]。出生在美国的华裔，主要是第二代、第三代等等，学习中国历史和文化的主要渠道之一是阅读中国经典的英文翻译本。而他们阅读的文本多为美国人所翻译。由于翻译者对中国文化的理解和对汉语的掌握直接影响到译本的内容，所以从异国文化的视角阐释中国文化时给译本中加入异国文化的因素是难以避免的。英文翻译的中国经典经历了一个被再创作的过程，其中包括对中国文化价值观的再创造。当赵健秀说“……妈妈说关公就像中国的约翰·韦恩。妈妈的大姐芙蓉阿姨说他看上去更像中国的克拉克·盖博”时，他绝不是在说从外表上关公长得像约翰·韦恩，因为这是不可能的。他所说的意思是，关公之对于中国文化，恰如韦恩之对于美国文化。约翰·韦恩代表的是典型的美国文化中具有强烈个人主义内涵的的英雄主义形象。因此，在赵健秀的作品中，关公变成具有中国男性外形的美国西部硬汉约翰·韦恩。赵健秀在这里崇尚的是美国的文化英雄。语言翻译带来的文化翻译致使华裔认知的中国文化不同于我们生长在中国的人认识的中国文化。文化之可再创造性并不是个秘密，已有学者指出：文化不再是人为操控的产物，而是具有创造性、批判性和抵制性的[21]。

其二，华裔文化是受到两种文化的影响，它根据需要从两种文化中吸取自己需要的文化成分或文化符号。由于华裔生活在异域，对发生在中国的事件没有直接的第一手经验，所以往往根据自己的生存需要，对中国的历史和文化以及现实中对他们有用的东西各取所需，用他山之石攻玉。因此，木兰就变成现当代西方的女权主义者，引领西方妇女的解放运动；关公就变成了华人英雄，率华人移民在美国西部开山修路。他们可以喜欢自己并没有读过的书、看过的戏，而认为说到他们的心坎上；也可以认同任何他们喜欢的人为“兄弟姐妹”，而喜欢他们所做的一切。华裔用中国文化中的事件来言说美国语境中的事情，这是非常普遍的。这被许多中国读者和学生认为是华裔在与中国文化认同。这里被忽视的是，他们用中国文化中的事言说的是华裔作为美国人的麻烦和问题。近年来历史学家发现并且基本达成了共识，认为旧的移民推拉（pull and push）模式不足以完全了解迁移定居者的经历，理解他们的心态——用后现代术语来说即他们的主体意识，这些移民者在不脱离与故乡和家庭关系的基础上，出于自身需要和愿望形成了新的关系。美洲大陆诸国对早期华人男性移民贴上的隐性标签——“过客”，正是一种双民族或跨民族思维和运行的模式，两者都承认但同时又超越了移民的“旧家”和“新家”[22]。正如“跨”在跨民族中所表明的那样，“跨”说明了两个国家之间存在着距离。从离散到跨民族是一个自然的进程，正如从移民到离散一样，它们之间的相互关系解释了移民、离散和跨民族概念有时为何可以互换。它们互不相同，但又你中有我，我中有你，而且这个进程还包含了更大的解释空间[23]。

第三，由于第一手经验的缺失，华裔在表述中国文化时加入了大量的想象和记忆。他们间接获得的中国文化的记忆在被表述时经历了再创作，这成为中国文化在域外本土化时的一个特点。华裔对中国文化的本土化经历了被托尼·莫里森称之为“再记忆”的过程。在汤亭亭的《女勇士》到底是虚构还是非虚构小说的讨论中，托尼·莫里森发表了看法，她认为《女勇士》不是自传，而是有意识的“再记忆”，“是在通过口头传说和文本形式去倾听并诉说我们所知道的各种过去”[24]。美国华裔作家表述的中国文化，都表现出明显的再记忆的特点，并成为华裔对中国文化经过想象、记忆、再记忆而生成的文学产品。赵健秀的“生活是战争”，典型地说明华裔在海外所认知的中国文化既有语言翻译和文化翻译所带来的异域文化的影响，也有华裔现实生活对中国文化的需求，更有华裔间接接触中国文化而形成的广泛地利用记忆、想象和再记忆的事实。三者结合在一起，就形成了海外的中国文化传播和被本土化的主要方式。

赵健秀的“生活是战争”之信条的来历和作用，说明了中国文化在海外传播的途径及其发展变化。赵健秀在一次访谈中所说：美国华裔和美国日裔说“我们不是中国人，也不是日本人，而是我们自己，是新的——似乎是说，我们来到此地，有新的历史，新的经历，新的感受”[25]。美国华裔文化的构建，离不开中国文化的内容。但是，中国文化在海外经历了本土化的过程，这是不应该忽视的。中国传统文化在海外的传播，是一个非常有意义的研究课题。特别是在 21 世纪的今天，当文化交流和多元文化成为世界性的文化生态时，研究中国文化在海外的传播与发展具有重要的现实意义。

注释：

1 Frank Chin, *Bulletproof Buddhists & Other Essays*, Hawai'i: University of Hawai'i Press, 1998, p. 3.

2 张子清，《与亚裔美国文学共生共荣的华裔美国文学（总序）》，《甘加丁之路》，赵健秀著，南京：赵文书译，译林出版社，2004 年，第 2 页.

3 Frank Chin, *Bulletproof Buddhists & Other Essays*, Hawai'i: University of Hawai'i Press, 1998, p. 11.

4 Frank Chin, *Bulletproof Buddhists & Other Essays*, Hawai'i: University of Hawai'i Press, 1998, p. 19.

5 Frank Chin, *Bulletproof Buddhists & Other Essays*, Hawai'i: University of Hawai'i Press, 1998, p. 15.

6 张子清，《与亚裔美国文学共生共荣的华裔美国文学（总序）》，《甘加丁之路》，赵健秀著，赵文书译，南京：译林出版社，2004 年，第 2-3 页.

7 Frank Chin, "This Is Not An Autobiography", *GENRE*, ⅩⅧ (Summer, 1985), pp.110-111.

8 Frank Chin, *Bulletproof Buddhists & Other Essays*, Hawai'i: University of Hawai'i Press, 1998, p.66.

9 David Leiwei Li, "The Formation of Frank Chin and Formations of Chinese American literature", *Comparative and Global Perspective*, Shirley Hune (ed), etc, Washington State University Press, Pullman, Washington, 1991, p.220.

10 张子清，《与亚裔美国文学共生共荣的华裔美国文学（总序）》，《甘加丁之路》，赵健秀著，赵文书译，南京：译林出版社，2004 年，第 4 页.

11 Frank Chin, *Bulletproof Buddhists & Other Essays*. Hawai'i: University of Hawai'i Press, 1998, p.81.

12 Frank Chin, *Bulletproof Buddhists & Other Essays*. Hawai'i: University of Hawai'i Press, 1998 p.457.

13 Helena Grice, *Negotiating Identities—An Introduction to Asian American Women's Writing*, New York: Manchester University Press, 2002, p.184.

14 Frank Chin, *Bulletproof Buddhists & Other Essays*. Hawai'i: University of Hawai'i Press, 1998, p.457.

15 Peter Kvidera, “Immigrants Minds, American Identities”, *American Literature*, Vol.74, No.2, p.416.

16 Frank Chin, *Bulletproof Buddhists & Other Essays*, Hawai'i: University of Hawai'i Press, 1998, p.242.

17 Frank Chin, *Bulletproof Buddhists & Other Essays*, Hawai'i: University of Hawai'i Press, 1998, p.249.

18 John Charcles Gishert, *Frank Chin*, Boise: Boise State University, 2002, p.20.

19 徐颖果，《美国华裔文化——美国语境里的中国文化》，《南开学报》，2005年第4期，第37页.

20 Colleen Glenney Boggs, “Margaret Fuller's American Translation”, *American Literature,* Vol.76, No.1, March 2004, pp.32-33.

21 Peter Krapp, *Déjà Vu*: *Aberration of Cultural Memory*, University of Minnesota Press, 2004, p.219.

22 Evelyn Hu-dehart, “Concluding Commentary on Migration”, *Diasporas and Transnationalism in Asian American History*, Journal of Asian American Studies, 8(3), January 2005, p.310.

23 Evelyn Hu-dehart, “Concluding Commentary on Migration”, *Diasporas and Transnationalism in Asian American History*, Journal of Asian American Studies, 8(3), January 2005, p.311.

24 Helena Grice, *Negotiating Identities—An Introduction to Asian American Women's Writing,* New York: Manchester University Press, 2002, p.94.

25 Frank Chin, *Bulletproof Buddhists & Other Essays*, Hawai'i: University of Hawai'i Press, 1998, p.456.

美国华裔文化
——美国语境里的中国文化

摘要：美国华裔的文化身份认同是美国华裔文学讨论中的重要主题之一．我国的读者常常从华裔的作品中看到华裔作家与中国文化认同．在美国的语境里，华裔如何做到与中国文化认同呢？在美国的语境里，中国文化指的是什么呢？要确定华裔作家与中国文化认同，首先要明确这些问题的答案。

关键词：美国华裔文化　中国文化　华裔身份认同

美国华裔的文化身份问题，可以说从华人移民踏上那片土地就存在了。北美的欧亚裔作家水仙花，早在20世纪初就在作品中探讨华裔的文化身份问题。但是华人作为一个群体而试图确定华裔集体的文化身份，是在20世纪60年代。在美国的民权运动和其他社会运动遍及美国的背景下，美国的亚裔政治活动积极分子不约而同地、从不同的地区、在不同的时间、出于不同的目的，在全美开展了一场政治运动[1]。《美国亚裔运动》一书的作者威廉姆·魏称之为“美国亚裔运动”。在美国西海岸，它表现为华人社区的政治活动积极分子开始抱怨旧金山唐人街恶劣的生活条件，还表现为大学生对历史课堂上不讲美国华裔的经历提出抗议。据《美国亚裔运动》一书记载，美国华裔最早试图确定华裔的集体族裔身份是在1969年1月11日，在加利福尼亚洲大学伯克利分校举行的“黄色身份——美国亚裔的经历”大会上，他们对身份的困惑使他们不愿意接受白人强加在他们身上的亚裔形象。他们要一个新的能代表他们自己文化的身份。同时他们也意识到，要改变社会对亚裔的看法，靠个人的力量是不够的，需要组织起来，通过集体的努力，来确定自己的文化身份。于是，他们通过美国亚裔运动来实现这一目标。

亚裔所说的“白人强加在他们身上的亚裔形象”指的是什么呢？在美国，亚裔总体上被认为与欧洲裔的美国人不同。具体到华裔，在美国的通俗文化中，华人的固定形象模式是“有外国人的外表，远离白人社会，只愿意和华人扎堆儿，坚守异国的风俗习惯的外来人”[2]。媒体、图书和课本，都正式、非正式地散布着这种华人的固定形象模式。自从19世纪中期华人最初移民到美国，就有“华人是不可同化的”之说。这也成为当时鼓吹排华的反动势力对华人实施歧视、并使得华人不得成为美国公民的借口之一。到第二次世界大战，中国成为美国的盟友，加之美国国内因为想在国际上树立美国的民主形象而推崇文化多元论，华裔的处境才得以改善。1950年出版的华裔作家黄玉雪的《华女阿五》，被用来宣传“模范族裔”的华人。用来说明少数族裔可以保持自己的文化，并接受美国文化，取两种文化之精华，而成为优越于只有一种文化的人。此理论受到一些华人作家的抨击。20世纪70年代华裔作家赵健秀指出，“双重身份论是种族歧视的看法。它迎合了关于华人无法接受美国文化，和不可同化的论调”。双重身份论的要害是它给歧视和迫害华裔提供了一个理由。根据这个逻辑，美国历史上的排华法案，部分地是由于华人不可同化而引起的，是华人自己的错。20世纪60年代的华裔政治活动积极分子也极力反对把华裔的身份人为地分成美国文化和中国文化两部分的做法，他们需要的是建立在华裔生活经历之上的独特的文化身份。

在讨论美国华裔的文化身份认同时，我们要避免简单化，一定要牢记华人面对的种族歧视。在美国的通俗文化中，华裔一直被塑造成异国文化的载体，而美国华裔作家反对把华裔异国形象化，这成为华裔作家文化抵抗的主要目标之一。华裔作家赵健秀曾与之对抗，说他于20世纪70年代发表的《鸡窝里的华人》中的角色，其言谈举止甚至衣着，都不像“东方人”[3]。汤亭亭的《女勇士》也被认为是反异国形象化和反怀旧的[4]。汤亭亭有句被广为引用的话，也有助于说明这个问题：“我是华裔美国人(Chinese-American)，而不是美国的中国人(American Chinese)，我强调的是美国。我书写的不是中国，而是美国。华裔美国人绝对是整体的，不是分裂的，并不是一半这个、一半那个的混合体。”汤亭亭在创作《女斗士》之前从未到过中国，汤亭亭小说中的中国“是一个我自己创作的国家”。

要破除主流社会造成的歧视性的亚裔的固定形象模式，就需要推出华人的新形象。为此，在美国亚裔运动中，亚裔首先需要回答“我是谁?”这个问题。亚裔认为重新发现自己的历史非常必要，因为历史能说明他们做过什么，了解过去有助于认识现在。他们发掘亚裔的历史是从社区做起的。通过收集历史文献、歌曲、各类招贴、壁饰、剧本、舞蹈、历史上的各种协会的记录、档案、少数族裔的博物馆，以及通过其他的社区活动，社区的学者和艺术家们收集、整理并保留下了亚裔的文化遗产[5]。社区的学者和艺术家有意识地让当地的居民讲述自己的移民历史。目的是从社会的最底层开始，来建构亚裔的历史，建构历来无声无息的广大华裔百姓的历史。这完全不同于美国的学生在区区几课时的“世界历史”课堂了解到的中国历史。

亚裔学者们都从具体的某个族裔群体，或某个与社区有关的主题着手。华裔学者关注的是历史上的排华法案及其影响。《1910 年—1940 年的天使岛诗歌和华人移民史》一书，就是社区研究成果之一。在 1882 年到 1943 年的排华期间，华人入境时必须在天使岛被拘留，接受盘问和证件检查。拘留所条件恶劣，拘留有时长达一年以上，有不少人不堪忍受拘留所的非人待遇，在拘留所自杀。拘留期间，华人在墙上刻下了反映他们思想感情和移民经历的诗句。现存的流传下来的诗有 135 首。社区有人认为这些诗和当年华人在天使岛的经历，应该为广大的华人所认识，于是就有了《1910 年—1940 年的天使岛诗歌和华人移民史》一书。天使岛的诗歌，记录了早年华人作为一个移民群体在美国的遭遇，是华裔的集体记忆。威廉姆·魏在《美国亚裔文化》一书中说，“这些诗构成了美国亚裔文化的开端”[6]。他在这里所谈的是华人的诗，所以，就华裔而言，可以说“这些诗构成了美国华裔文化的开端”。换言之，美国华裔赖以建构自己文化身份的历史，是从华人移民到美国开始的。值得注意的是，华裔的身份认定，是建立在美国华裔文化之上的。

从内容上看，他们发掘的华裔历史是华裔个体的移民经历的总和。威廉姆·魏列举的另一个例子，是1978年一个叫Tchen的亚裔在纽约公共图书馆举办的展览，题为“在美国的华人作品及文化：被忽视的过去的意象”。展览反响极大，老移民们找到Tchen及其他举办人，向他们讲述自己的故事，当地的居民对社区的历史表现出极大的兴趣，Tchen认为，“事实证明，当地社区的居民才是华人经历方面的专家”。1984年“纽约唐人街历史工程”(NYCHP)举办的展览中，更是展出了洗衣工和制衣工的历史。大家都知道，洗衣工是排华时期典型的华人移民工作，制衣仍然是众多华人的工作，工作时间长、条件差、工资低。洗衣工和制衣工的历史，是华裔受剥削、受歧视的历史见证。

这些展物有着重要的意义。因为在重新发现华裔历史的同时，华裔也发现了自己的身份。确切地说，他们创造了一种既非美国人，也非中国人的身份——美国华裔的身份。这个身份反映了华裔作为移民群体的经历，以及华裔在美国的文化传统。

从构成美国华裔历史的展物和记录上看，很明显，美国华裔文化不同于我们所认知的中国文化。美国华裔文化指的是构成华裔生活的实际的、具体的内容，以及华裔在美国为生存而进行的拼搏中形成的华裔特有的精神。华裔文化是建立在华裔的生活经历之上的，而这是我们身在中国的读者所没有经历过的，甚至是不了解的。反之，我们所认知的中国文化，也是华裔在美国的语境里所没有经历的。就是那些可以说一些、读一些中文的华人，从听来的、读来的历史文化中，对中国文化所形成的概念，也和生长于中国的人的理解是不同的。当谭恩美被指责为在作品中书写的中国文化并非真正的中国文化时，谭恩美说：“我认为自己是一名美国作家，我有自由写我想要写的东西，和我所熟悉的东西。”[7]汤亭亭小说中的中国文化意象也是由她再改造了的，是她“创作”的。

另外一方面，在美国的语境里，华裔在实践中国文化时也有所不同。有些在中国文化中被视为得体甚至是美德的性格特征和为人处世的方式，在美国的语境中反而成为一种缺陷而难以被认同。华文作家庄因通过角色说：“这个社会，我告诉你，纯粹是谁胳膊粗谁就有理的社会。心平气和？我告诉你，你在这儿生活的原则就非得强而有力。

你客气，你讲理，别人当你是懦夫傻瓜。咱们那套忠恕礼让克己的大道理在这儿用不上。”[8]华裔必须根据所在国的情况，对继承来的中国文化进行取舍、改造，才能在新的文化中生存。而取舍和改造的过程，就是创造新文化的过程。

美国华裔是美国华裔历史的创造者。任何一种文化的流传，都离不开文化的载体，即人。当人生活在另一种文化中时，他会根据新的文化环境来调适原有的文化，并形成一种不同于这两种文化的第三种文化，而不是拷贝原有的文化。在美国的中餐馆就过餐的中国大陆人，都知道美国的中餐与中国大陆的中餐是不同的，它是根据美国人的口味调适过的。正因为进行过调适，它才能得以在美国存在并流传。哈佛大学出版社 2002 年出版的《美国亚裔的世纪》一书的作者沃伦·科恩在谈及亚洲对美国的巨大影响时，指出美国有许多亚洲化的现象，所举的例子之一就是中餐馆。科恩指出，据统计，在 1993 年时，全美就已经有 3500 家中餐馆了。设想一下，如果中餐在美国不因地制宜，可能有如此规模吗?

美国华裔与中国文化的认同，绝不是一件简单的事。当代美国华裔作家一直在竭力纠正美国主流社会所宣传的华裔的历史，要塑造新的传统，创造新的文化，建构抵抗种族歧视的文化，为受排斥的华裔争取生存空间[9]。在美国华裔文学史上具有里程碑意义的《哎哟!美国华裔和日裔文学选读》的编者们，在序言中对该书不同寻常的标题进行解释时说:“推崇美国白人文化的人……把黄皮肤的人刻画成无论是受伤、悲哀、气愤，还是在回答问题和困惑时，都会哀诉、叫喊、尖叫一声‘哎哟!’。长期以来被忽视的、被排除在美国文化的创造性参与之外的美国亚裔，是在受到伤害，在悲哀，在气愤，在回答，在困惑；这本《选读》就是他的‘哎哎哟哟哟哟!’，它不只是哀诉、叫喊、尖叫。它是五十年来我们全体亚裔汇集在一起的声音。”[10]之所以说此书具有里程碑意义，是因为它是第一本亚裔文学选读(出版于 1972 年)，它打破了亚裔 100 多年来的沉寂，改变了亚裔无声无语的形象。

华裔文学在华裔的集体身份认定上起到了非常大的作用。华裔作家不但表现出华裔的民族骄傲，还显示了卓越的创作才能。正因为此，他们才不愿意把自己的作品意义仅仅局限在族裔文学的范畴内。汤亭亭、黄哲伦、任璧莲等其他美国华裔作家，都用不同的词语表达了同样的意思。华裔作家都想拥有主流社会的读者，书写更为广阔的主题。除了关注自己的族裔，还关注全人类共同关注的问题。他们要和主流作家站在同一平台上。事实上，有的华裔作家在这一方面已经做得很好。汤亭亭的《女勇士》，已经成为“在美国的大学里最广为使用的活着的作家”的作品[11]。可以毫不夸张地说，汤亭亭的作品已经为美国的主流文化所接受，并进入美国文学的经典之列。

简而言之，在美国华裔的经历中，种族歧视是个关键词。文化认同对于华裔来说，不是一个抽象的概念，它是一个非常实际的问题，它关系到华裔在美国的生存现实。美国华裔文化认同的核心是反对种族歧视、争得平等、争得美国社会的其他公民所享有的权利。在美国语境里的中国文化，是美国华裔文化。

（2004年）

注释：

1 William Wei, *The Asian American Movement*, Philadelphia: Temple University, 1993, p.11.

2 William Wei, *The Asian American Movement*, Philadelphia: Temple University, 1993, p.49.

3 Yen Le Espiritu, *Asian American Women and Men*, California: Sage Publications, 1997, p.98.

4 Yen Le Espiritu, *Asian American Women and Men*, California: Sage Publications, 1997, p.99.

5 William Wei, *The Asian American Movement*, Philadelphia: Temple University, 1993, p.54.

6 William Wei, *The Asian American Movement*, Philadelphia: Temple University, 1993, p.58.

7 Yin, Xiaohuang, *Chinese American Literature Since the 1850s*, Champaign: University of Illinois, 2000, p.242.

8 Yin Xiaohuang, *Chinese American Literature Since the 1850s*, Champaign: University of Illinois, 2000, p.157.

9 Yen Le Espiritu, *Asian American Women and Men*, California: Sage Publications, 1997, p.98.

10 William Wei, *The Asian American Movement*, Philadelphia: Temple University, 1993, p.99.

11 William Wei, *The Asian American Movement*, Philadelphia: Temple University, 1993, p.68.

再论美国华裔文化

摘要：本文试图探讨族裔特征与文化的关系，以及中国文化与美国华裔的关系，从而确定美国华裔文化的建构和美国华裔的文化认同问题。文章认为，中国文化在华裔作品中只是一种象征着中国文化的文化符号，并非代表中国文化价值观念的中国文化。
关键词：美国华裔 身份认同 美国华裔文化 同化 华裔文学

在全球化的语境下，各种文化的交流、融会，以及由此而来的文化多样化，很容易使人们意识到文化并非静止不变的，并非是僵化的，而是处于动态，交流和变化才是文化存在的常态。笔者曾在拙文《美国华裔文化——美国语境里的中国文化》（见《南开学报》2005年第4期）一文中提出"美国华裔文化"的概念，并从历史和社会的角度，对美国华裔文化的产生及其内容进行了论述，指出美国华裔所认知的中国文化并非我们所认识的中国文化，而是美国华裔文化。本文拟从文化与族裔身份的关系之角度，进一步探讨美国华裔作品中的中国文化的作用、中国文化与美国华裔文化的关系，以及美国华裔文化的建构，旨在说明中国文化在华裔作品中只是一种象征着中国文化的文化符号，而非真正的中国文化。

一、族裔性与华裔文化建构

美国华裔文化的产生和发展除了政治和历史的因素之外，一个更为重要的因素即是文化环境的因素。人类学研究证明，文化与生物是分离的，换言之，文化并不等同于所谓的"人种"特征[1]。由于文化并不是通过基因遗传而来的，而是在文化环境中建构而成，所以，生长在美国语境中的华裔不可能生活在中国文化中，无论他们对中国文化有多少了解。人类学家把同化分为三种：文化同化、结构同化和生物同化。文化同化指一个族裔群体接受另一个族裔群体的文化特质，包括语言、宗教、价值观念等[2]；结构同化则指一个族裔群体不仅接受另一个族裔群体的文化，而且还成为其社会基本机制的参与者。也就是说，少数族裔群体增加了在社区、学校、诊所、生意、教会和社会其他组织内与其他族裔群体的交往，包括与其他族裔通婚。美国华裔的结构性同化是显而易见的[3]。而生物同化指与另一个族裔通婚并生产，从而产生出新的族裔群体的过程。美国华裔的生物同化也是不可忽视的。截至 1990 年，有亚裔血统的美国居民的数量激增至 700 万，增加了 7 倍。预计到 21 世纪初将会超过 1000 万。而华裔占亚裔的大部分。1990 年的人口普查表明，有将近三分之一的亚裔美国人是种族间通婚的[4]。

如果用以上标准衡量，美国华裔的同化是全面的，而他们与中国文化却呈现出巨大的差异。譬如，中国文化强调自我束持，强调内省和自我检视，强调欲望的节制，强调“和”与中庸……这些文化特征形成了汉民族阴柔内向、省身节欲、崇尚雅静的文化传统性格[5]，而以赵健秀和汤亭亭为代表的当代华裔作家则具有明显的美国文化特征：外向，张扬个性，崇尚自由，反对压抑自我，甚至追求刺激。加之美国华裔的第一语言是英语（大多数华裔只能讲一些粤语，但不能读、写中文），为数不少的华裔作家还信奉基督教，其作品中反映出的西方价值观十分明显，诸如信奉言论自由、宗教自由、追求幸福的自由等等。

19 世纪的理论家们把文化特征与生物特点联系起来，直到 20 世纪，诸如弗兰兹·波斯等人类学家才开始使用学院科学的调查技术，揭示了生物谱系与特定的文化之间并没有必然的因果联系，从而使包括人类学家在内的科学家能更好地了解遗传学、传统以及环境与文化的作用[6]。科学显示，生物特征通过基因遗传给个人，而文化则是通过学习，或者通过人类学家所说的文化传入传给个人[7]。现在多数人类学家倾向将文化看作是一种生活方式，这种广义的文化概念包括价值观、信仰和行为准则 8。

具体来讲，文化概念包括两部分：物质文化和非物质文化。物质文化包括人类社会的一切物质产品，从服装款式到房屋的建筑风格乃至交通技术；非物质文化则指人类社会的一切精神产品，包括符号和语言、价值观、信仰和行为准则 [9]。华裔在美国对物质文化的使用和美国主流社会应该区别不大，在非物质文化方面的区别同样不大。在相当长的时间内，盎格鲁·萨克逊人的语言和文化信仰及行为准则一直是强势文化，弱势文化被迫服从于它。时至今日，它仍然是美国社会的主流文化。

在这种全面同化的语境中，华裔对中国文化的接受显然是有限的。他们对中国文化的了解主要来自从第一代移民听来的故事，或通过阅读中国传统的文学经典的英文翻译本。而语言是文化的重要组成部分，正如汤亭亭所说，中国的历史一经用英文讲述，就已经发生了变化 [10]。西方文化与文学的意识形态主导着他们对中国文化的理解。其结果是他们理解与认知的文化并非中国文化，而是从美国文化的视角接受的中国文化，比如赵健秀和汤亭亭。赵健秀用关公作为华裔男性的想象代言人，用关公来代表力量、正义，和华裔的男性力量；而汤亭亭则用木兰来代表华裔女性，用木兰代表女权主义心中的女性英雄。华裔作家在被西方话语霸权影响的同时，也被用西方标准审视和评判。加之西方批评话语潜移默化地影响着华裔对中国文化的认识，甚至影响着华裔作家的选题和创作，正如赵健秀曾说，“用传统的西方的政治标准来评判一个作家是毫无道理的，不公平的” [11]。

除了认知文化的方式不同以外，美国华裔接受的中国文化还经历了在美国“本土化”的过程，从而形成了华裔的文化传统，它既不同于美国文化传统，又不同于中国文化传统，而是美国华裔的文学传统。美国理论家詹姆逊曾指出，第三世界的文化产品似乎有一个共同点，这与第一世界的大为不同。第三世界的文本都必然含有寓言的结构，而且应当被当作民族寓言（national allegories）来解读。这些第三世界文本，即使是小说，看起来是个人的经验，而带有相当多的力必多潜力，还是以民族语言的形式来呈现政治思想问题。所以，个人独特的命运故事总是表现第三世界群众文化与社会严峻的形式寓言 [12]。汤亭亭《女勇士》中以民族寓言的形式来呈现政治思想问题[13]。詹姆逊还指出：西方现代长篇小说重个人而轻大众，好诗意而反政治，喜爱写性欲/无意识，讨厌世界与经济问题[14]。这些特点也见诸于华裔作品中。当代华裔作家的作品不乏性描写突出者，譬如徐忠雄的《美国根》[15]等等。

二、中国文化符号不等于中国文化

华裔在作品中描写中国文化，除了与其族裔特点有关以外，其中也有商业化的因素。中国文化是华裔作品中的亮点，也是出版商的卖点。陈若曦指出：华裔文学在美国的显现，除了作家驾驭语言的能力和写作技巧之外，更重要的是他们作品中的中国文化[16]。陈若曦进一步指出，在文学作品中有各种各样描写文化的方法，但是灿烂的中国文化传统远远不及各种陋习更能吸引美国读者的注意力和兴趣。比如汤亭亭《女勇士》（*Women Warrior*）中对旧中国封建的婚姻传统的刻画，再如50年代红极一时的黎锦扬的《花鼓歌》（*Flower Drum Song*）等作品中的中国文化描写。华裔作家作品中的中国文化通常主要表现中国传统文化中保守的一面，华人间的代沟或唐人街的苦难生活，更有对女性的发型、裹脚、纳妾和一些色情的描写[17]。在美国出生的华裔大多是从其父母的讲述中了解到中国文化的。而其父母亲生长在旧中国，接受的是封建主义教育，因此华裔作家中的中国文化意象大多不能代表新中国成立后中国人的精神面貌。这也从另一方面反映了华裔所了解的中国文化与现实生活中的中国文化是有距离的。

我们有理由认为，传统中国文化在华裔的作品中只起到一种文化符号的作用，表示作者的族裔特点，却并不代表中国文化所包含的价值观念。典型的例子就是赵健秀笔下的关公和汤亭亭笔下的木兰。中国传统文化中的关公代表“忠义”，木兰代表“忠孝”。而在赵健秀的笔下，关公代表力量和正义，是美国华裔男性的力量；汤亭亭笔下的木兰代表华裔女性，是美国女权主义者心目中的女英雄。因此，美国华裔作家笔下的中国文化符号不能代表中国文化。

不仅如此，中国文化符号在用来颠覆美国大众文化中对华人的刻板形象的同时，也颠覆了中国文化符号所代表的中国传统文化。木兰所代表的中国传统文化中的忠孝品德，在汤亭亭的笔下荡然无存，木兰成为一位立志要为普天下妇女报仇雪恨的女权主义者。无论从何种意义上讲，都无法将女权主义者木兰归于中国传统文化。被当作女权主义作品的《女勇士》代表了20世纪70年代美国的女权主义运动思潮，中国文化符号在此表现的是美国华裔的思想和经历，它代表美国华裔的文化。

美国华裔所关注的许多议题都是美国语境里的议题，而非中国文化的议题。最明显的例子就是“他者”的概念。少数民族的存在首先在于其文化特征与众不同。“他者”的概念本身产生于美国语境。中国传统文化是建立在汉文化的基础之上的。在传统中国文化中，华人历来是“主流”，而非“他者”。“他者”是一种美国移民的情结，一种美国文化中的现象。另一个例子就是身份问题。身份问题是个“我是谁？”的问题，是寻找自我的问题，而关注自我从来不是传统中国文化所关注的问题。美国华裔的中国文化已经在美国经历了“本土性建构（constructing indigeneity），同样，华裔作家也经历了从写传统中国文化到用中国文化的符号写居住地的现实的过程。在努力与居住国同化的过程中，他们对中国文化的接受视角也同时被本土化了。美国华裔文学在文学主题、语言和主旨等方面已经形成了有华裔文化特点的文学传统。

华裔的生理族裔特点，是他们彻底实现文化同化和结构同化的障碍。美国华裔虽然申明他们是美国人，但是他们和白种美国人是不同的，他们并没有被认为是美国人。迄今最为成功的华裔作家汤亭亭的作品被主流社会认为是“关于亚裔在美国的多种族社会中的经历”，而并非像她自己认为的，是她“作为美国人”讲述的“美国神话”[18]。威廉·魏在《美国亚裔运动》一书中指出：“……尽管他们感觉自己是美国人，做事像美国人，与美国人有同样的价值观和行为准则，但是大部分美国人还是把他们看成不受欢迎的外国人，他们受到主流社会的排斥。他们生活在美国文化之中，但是却不是美国文化的一部分。”[19]华裔因此而幻灭，也意识到美国学校教育的所谓宪法赋予美国人的生活和自由以及追求幸福的权利等梦想，只是对美国人而言的。尽管他们竭力与主流文化同化、融合，但是仍然被拒绝为“不可同化的寄居者”。正是在这种情况下，华裔想到另一种做法，即建构自己独特的族裔身份，它不同于美国文化，也不同于中国文化，他们要从在美国生活的少数族裔转化为亚裔美国人。正是美国的亚裔运动，使他们从美国的少数族裔转化为亚裔美国人。

三、华裔的美国化与美国的亚洲化

美国华裔作品中的中国文化被广泛认为是他们与中国文化认同的标志。然而问题并非如此简单。不能仅从一些中国文化符号的运用，便得出华裔与中国文化认同的结论，因为在全球化的今天，文化的传播之便捷、不同文化的相互影响或并存变得极为普通，尤其在美国这样的多种族的移民国家。在相当长的时间里，就美国整个国家而言，在政治领域，文化转移一直是单向的——从美国到亚洲。然而在 20 世纪出现了明显的文化双向同化[20]：亚洲已影响了美国的大众文化和精英文化，包括艺术、电影、食物、工业、宗教和性。与亚洲日益增加的接触已开始改变美国的价值观和美国人的思维方式[21]。亚裔美国人变得越来越积极参与政治并开始影响美国的对外政策……现在，越来越多的美国人吃亚洲食物，看亚洲电影，练习亚洲武术，从佛教中寻求精神引导。而美国的地缘政治战略家日益专注于太平洋事务，越来越多的美国公民带有亚裔血统，是到该认识美国“亚洲化”的时候了[22]。美国的电影中“几乎无处不有香港风格的动作设计”被认为是亚洲在媒体中占主导地位的明证。甚至有一位评论家把 2000 年纽约电影节称为“亚洲电影庆贺会”[23]。各种风味的中国餐馆，1993 年在美国据估计有 3500 家，这一数字还在迅速增加[24]。在白人社区的标准超市，现在每天有新鲜寿司和春卷出售，另外货架上摆上了各种亚洲的蔬菜、罐装食品和方便面，也有许多烹饪书。此外，美国人还喝各种品牌的亚洲啤酒，如中国的青岛啤酒[25]。20 世纪 30 年代中国的一位武师将太极拳带到美国[26]。据该书作者讲，在他居住的马里兰住所，周围十几公里以内至少有 13 家武术学校[27]。现在美国政府每年大约花费 5000 万美元来支持对中国传统医学的研究。美国全国健康协会的图书馆藏有两千多本有关中国中草药疗法的古书。美国的公司现在每年在世界范围内花费大约 100 亿美元在这些声称是中国医学的研究上[28]。人们越来越频繁地提及中国的风水的观念[29]。由于增加接触和更加熟悉亚洲，这种受亚洲影响的语言使用上的变化反映了生活习惯和价值观念的变化[30]。有些美国艺术家为寻找新视野而来到中国或日本，他们沉浸在东方的文化中，不仅学习毛笔画和书法，而且学习宗教和哲学[31]。美国的诗人也受东亚的哲学、宗教和诗歌的影响[32]。美国的音乐和舞蹈曾受东亚的思想、习俗及移民过来的作曲家和编舞者的影响[33]。在 21 世纪之初，美国人民及其文化不再被认为仅是西方文明的产物。与东亚 100 多年广泛而集中的接触极大地改变了美国[34]。

“美国华裔文化”是华裔的集体记忆[35]。20 世纪 60 年代美国亚裔运动之后，美国华裔身份究竟意味着什么？[36] 它意味着全新的文化身份，这一身份使他们这一代人有自尊和自豪，族裔情感带来文化自由，用白人的方式表达并丰富着美国多元文化的构成。亚裔被认为对于拓宽和丰富美国的文化做出了贡献。值得注意的是，被认为有着中国文化背景的华裔，是对美国的文化做出了贡献，从而成为美国多元文化的一部分，而不是中国文化的一部分。

假如在作品中出现一些中国文化符号便能代表中国文化，进而得出与中国文化认同的结论，那么美国人岂不是都在与中国文化认同？不仅华裔使用这些中国文化符号，美国人也在生活中广泛使用。因此，区分中国文化符号与真正意义上的中国文化，是十分必要的。

总而言之，美国华裔作品中的中国文化，华裔作家的所指和我们的所指是不同的。因此，这些符号并不代表中国文化，我们也不能据此判断华裔与中国文化认同。

（2006 年）

注释：

1 Raymond Scupin (ed), *Race and Ethnicity, An Anthological Focus on the United States and the World*, New Jersey: Pretine Hall, 2003, p.vi.

2 Raymond Scupin (ed), *Race and Ethnicity, An Anthological Focus on the United States and the World*, New Jersey: Pretine Hall, 2003, p.82.

3 Raymond Scupin (ed), *Race and Ethnicity, An Anthological Focus on the United States and the World*, New Jersey: Pretine Hall, 2003, p.82.

4 Warren I Cohen, *The Asian American Century*, Boston: Harvard University Press, 2002, p.116.

5 赵振祥，《文化背景与大众文化的跨文化传授》，《文艺报》，2004 年 6 月 10 日.

6 Raymond Scupin (ed), *Race and Ethnicity, An Anthological Focus on the United States and the World*, New Jersey: Pretine Hall, 2003, p.69.

7 Raymond Scupin (ed), *Race and Ethnicity, An Anthological Focus on the United States and the World*, New Jersey: Pretine Hall, 2003, p.69.

8 Raymond Scupin (ed), *Race and Ethnicity, An Anthological Focus on the United States and the World*, New Jersey: Pretine Hall, 2003, p.69.

9 Raymond Scupin (ed), *Race and Ethnicity, An Anthological Focus on the United States and the World*, New Jersey: Pretine Hall, 2003, p.71.

10 徐颖果，《华裔作家作品中的中国文化》，《文艺报》2005 年 1 月 13 日，第 2 版.

11 William Wei, *Asian American Movement*, Philadelphia: Temple University Press, 1993, p.68.

12 王润华，《华文后殖民文学：中国、东南亚的个案研究》，上海：学林出版社，2001，第 103 页.

13 徐颖果，《美国华裔作家赵健秀访谈录》，《中华读书报》，2004 年 3 月 3 日，第 8 版.

14 王润华，《华文后殖民文学：中国、东南亚的个案研究》，上海：学林出版社，2001，第 103 页.

15 Yin Xiaohuang, *Chinese American Literature Since the 1850s*, Champaign:

University of Illinois, 2000, p.234.

16 Hsin-shang C. Kao (ed), Nativism Overseas: Contemporary Chinese Women Writers, New York: State University of New York Press, 1993， p.16.

17 Hsin-shang C. Kao (ed), Nativism Overseas: Contemporary Chinese Women Writers, New York: State University of New York Press, 1993, p.16.

18 William Wei, *Asian American Movement*, Temple University Press, 1993, p.68.

19 William Wei, *Asian American Movement*, Temple University Press, 1993, p.45.

20 Warren I Cohen, *The Asian American Century*, Boston: Harvard University Press, 2002, p.77.

21 Warren I Cohen, *The Asian American Century*, Boston: Harvard University Press, 2002, p.82.

22 Warren I Cohen, *The Asian American Century*, Boston: Harvard University Press, 2002, p.83.

23 Warren I Cohen, *The Asian American Century*, Boston: Harvard University Press, 2002, p.85.

24 Warren I Cohen, *The Asian American Century*, Boston: Harvard University Press, 2002, p.89.

25 Warren I Cohen, *The Asian American Century*, Boston: Harvard University Press, 2002, p.91.

26 Warren I Cohen, *The Asian American Century*, Boston: Harvard University Press, 2002, p.91.

27 Warren I Cohen, *The Asian American Century*, Boston: Harvard University Press, 2002, p.93.

28 Warren I Cohen, *The Asian American Century*, Boston: Harvard University Press, 2002, p.94.

29 Warren I Cohen, *The Asian American Century*, Boston: Harvard University Press, 2002, p.95.

30 Warren I Cohen, *The Asian American Century*, Boston: Harvard University Press, 2002, p.96.

31 Warren I Cohen, *The Asian American Century*, Boston: Harvard University

Press, 2002, p.102.

32 Warren I Cohen, *The Asian American Century*, Boston: Harvard University Press, 2002, p.103.

33 Warren I Cohen, *The Asian American Century*, Boston: Harvard University Press, 2002, p.126.

34 William Wei, *Asian American Movement*, Temple University Press, 1993, p.68.

35 Warren I Cohen, *The Asian American Century*, Boston: Harvard University Press, 2002, p.70.

第四章　文学教学及其他

《美国华裔文学选读》的编写与使用

摘要：美国华裔文学作为美国文学的组成部分，在很长一段时间，并没有出现在美国的美国文学课题上。因此我国的美国文学课也相应地没有美国华裔作家的作品。本文回顾了编写和出版《美国华裔文学选读》时的教学需求，以及为了满足教学需要，配合教授《美国华裔文学选读》，我相继出版了其他的从文学文本、历史背景、文学批评三个方面建构美国华裔文学教学的教材内容的情况。
关键词：《美国华裔文学选读》 美国华裔文学 美国华裔文学教学

美国华裔文学作为一门课程在美国的大学出现，始于 20 世纪 70 年代末，是由学生运动直接催生的："1968 年到 1969 年在旧金山州立大学举行的第三世界学生罢课事件，促进了族裔研究作为学科的建立。部分原因是作为对美国对越战争的反应，同时也是受到民权运动时期非洲裔美国人成功的鼓励，学生们要求大学的课程要反映美国真正的多样性，而不是狭义地把欧洲裔美国文学和历史定义为美国文化。学生运动直接导致了族裔研究计划（program）在一些大学校园的建立：比如旧金山州立大学、加州大学伯克利分校以及美国其他地区的一些大学。"美国华裔文学正是在这样一个大背景下，出现在美国大学的"亚裔研究"课堂上。"亚裔研究"的研究范围并不涉及所有的亚洲国家。它主要研究不同的亚洲群体移居到美国的经历，最初只研究中国人和日本人的早期经历，后来扩展到菲律宾人、韩国人、印度人和东南亚国家。直到最近，这一研究领域才开始重视对美国和世界各地的亚洲离散族裔的研究。这一新的研究领域已成为致力于美国高等教育民主化的一部分。华裔文学出现在美国大学的课堂上至今不过40年时间，在美国可以算是新兴教学领域。而在中国大学的出现就更晚，大多数华裔文学课出现在20世纪90年代。

我编写《美国华裔文学选读》这本书，起缘于我在美国的一段教书经历。1998年，美国圣·约瑟夫大学邀请我给该校英语系开设“美国华裔文学与中国文化”课程，作为该校“文化多样化”教学活动的一个组成部分。这次机遇促使我对美国华裔文学进行了认真的研究，也对美国华裔有了一些了解。美国华裔的移民经历以及他们所处的社会、文化环境，有许多是我在国内时所不了解且难以想象的。很多年来，无论在中国的美国文学教学中，还是在美国的文学课堂上，美国华裔都是一个被忽视的群体。在多元文化运动的推动下，少数族裔文学逐渐成为美国文学课堂上不能不涉及的教学内容，华裔文学也作为亚裔文学的组成部分出现在越来越多的大学课堂上。为了反映这种新的变化，我回国后，就以之前编写的《美国华裔文学与中国文化》讲稿为基础，给英美文学方向的硕士研究生开设了《美国华裔文学》课程。由于学生在市面上买不到所需的文本，于是我产生了编写一本《美国华裔文学选读》的想法，以满足教学之需。学生们对美国华裔文学所表现出浓厚的兴趣极大地鼓励了我。2003 年我被天津理工大学引进，当年在学校领导的支持下成立了院级美国华裔文学研究所，挂牌“外国语学院美国华裔文学研究所”。3年后研究所升级为校级研究所，拥有了独立的研究所办公空间，以及校级研究所的所牌：“天津理工大学美国华裔文学研究所”。在天津理工大学领导的支持下，《美国华裔文学选读》最终得以与广大读者见面。

一

《美国华裔文学选读》于2004年8月第一次出版，2005年春季第二次印刷，每次各印3000册。随着我国学界对20世纪70年代以后美国出现的文学现象的关注，越来越多的学者和学子对美国华裔文学产生了浓厚的兴趣，开始对此进行认真研究。近几年来，以美国华裔文学为学士学位、硕士学位和博士学位论文撰写内容的本科生和研究生呈逐年增长的趋势。据 2007 年 3 月 16 日在互联网上查到的“全国优秀硕士生论文数据库”统计，从 2000 年到 2006 年，652 所有英语硕士点的大学中，以美国华裔文学为题的优秀硕士论文的数目如表 1 所示。

表 1

年份	论文数
2000	1
2001	5
2002	10
2003	17
2004	35
2005	38
2006	64

尽管以上数字未必能全面反映这类硕士论文的数量，但是由此仍然能发现我国读者对美国华裔文学的兴趣增长之快。应该说，还有一些没有被这个数据库收入的硕士论文，实际上以华裔文学为题的硕士论文应该不止这个数字。无论如何，学生对华裔文学的兴趣在快速增长，这无疑极大地推动了我国的美国华裔文学研究。为满足广大读者的需要，2008 年《美国华裔文学选读》出了修订后的第 2 版。

《美国华裔文学选读》（第 1 版）中收录 15 名作家，基本上按照作家出生时间的先后排序。每章由“作者简介”“作品选读”和“注释”三部分组成。书后附有“美国对华人政策历史文献精选”，是有关美国华裔移民史的历史资料，目的是帮助学生掌握理解选读所必备的历史信息。《美国华裔文学选读》第 2 版有较大的调整。根据近些年的最新发展，更新了作家作品的介绍部分，对作家进行了调整，新增作家 7 名，收录的作家增至 20 名，以便教师有较多的选择余地，也为读者提供了更多的阅读文本，读者可从中领略美国华裔文学主题和风格的多样性。第2版统一并规范了作家名、作品名及注释的格式，重新排列了参考资料，将美国华裔主要作家及主要作品按作者汉语姓名的音序排列，尽量方便读者查阅；由于互联网资源的普及，读者可以较为便捷地利用互联网获取信息，因此，在第2版中省略了2004年第1版中的“美国对华人政策历史文献精选”部分。为了方便读者，在参考文献部分列出了相关的网址，读者可由此查找到有关美国排华法案的历史文献。

《美国华裔文学选读》先后共印万余册。作为非统编教材和非教学大纲包括教材，一万多册的印数出乎我的意料，也出乎出版社的预想。由于未曾预计到该书会有较大需求，最初出版社主要是把该书作为一个填补空白的品种来规划的。该书的出版和再版，反映出我国学界对美国华裔文学的关注急剧增长。

《美国华裔文学选读》在国外也引起关注。美国期刊“*Amerasia Journal*”（《亚美研究》）的主编认定该书为“迄今第一本美国华裔文学选读”（见 *Amerasia Journal*，Vol.34，No.2，2008，第xiv页）。据不完全统计，《美国华裔文学选读》的第1版和第2版分别被美国哈佛大学的哈佛—燕京图书馆（第2版）、加州大学伯克利分校C. V. 斯塔东亚图书馆（第1版和第2版）、斯坦福大学图书馆（第2版）等美国高校图书馆馆藏。在中国，该书也广泛见诸于许多高等院校的图书馆，对我国的美国华裔文学教学研究起到积极的作用。

《美国华裔文学选读》于2004 年出版后，得到学界同仁的关心和厚爱，使该书得以不断完善，我也在编写该书的过程中在不断学习，不断提高。我在编写过程中得到一些老前辈的帮助。北京外国语大学的吴冰教授曾慷慨借书给我，对于华裔作家和学者的学术交流信息也经常用电子邮件通知我。南京大学的张子清教授对该书的再版也提出建议，使我受益匪浅。国内一些中青年学者也非常关心和关注该书。我衷心地希望广大读者继续关注此书，以便《美国华裔文学选读》能不断完善，以推动我国的美国华裔文学教学。

二

在教美国华裔文学时，学生经常会因为背景知识的匮乏而影响到对华裔文学的理解。学生会提出一些出乎我意料之外的问题，比如：华人怎么会到美国去的？什么时候去的？唐人街为什么有单身汉群体？为什么华人在当时不受欢迎？移民政策什么时候发生了变化？现在华人的状况如何？等等。这使我意识到仅仅靠一本选读不足以完成美国华裔文学课的教学，必须有相应的背景知识作为补充。而仅有文本和历史资料也是不够的，还应该有相应的文学批评内容。因此，我开始注意从文学文本、历史背景、文学批评三个方面建构美国华裔文学教学的教材内容，以便满足教学需要。为此目的，先后围绕这三个方面出版了一些相关的书籍。

至今为止，除了《美国华裔文学选读》，2006 年出版了《美国华裔文学史》（翻译）。该书把美国华裔文学的作品放在社会历史学的框架内进行研究，对 19 世纪淘金热时代后期直至 20 世纪 80 年代末各种形式的美国华裔文学作品进行了梳理、分类与分析，为《美国华裔文学选读》的教学提供了不少背景资料。另外还围绕华裔文学教学研究的需要，在 2009 年出版了《族裔与性别研究最新术语词典》。众所周知，华裔文学是研究美国当代文学的一个很好的切入点。华裔文学及其研究反映了美国当代文学的主要关注和最新发展。可以说 20 世纪 70 年代以后美国文学出现了一次重要的转型，特点之一就是种族、性属、阶级和身份认同等成为重要的主题。后殖民、后现代、解构主义、女权主义等各种批评理论对文学创作产生了极大的影响，也使得对文学的解读受到意识形态和历史、文化前所未有的关照。种族、性属和阶级等文化主题随之成为主流文学的主题。而近年来我国出版的关于西方文论的辞书，正如以前的西方文学经典一样，很少有以反映西方的族裔与性属为主要内容的。我们知道，每一种新的理论都有表征其新思想的术语，这些术语都能画龙点睛地表现这些新思想。华裔文学教学离不开这些新的文学批评理论。因此一本旨在服务于族裔文学的工具书显得十分必要。这本《族裔与性属研究最新术语词典》定位于族裔研究和女性研究中的最新术语，它梳理、汇编和引介了近30年来西方文学和文化研究中关于族裔和女性研究的新概念、新理论和新术语。词典释义简明易懂，而且是双语术语和释义，为用中英文写作的本科生毕业论文、硕士和博士研究生的学位论文写作都提供了丰富的资料来源，读者可以直接从书中引用，非常便捷。除此之外，目前正在准备出版一部有助于研究族裔文学的理论研究著作，希望该书与《族裔与性别研究最新术语词典》一道，有助于学生了解华裔文学的相关批评理论。总而言之，围绕着《美国华裔文学选读》教学，出版了华裔文学史、文论术语词典，并将出版族裔文学批评理论，共3本书。加上《选读》，这4本书有一个共同而明确的目的，即从文学读本、背景知识和文学批评三个方面，构建美国华裔文学课的教学资源，提供文学、文化、历史、社会和政治诸方面的教学资讯，以有助于形成美国华裔文学教学研究的资料框架。

三

2003年，我向南开大学出版社提交第一部美国华裔文学方面的书稿，距今不过6年时间。在短短的6年时间内，南开大学出版社以其独到的专业眼光，推出了“南开21世纪华人文学丛书”，至今已经出版13册。该丛书最初的目的是出版美国华裔文学丛书，后来为了加入澳洲的华裔文学研究，定名为“南开21世纪华裔文学丛书”，准备包括不仅是美国的华裔文学，而且包括世界其他地区的华裔文学，比如澳洲、欧洲甚至非洲等等。但是，很快地国内出现了对海外华文文学的严肃而系统的研究作品，为了涵盖更多的海外华人的文学作品，该丛书将其涵盖范围进一步扩大，将丛书扩展为“南开21世纪华人文学丛书”。这样的改变是为了反映一个世界华人文学的文学版图正在迅速涌现的现实。在得知我正在编写《美国华裔文学选读》时，汤亭亭在发给我的电子邮件中说她很高兴看到我们现在有了“世界华人文学”（a world Chinese literature）。我想她指的不仅是华裔文学。American Chinese（美国华裔）和 overseas Chinese（海外华人），他们的作品无论是 American Chinese literature（华裔美国文学）还是 Chinese American literature（美国华文文学），一起构成的是 a world Chinese literature（世界华人文学），反映的都是有华人血统的海外移民及其后代在海外的经历。这个丛书中的其他十几册书，对《美国华裔文学选读》的教学也提供了很好的参考作用。希望有更多的研究成果加入这个丛书，对美国华裔文学的教学起到积极的推动作用。

研究华裔文学并不只是研究美国的有华人血统的少数族裔群体。华裔文学所涉及的主题——种族、阶级、性别和身份等，正是 20 世纪 60 年代以后几十年美国主流文学的主要主题。华裔文学中备受关注的文化身份认同，不但是华裔文学研究与创作的重要关注，也是其他美国族裔文学的重要关注。这不仅是因为美国是一个移民国家，离散文化的痕迹无处不见，而且也因为这个问题的全球性。正如霍华德·威内特（Howard Winant）所言，种族身份构建是一个全球化现象，是现代世界发展的根本，因此，我们必须认清人种和种族分类是如何在民族内外产生和加强的。

从学科性质的角度看，美国华裔文学课程具有跨国研究和跨文化研究的特点。苏薛塔·玛祖达尔（Sucheta Mazumdar）说道：“亚裔美国研究从一开始就是国际性的（international）。”在全球化的今天，跨国研究令人瞩目，因为它涉及文化的独特性和全球性的关系，以及文化关系在民族内和民族间的运行模式。种族的融合与文化交流是全球化研究中的重要内容。具体到华裔文学，华裔的文化身份认同也绝不是在中国文化和美国文化之间二选一那么简单。华裔作家的立场与读者视角的差异、中国读者和美国读者的差异，这些因素都使不同的读者从自己的角度产生不同的阐释。美国的亚裔研究学者黄秀玲对此有过评述：“席卷而来的后现代风浪使大家越来越倾向于把美国亚裔置于离散的语境来考虑，这也是我将考察的去国家化的第三个组成部分。离散的视角强调的是作为全球人口扩散中有亚洲渊源的亚裔美国人的状态，与我所称的美国国内视角形成对照，国内视角强调的是在美国的疆域内作为一个少数族群/种族而存在的美国亚裔的状态。选取的这三个现象共同体现了亚美研究中的范式变化所带来的巨大影响。”这样的现象并不限于亚裔，美国的其他族裔也同样。正是从这个意义上说，对美国华裔身份研究的意义超越了对华裔族群的研究范围，而成为对美国种族问题的研究。华裔文学开启的是一个研究文化适应和同化、种族关系和种族冲突等课题的窗口。

应该认识到华裔文学是对美国文学的丰富，研究华裔文学是研究美国文学不可缺少的一部分。各种少数族裔文学的出现，避免了将美国文学简单地定义为盎格鲁—美国文学。少数族裔文学的作用近年来得到越来越多学者的重视。有学者指出：最近对美国移民文学的文化研究加强了对移民作家讲述故事的方式的重视，指出它们已经不再是对融入美国社会的过程的简单陈述。沃纳·索勒斯、乔·格杰德、马修·雅格布森、莉莎·露易等学者已发现这些讲述重写了“美国”的概念，以试图证明移民族裔作为国家成员的合法性。奥姆·欧沃兰德也加入了讨论，以他的《移民者的思维》和《美国身份》两项研究成果深入探索了19世纪末和20世纪初的欧洲移民是如何想象自己在美国的社会、文化和政治地位，并在此基础上对历史以自己独特的方式进行解读，以使美国真正成为自己的家园的。奥姆·欧沃兰德注意到了“从历史到神话的调适”，指出移民群体的领袖创造出了“寻找家园的神话”（奥姆·欧沃兰德语），或者是一些故事，来证明移民族裔在基因上或意识形态上和美国象征体系中的中心人物和事件有着一定的联系。欧沃兰德明确列出了一系列的文化文本例证（包括虚构的和自传体的文本、族裔报纸的社论，以及宴会和集会上族裔领袖们的演讲），令人难忘的还有文化活动（包括纪念族裔传统的节日，为族裔英雄纪念碑而举行的筹资活动）。他认为这种寻找家园的神话是一个美国现象，因为共同的主题和情节已跨越了族裔界限：这些神话会保证所有族裔都能被盎格鲁主导的社会所接受，同时（也许有些矛盾地）肯定其族裔身份在美国的重要性。尽管专业的历史学家认为这些故事是幼稚的，甚至有害于历史的编纂，因而并不理会，但欧沃兰德认为必须严肃对待这些神话，不是针对它们所讲的内容，而是对于它们产生的原因。

另外一个更为重要的问题是，研究华裔的文化身份认同，有助于了解美国文化发展的总体趋势。美国是个移民国家，文化身份问题虽然是一个长达数百年的老问题，但是随着美国社会进入 21 世纪以后族裔人口及其社会地位所发生的变化，尤其是在出现了一位非洲裔美国总统之后的今天，美国的族裔版图正在发生着重要变化，身份问题同样也在变化。美国华裔在历史上曾经被认为是不可同化的族裔，但是，由于华裔在最近几十年获得了显著的经济和社会地位的提高，因此，情况已经在发生变化。有人甚至说："很难再找到哪个人会非常关心[亚裔]到底是什么'族'这样的问题。""当文化课题牵涉到了跨太平洋的物质方面的交流，就更难划定他们究竟是亚裔美国人还是'亚洲人'，也许最后就无关紧要了。"美国人已经认识到美国文化不只是一种传统，而是所有美国人的传统。有色人种将成为美国人口的主流。用于描述这种情况的词已经被造出来了："少数族裔的多数化（the majorification of the minorities）。"美国的少数民族在不久的将来会成为多数，也一定会"多数化"。艾伦 · 布鲁姆在《美国思想的结束》中发出这样的呼喊"社会已经把他们变为美国人了"。可以说，研究华裔的文化身份问题，就是研究美国的族裔问题，而种族和族裔问题是美国文学永远的主题。《美国华裔文学选读》也将根据新的发展需要而不断更新。

（2010 年）

我给英语专业研究生开设的“中美女性文学比较”课

摘要：通过对中、美重要女作家作品之比较、对比，探索不同文化背景中的女作家在文学主题和题材内容方面的异同，同时了解 20 世纪中、美女性文学的发展特点；对有典型意义的作品之分析，有助于了解主要的女权主义作品及其批评；通过展示中国女作家和美国女作家在文化、文学和思想意识方面的差异，最终说明历史、文化和思想意识如何形成中国女性主义文学和美国女权主义文学之异同。

关键词：“中美女性文学比较”课程 美国女性文学 中国女性文学

美国内布拉斯加大学的查尔斯文 W. 米格农（Charles W. Mignon）教授在他近几年的教学大纲中指出，25 年以前美国文学教学的方式完全不同于今天的方式。那时这门课（讲到 1900 年）主要讲 8 个作家，他们是：波（Poe）、爱默森（Emerson）、霍桑（Hawthorn）、索罗（Thoreau）、惠特曼（Whitman）、梅尔维尔（Melville）、吐恩（Twain）和詹姆斯（James），最多加上法兰克林（Franklin）和 爱德华（Edward）。方法主要是形式主义和重在历史背景的新批评主义方法。最为大胆的改革要算是 20 世纪 60 年代初，托马斯文 · H. 约翰逊（Thomas H. Johnson）添加上了艾米莉 · 迪金森（Emily Dickinson）。“也就是说，大约 30 年前，在美国的美国文学课堂上基本不讲女作家。最多讲到艾米莉 · 迪金森。近 30 年来对美国妇女文学的再发现，发掘出大量的女性作家和作品。仅莎伦 · M. 哈利斯（Sharon M. Harris）于 1996 年编辑出版的 *American Women Writers to 1800* 一书，就收入 1800 年以前的 90 多名女作家，大部分作品以前从来没有发表过。最新发掘出的美国女性文学作品的体裁有书信、日记、回忆录、诗歌、被俘记、土著叙事、随笔、布道文、自传、小说、戏剧、科技及政治短文。历史上出现过许多出色的女作家，她们的作品极大地丰富了美国文学，成为美国文学主体不可或缺的一部分。作为英美文学专业的中国研究生，有必要了解美国女性文学。只有了解了美国女性文学，才能对美国文学有整体的了解。为此，我给英语专业的研究生开设了两门相关课程，在此作简要说明，和与会者共同探讨。

一、“美国女性文学课”

在开设“中美女性文学比较”课之前，我从 2003 年春季起给我校英语专业文学方向的一年级研究生开设了“美国女性文学课”，大纲如下：

Survey of American Women's Literature

Week One—General Introduction

February 26：and the Seventeenth Century Introduction

Week Two—

March 5：Anne Bradstreet，Lady Anne Finch Conway，Mary Rowlandson，Sarah Kemble Knight，Elizabeth Hanson

Week Three—Introduction

March 12：The Eighteenth Century

Week Four—

March 19：Hannah Webster Foster：*The Coquette*

Week Five—

April 26：Charlotte Lennox，Mercy Otis Warren，Mary Bartlett，Phillis Wheatley，Mary Wollstonecraft，Susanna Haswell Rowson，Sojourner Truth

Week Six—

May 2：Presentation

Week Seven—Introduction

May 9：The Nineteenth-Century

Week Eight—

May 16：Lydia Maria Child，Sarah Margaret Fuller，Harriet Beecher Stowe，Susan Warner，Susan Anthony，Mary Chesnut，Harriet Beecher Stowe，Edith Wharton，

Weeks Nine—

May 23：Emily Dickinson：*Poems*

Weeks Ten—

May 30：Liousa May Alcott：*Little Women*

Week Eleven—

May 7：Kate Chopin：*The Awakening*

Week Twelve—

May 14：Willa Cather：*My Antonia*

Week Thirteen—

May 21：Presentation

Week Fourteen：Introduction

May 28：The Twentieth Century

Week Fifteen—

June 4： Gwendolyn Brooks，Tillie Olsen，Toni Morrison，Mary

Flannery O'Connor，Maya Angelou，Alice Walker，Audre Lorde

Week Sixteen：

June 11：Maxine Hong Kingston，Frank Chin，Amy Tan，Gesh Jen

Week Seventeen：

June 18：Review

Week Eighteen：

June 25：Term Paper due

“美国女性文学课”重在“survey”，从 17 世纪美国第一位女诗人 Anne Bradstreet 开始，到 20 世纪下半叶的主要作家，按四个世纪划分为四部分，介绍每个世纪的历史背景和重要作家及作品介绍。对于从题材、体裁和主题方面表现有特殊意义的作家进行作品分析。

20 世纪 70 年代美国重新发现美国妇女历史的一个重要的理论就是美国妇女在美国历史上所起的作用不同于男性，建构在她们自己生活经历之上的文学创作理所当然地与男作家有很大不同。不仅如此，妇女之间因为阶级、宗教、种族、族裔和文化、语言的不同也形成差别。自从 1970 年美国历史学家开始把美国妇女史作为一个独立学科来研究，他们就在寻找一种理念框架和与此适应的方法。美国历史学家认为，历史上的妇女名人并不能说明大部分妇女在历史上的作用，因为历史上有名的妇女毕竟是个别的。美国历史学家认为在历史上妇女也分不同阶级，而不同的阶级有不同的历史。即便是人们最为关注的妇女的女权斗争、要求参政的斗争和要求平等的斗争等，都只是妇女历史的一个方面，不能也不应该是妇女关心的全部。正因为如此，数以千计的无名妇女作家所写的无名妇女们的经验才有重要意义。女性经验是女性文学的价值所在。虽然许多作品并不是传统意义上的文学作品，但是因为它们是妇女记录的妇女认为重要的人和事，反映了妇女的历史和文化，所以这些作品是有价值的。美国女性文学试图展示的正是这种多样化、多层次和多角度的美国妇女特点。该课正是基于这一观点，重在呈现不同时代妇女的生活、不同女性群体的特点，简而言之，重在呈现女性文学的多样性，使学生对美国妇女的历史、文化和文学有所帮助，而不试图一概而论。

二、“中美女性文学比较”课

我于 2003 年秋季给二年级研究生开设了“中美女性文学比较”课程。与“美国女性文学”课程不同，中美女性文学比较“课不是概况课，目的在于通过对 20 世纪中国和美国的几位女作家进行对比，分析中美女性文学在历史发展和作品内容方面的异同，最终表现中美女性在妇女观上的差异，以及当前中国妇女和美国妇女现状的差异及其原因。“中美女性文学比较”课程大纲如下：

Comparative Studies of the American and the Chinese Women Writers

Week 1: Introduction to the course

Week 2 : Zora Neale Hurston

Week 3: Toni Morrison

Week 4: American Women Who Shaped the Civil Rights Movement

Week 5: Eudora Welty, Tillie Olsen

Week 6: Alice Walker

Week 7: Kathy Acker

Week 8: Presentation

Week 9: Ding Ling

Week 10: Ding Ling cont’d

Week 11: Zhang Jie

Week 12: Zhang Jie cont’d

Week 13: Zhang Kangkang

Week 14: Zhang Kangkang cont'd

Week 15: Wang Anyi

Week 16: Wang Anyi cont'd

Week 17: Can Xue

Week 18: Chen Ran; Term Paper due

由于学生在一年级时学过美国女性文学，所以美国作家所占的课时少于中国作家。所选作家在两个方面有可比性。第一，作品反映出 20 世纪中国和美国的女性文学之发展脉络。美国作家从佐拉·尼尔·赫斯顿（Zora Neale Hurston）到蒂莉·奥尔森（Tillie Olsen）再到凯西·艾克（Kathy Acker），反映出 20 世纪美国女作家对性别、种族和阶级等主题的态度和表现方法，以及美国妇女对当代妇女的现实问题的关注；丁玲和王安忆的"爱情三部曲"，反映出中国妇女女性意识和性意识的觉醒；从丁玲到陈染，可以看出中国女性主义文学的发展。第二，作品反映了中国和美国的女性文学在阶级、性别、女性意识和性意识方面的差异，以及由此反映出的中美女权主义之异同。从路易莎·梅·奥尔科特（Liousa May Alcott）的《小妇人》到凯特·肖邦（Kate Choppin）的《觉醒》，再到薇拉·凯瑟（Willa Cather）的《我的安东尼亚》，反映出美国妇女在妇女观、性意识以及女权主义思想方面的发展变化。同样，从丁玲到张洁，再到陈染，也反映出中国不同时期的女性主义思想的不同表现。另外，Kate Chopping 的《觉醒》与丁玲的《沙菲女士的日记》反映出中美妇女在性意识觉醒方面的异同及其意义。

中国和美国的国情不同。直到 1972 年，美国国会才通过"平等权利修正案"，美国妇女在为平等权利奋斗了 100 多年之后终于第一次得到了受法律保护的男女平权（尽管现在还做不到男女同工同酬），这成为美国妇女历史上的一个转折点，是美国 20 世纪下半叶最重要的历史事件之一。而中国却不同。早在 20 世纪 50 年代初，中国宪法就明确了“男女平等”，在相当一段时间内实现了男女同工同酬。正因为此，当代中美妇女所关注的议题不尽相同，在有些问题上甚至意见相左。通过比较学习，有助于对这些问题的理解。

美国女权主义者们之所以提出要“重新发现妇女”，是因为她们认为美国历史并不等同于美国妇女历史，认为美国妇女在历史上与男性所起的作用不同，所以女性文学表现出在主题、体裁和关注的问题等方面与男性作家有所不同；认为美国妇女史在很多方面与人们看到的美国史并不一样。如果作家的经历在作品中起作用的话，如果作品是关于他们与社会的关系和他们在社会中所起的作用或所存在的问题的话，那么妇女的作品一定会有别于男作家的，因为他们的经历迥然各异。因而，要重新发现未被发现的妇女历史和被误读的妇女历史，妇女文学作品是一个重要来源。20 世纪 60 年代和 70 年代，美国的民权运动和妇女解放运动使得人们开始重新发现被遗忘和被忽视的文学作品。美国女性文学从思想性和艺术性及表现手法上丰富了美国文学，对于从性别、种族、阶级和性意识的文化的角度理解什么是美国文学能提供新的视角。该课也主要从这四个方面介绍美国女性文学的特点，以说明美国女性文学对美国文学所做的贡献及其意义。

（2004 年）

《赵氏孤儿》在海外的传播

摘要：自从《赵氏孤儿》于 1759 年在西方舞台上演，中国戏剧就开始了在海外的传播经历，中国戏剧中所浸润的中国文化也随之向西方观众展现，并成为西方人了解中国和中国文化的重要途径。中国戏剧在走向世界的过程中经历了从戏剧主题、表演语言、舞台设计、表演技术等方面的改编，成为国际舞台上跨界改编的丰富资源，中国戏剧也同时在国际化中传播与发展。本文探讨中国经典戏剧《赵氏孤儿》在海外的传播方式及其意义。

关键词：中国戏剧 《赵氏孤儿》 海外传播

元杂剧《赵氏孤儿》首次被全文翻译成法语是在 18 世纪。1698 年法国传教士马若瑟（de Premare）从法国来到中国传教[1]，在中国期间，元杂剧引起了他的兴趣。他对《赵氏孤儿》进行了翻译，并将翻译的剧本于 1735 年在法国的《中国通志》全文发表。以后马若瑟的《赵氏孤儿》译本通过英、德、意、俄等几种语言的《中国通志》在欧洲广为流传，其中最早的是英国的译本[2]。法国作家伏尔泰看到后也对《赵氏孤儿》产生了兴趣，进而对《赵氏孤儿》进行改编，并将剧名改成《中国孤儿》。伏尔泰的《中国孤儿》在巴黎上演和出版后，英国剧作家阿瑟·墨菲在伏尔泰剧本的基础上又进行改编，形成了默氏《中国孤儿》的剧本，于 1759 年 4 月在伦敦上演，也取得成功[3]，后来又到美国上演。

在美国上演的《赵氏孤儿》经历了马若瑟的法语翻译、伏尔泰的法语改编，以及阿瑟·墨菲的英文翻译和改编。总起来讲，改编有三方面，即演出语言的变化、情节的变化和主题的变化。元剧是以歌唱为主的，马若瑟的法文译本将其改编为以对白为主，这不仅使原剧中的诗意成分丧失殆尽，而且原剧中的曲子也完全丧失。中国戏剧是多种艺术综合利用的艺术形式，其中有诗歌、乐、舞、美术等，有很高的艺术性和诗化性。特别是对话的音乐性，是中国戏剧一大特点。“唱、念、做、打”中唱是第一位的。而《赵氏孤儿》在海外旅途的第一站，就失去了诗意的“唱”。马若瑟的翻译被认为“译本中不只一个句子被过分随心所欲地作了翻译，从而使剧本失去了中文原本中所特有的魅力。此外，译者未能透彻地理解其中的某些对白，其译本有时晦涩难懂，使人不知所云”[4]。伏尔泰认为马若瑟神父的《赵氏孤儿》译本“完全没有表现出中国人的思想深度，未能使人理解该民族的真正情操”[5]。

所幸马氏保留了故事的情节框架，所以仍然是中国故事。剧本中的高乃依（Corneille）或拉辛（Racine）式的悲剧所具有的“崇高的情感和高尚的自我牺牲精神”仍被保留了。到了伏尔泰的笔下，故事情节从公元前 5 世纪的春秋时期向后移动了一千七八百年，把一个诸侯国家内部的“文武不和”的故事改为两个民族之争。他还遵照欧洲新古典主义的戏剧规则，把《赵氏孤儿》的故事时间从 20 多年（据伏尔泰说是 25 年）缩短到一个昼夜，剧情被极大地简化；更有甚者，他还根据当时“英雄剧”的写法，加进了一个恋爱的故事。这样一来，中国的元杂剧《赵氏孤儿》面目全非了[6]。伏尔泰改编的戏剧“充满仁爱之心”。阿瑟·墨菲更是花两年时间对该剧进行改装，并加入了许多人的修改意见，于 1759 年 4 月在伦敦德如瑞兰剧院上演他改编的《中国孤儿》，同样取得了成功。墨菲认为中国的《赵氏孤儿》题材是好的，可惜作者对救孤一节没有处理好，牺牲一个婴孩来拯救另一个婴孩，远不如牺牲一个青年来救另一个青年，因为这样更可以表达作为父母者心理上的矛盾和冲突。墨菲对于《赵》剧的情节和人物等做了不小的改动[7]。这些改编了的中国戏剧《赵氏孤儿》都受到当地观众的喜爱。

中国戏剧在美国的首度出现是在 1767 年，当年由英国人亚瑟·墨菲改编的《赵氏孤儿》在美国费城上演，英文剧名是《中国孤儿》[8]。尽管墨菲版的《赵氏孤儿》与原作相比有较大的改变，而且是以英文为舞台语言，但毕竟这是中国戏剧第一次在美国舞台上露面。值得一提的是，这使得中国戏剧传入美国要早于西方戏剧传入中国。西方话剧被认为于 1906 年传入中国，西方戏剧则是在 20 世纪 50 年代传入中国[9]。该剧的上演甚至早于美国第一部喜剧的上演。1787 年，在纽约约翰剧院演出的罗亚尔·泰勒（1757—1826）的《对比》是美国文化史上的第一部喜剧[10]。在美国戏剧没有形成具有真正美国戏剧特点的时候，中国传统剧目已经登陆美国舞台。中国戏剧从此开始了在美国两百多年的传播与发展。之所以说是传播与发展，是因为中国戏剧并不是依照原样被重复上演，而是被改编后上演，因此已经不同于原始的中国戏剧而发展成为一种新的剧目，在形式或内容上等呈现出非中国传统戏剧的形式与主题。

改编不仅是 18 和 19 世纪欧洲和美国人接受中国戏剧的主要方式，而且也是 20 世纪和 21 世纪的华裔接受的主要方式之一。华裔戏剧人也改编了《赵氏孤儿》，而且改编的力度丝毫不弱。2003 年旅美华人陈士铮在美国林肯中心推出策划了两年的《赵氏孤儿》，以中英文两个版本推出。英文版《赵氏孤儿》由纽约剧作家格林斯潘改编，除了借用原剧剧情之外，从音乐到舞台，完全是一部美国化的百老汇喜剧。其剧情相当简单，演员总共才 6 人，4 个主要演员都是美国人，两名华裔演员只是在剧中扮演道具似的屠岸贾的随从。另外，所有的对白都非常口语化，甚至有不少俚语和方言。演员表演十分夸张、幽默和诙谐[11]。对此，陈士争解释道："在中国传统戏剧中，演员们可以通过动作来表达剧中人物的情绪，美国演员们总是想知道并试图向观众说清楚，他们需要了解当时那种特殊社会环境下的心理状态，当时的人们为什么为了一个婴儿能够杀死那么多人等等，而这些对于他们及现代的观众很难解释清楚，我希望这部戏能让观众感受到过去不明确的东西。剧场就是一个世界，如果演员能够用表演来与观众沟通，就不需要去说太多的对白。"英文版《赵氏孤儿》用美国人的方式让观众较好地理解了剧情，比如最后的结局，虽然还是复仇，但用的是美国人的方式：在赵氏孤儿 21 岁生日时，程婴告诉他，要给他一个惊喜，结果就是告诉其身世。观众的反应居然是大笑不已。赵氏孤儿杀屠岸贾时，动作也非常夸张[12]。众所周之，中国的《赵氏孤儿》一直是一个悲剧。

英文版的《赵氏孤儿》为了使其具有更多的象征意义，而没有设定具体的时间与空间。故事可以发生在任何观众希望的时代，舞台则是后现代主义舞台设计。"林肯中心拉瓜地亚戏剧院的舞台上有一个大水池，里面的水都是红色的，陈士争导演说，这是象征着鲜红的血。水池中央搭起一块白色木板，这就是演员表演的舞台。演员的服装也全部都是白色的。演员们每次走上舞台前都会把红颜色沾在身上、脚上，这样一遍遍地把红颜色带上白色的舞台，直到剧终时，舞台上已形成一片红与白的世界。林肯中心艺术节负责人瑞登先生认为，陈士争为中国经典戏剧在美国的传播和发展创造了一个更广阔的演绎平台。"[13]

英文版的音乐由纽约颇有名气的作曲家史迪芬·梅里特编排。根据梅里特的意见，音乐用京胡、琵琶、竖琴这三种中国传统乐器伴奏。《纽约时报》对该剧音乐的评论是："《赵氏孤儿》的音乐听起来就像具有异域风情的蓝草乡村音乐（美国乡村音乐，起源于南方）。"梅里特把它叫做"乡村音乐和东方音乐的结合体"[14]。而陈士争等华人的这些改编，被认为是将中国戏剧美国化，或将中国戏剧国际化，同时也给美国的戏剧舞台增加了多元文化的色彩。

《赵氏孤儿》在一千多年的传播中，经受了多方位、多层面的改编。除了语言和情节，不同的文化和时代还给该剧赋予了不同的主题内涵。在中国，《赵氏孤儿》一直以来基本上在传播忠君、大义和惩恶扬善等在传统中国戏剧中常见的主题，最近上演的陈凯歌导演版的《赵氏孤儿》电影，其片名的英文 *Sacrifice*，是"牺牲"之意。该片名点出了陈凯歌版《赵氏孤儿》的主题。该电影虽然被认为颠覆了古典戏剧的故事，融动作、爱情、梦幻于一身，但是电影通过程婴夫妻以及其他同情赵家的将士，演绎了承诺和忠义，在主题层面仍然延续了传统的《赵氏孤儿》的文化精髓。而在西方的传播过程中，由于文化的差异，《赵氏孤儿》的主题经历了伏尔泰对仁爱之心的弘扬和陈士争对惊喜结局的偏爱等迎合西方观众审美情趣的主题挪用。

20 世纪末的几十年，中国戏剧正在以前所未有的规模出现在美国舞台上。昆曲《牡丹亭》、歌剧《西游记》《桃花扇》等等都在短短的几年中先后登台美国剧场。随着对中国戏剧的了解增多，美国戏剧界越来越认识到中国戏剧的价值，对中国戏剧刮目相看[15]。林肯中心艺术节负责人瑞登认为："在现代社会，我们应当把中国传统文化当作考古学，从中不断发掘出更有价值的东西。"[16]美国主流戏剧人开始在中国戏剧中淘金。而华裔通过在美国舞台上演出中国剧目，也推动了中国戏剧在海外的本土化，从而使中国戏剧走上国际化的道路。从上世纪70年代，一些华裔戏剧团体认识到跨文化的必要性，他们的努力推动了中国戏剧在美国的传播，也使中国戏剧以多元方式登台美国戏剧，从而打入世界戏剧舞台。

有学者指出："20 世纪西方剧场革新运动从剧本中心到表演中心和剧场中心的发展历程，必然走向跨文化戏剧，因为剧场中心论将戏剧作为交流特别是一种精神交流的仪式。精神交流仪式本身就是文化符号，这种文化符号的可交流性是如何发生的？如果文化赋予戏剧符号以意义，那么一个民族文化孕育的戏剧符号如何在全球化时代可以超越民族文化语言的局限，为地球村的全人类共享？事实上，全球化时代对所有艺术形式都提出了跨文化的问题。就戏剧而言，如果现代戏剧已经超越了剧本中心的逻各斯中心主义，那就已经具备了跨文化的可能。比如说，表演中心的戏剧语言是身体，而身体语言就是跨文化的。跨文化戏剧是戏剧回应全球化挑战的必然选择，全球化时代戏剧家最重要的使命就是探索跨文化的'戏剧语言'。"[17] 从亚里斯多德、狄德罗、斯坦尼等的摹仿戏剧论，到格洛托夫斯基、彼得·布鲁克和尤今尼奥·巴尔巴等的跨文化主义，西方戏剧的发展从本体自足走向了普世主义，展示了全球化大同理想的戏剧视野。[18] 可以说，在全球化的今天，各种文化的相互吸收和融合已经形成文化发展的常态，中国戏剧也不例外。

（2011 年）

注释：

1 http://qkzz.net/magazine/0583-0176/2005/11/150670.htm.

2 http://bbs.guoxue.com/viewthread.php?tid=500029.

3 http://bbs.guoxue.com/viewthread.php?tid=500029.

4 http://qkzz.net/magazine/0583-0176/2005/11/150670.htm.

5 http://qkzz.net/magazine/0583-0176/2005/11/150670.htm.

6 http://bbs.guoxue.com/viewthread.php?tid=500029.

7 http://bbs.guoxue.com/viewthread.php?tid=500029.

8 Dave Williams, Misreading the Chinese Character: Images of the Chinese in Euroamerican Drama to 1925, Asian Thought and Culture No.40, New York: Peter Lang, 2000, Intro, p.3

9 http://www.sfpalm.org/chinesetheater/3_overview.html.

10 李贵森，《西方戏剧文化艺术论》，北京：中国传媒大学出版社，2007 年，第 290 页.

11 http://jillgigue.spaces.live.com/blog/cns!7698b40e12cc68d4!1130.entry.

12 http://www.people.com.cn/GB/paper68/9766/898700.html.

13 http://www.people.com.cn/GB/paper68/9766/898700.html.

14 http://www.people.com.cn/GB/paper68/9766/898700.html.

15 http://bbs.h863.com/thread-683954-1-1.html.

16 http://www.people.com.cn/GB/paper68/9766/898700.html.

17 梁燕丽，《20 世纪西方戏剧理念的嬗变》，《外国文学评论》，2008 年 4 期，第 45-51 页.

18 梁燕丽，《20 世纪西方戏剧理念的嬗变》，《外国文学评论》，2008 年 4 期，第 45-51 页.

语言、文化与发展：在天津的外国人

摘要：本文通过在天津工作、学习的外国人和留学生两个群体，说明天津的对外开放不仅加速了经济发展，而且推动了中国文化的对外传播和与其他国家的文化交流。文章指出，作为传播中国文化有效途径的汉语，在国际上的地位正得到空前提高。文章探讨了语言的主体性对个体的文化主体性的影响，以及在全球化进程中不同文化的交流对于建设和谐社会的积极意义。

关键词：天津 外国人 留学生 汉语 文化传播 和谐天津

21世纪的国际大都市均呈现出多元文化的特点。外来文化和本土文化的融合，极大地丰富着国际大都市的生活，增加了国际大都市的活力。天津作为一个定位于经济繁荣、社会和谐、环境优美的宜居生态型现代化的城市，在对外开放的同时，也在吸收并融合着外来的文化，显示出国际大都市对外来文化所持有的开放和包容的胸怀。随着天津对外开放的步伐越来越大，改革开放以来到天津工作和学习的外国人也越来越多，不少外国人还在天津购买房屋，在天津定居，成为和谐天津大家庭中的一员。天津的这些“洋”成员不但学习中国文化，也把他们国家的文化带到天津，给和谐发展的天津增加了一抹亮色。

事实上早在20世纪80年代，天津就开始向国际化大都市迈进。从1984到1991年天津经济技术开发区发展的起步阶段，开发区管委会就提出“创造仿真的国际投资环境”的理念，引入外资企业350家。1992年邓小平的南方谈话，更是极大地鼓舞了天津人民。天津开发区提出要建立“以城市现代化为标志的具有国际水准的现代新城区”。到1996年，天津累计批准外资企业2844家。从1997年到现在，是天津开发区全面发展的阶段。特别是从2001年到2003年，天津连续三年开展了“形象年”活动，旨在“塑造崭新的人文形象、社会形象、政府形象、城区形象”，极大地提升了天津的总体形象，为把天津发展成为国际化大都市奠定了坚实的基础。因此，我们在回顾天津发展的历程时，不能忽视天津与国际接轨的努力，不能忽视天津对外开放所带来的文化传播和文化交流的深远影响。对此，作为具体表象的、在天津工作学习的外国员工和留学生所起的作用，成为讨论天津改革开放所取得的成绩中不可或缺的组成部分。

一、在天津工作的外国人

目前居住在中国的外国人已经达到 40 万，而这个数字还在不断增长，因为在很多外国公司中，在中国的职业变得越来越抢手。最新统计数字显示，天津的外籍人口总数有 4 万，其中 2 万人是常住人口。他们主要来自亚洲、美洲、欧洲、大洋洲和非洲的一些主要国家。他们从事的行业大多是电子通讯、机械制造工业、化工和食品饮料领域。其中支柱行业尤其是电子业，在开发区占主导地位。统计显示，在天津开发区工作的外籍人士从事电子通讯、机械及汽车制造、生物医药、化工、食品饮料等支柱产业的人数为 1294 人，占总人数的 87.2%；从事文化教育的人士为 78 人，占 5.3%。除此以外，还有大量到天津来的短期访问者，而且来访者人数呈上升趋势。仅 2006 年上半年，开发区就接待了涉外团组 180 多个，接待 3000 多人次来访，相当于 2005 年全年涉外团组的总量。这意味着天津正在受到越来越多的国家的关注，天津也将吸引越来越多的外国人到天津来投资、工作。

外国人不但在天津的经济建设中发挥着作用，而且也参与到了天津和谐社会的建设中来。在华纳、泰丰、翠亨、紫云、雅园、康翠六大涉外社区中，长期居住着 1200 名外国人。他们以各种方式参与社区的建设与管理，为共建和谐社会贡献出自己的力量。据媒体报道，华纳社区来自美国的美国华裔梁张辉林女士，她先伴随丈夫来到天津，一年之后不但举家迁往天津，而且还担任了社区的管理工作。梁张辉林被任命为开发区社区服务志愿者协会的副秘书长和华纳国际义工团的主席。在她的号召和组织下，越来越多的外国人参加到开发区的社区工作中来。他们每周一、周二、周三组织十几个志愿者前去泰达图书馆，帮助图书馆还书、上架，整理过期杂志、书籍；每个月去养老院办一次茶会，陪老人聊天；志愿者还照顾泰达心血管医院收留的患有先天性心脏病的孤儿，并亲自设计，花钱买料，定做心型红枕头送给孤儿们。外国人对社区的关心和参与缩短了外国人与天津人之间的心理距离，增进了不同文化背景人们之间的了解，他们在天津共同创建着一个温馨的生活环境。

天津在成为魅力城市的同时，天津人的魅力也吸引了世界各地的人们。不少外国人与天津人喜结良缘，并在天津安家落户。统计显示，2000 年天津市涉外婚姻人数为 342 对，2004 年为 361 对，2005 年为 399 对，2006 年突破 400 对。天津市的涉外婚姻人数呈逐年上涨的趋势。而在历年登记结婚的涉外婚姻中，妻子是中方女青年的占绝大多数。据天津市民政局婚姻处讯，仅 2005 年一年，就有近 300 名外国人在天津市登记结婚，其中 260 人是男性，被描述为“2005 年有 260 洋姑爷在天津市‘倒插门’”。

天津经济技术开发区的英文名称为 Tianjin Economic-technological Development Area，英文缩写是 TEDA，音译是“泰达”，取安泰发达之意。在开发区的外国人亲切地称“泰达”为自己的家，不少人都视天津为他们的第二故乡，已经在泰达购买了房屋，或正在攒钱准备买房。随着在开发区长期工作的“洋打工”越来越多，天津的房屋销售也取消了涉外的限制。正是由于泰达的外国人住房和购房需求一天天扩大，开发区有些房地产咨询公司已经发展成为涉外房地产中介和咨询公司，个别的甚至加盟了世界 500 强之二的国际跨国房地产中介公司，实行全球联网，把生意做到了国际上。“洋打工”在天津安家落户，从一个方面推动了天津的房地产发展和天津经济的整体发展。

二、在天津的外国留学生

在天津的外国人主要由两个群体构成：在天津工作的外国员工和

在天津学习的留学生。在天津的留学生也已颇具规模。随着天津的国际知名度不断提高，远渡重洋到天津来求学的洋学生也越来越多。目前在天津学习的各类外国留学生已突破万人。2004年时，在天津学习的外国留学生就有7415人，分别来自79个国家，在全国各省、市、自治区位居第二。留学生中学习时间不少于半年的长期生有2203人，占留学生总人数的76.1%。据最新统计，天津市现有16所高校接受外国留学生，留学生来自世界90多个国家和地区，不仅有本科生，还有越来越多的硕士生和博士生。学习的专业有文、理、工、医学、经济等学科。“十一五”期间天津的留学生教育规模被确定为3万人，重点发展外国留学生中长期教育和学历教育。为了与天津经济和社会发展的“三步走”战略相对应，天津教育现代化建设也将分为三个阶段进行。天津市教委为了促进各国文化、教育等方面的交流，天津留学生教育规模计划到2010年将达到1.2万人，实现每万名大学生中有300个外国留学生的目标。外国人到中国留学，除了一部分人是来学习专业技术的，相当一部分是来学习汉语的。他们学习汉语的原因主要是因为喜欢中国文化，想更多地了解中国，还有许多人是因工作、学习和发展的需要来学习汉语。不少留学生都看到掌握汉语能带给他们的职业前景。可以说中国的经济发展推动了汉语的推广，而汉语的推广又促进了中国经济的发展。

除了学习汉语文字，留学生还在体验着中国文化。中国文化可以分为高雅文化和通俗文化。汉语中浸润着的中国传统文化，即高雅文化，对于外国留学生了解中国文化和中国人民，提供了便捷而有效的途径。他们在中国的生活经历，又使他们能够体验中国人的生活，并在日常生活中了解和学习中国的通俗文化。留学生和天津人一样，吃起他们以前不曾知道的煎饼果子、糖炒栗子。有些人还在公寓学做麻婆豆腐、狮子头、西红柿炒鸡蛋等中国人的家常菜。天津的年画、天津的戏曲以及逢年过节的民俗、传统，更是他们学习中国文化和汉语的绝好机会。留学生活不但使他们学习到地道的汉语，更让他们亲历了中国文化。语言是文化的载体。在学习汉语的过程中，留学生了解到中国文化的博大精深，感受到中国文化的内在魅力，被中国文化深深吸引。

留学生在学习汉语和文化的同时，也在融入天津社会。除了同吃煎饼果子、糖炒栗子，他们也和天津人民一起共建和谐社区。有的留学生还到建华基金会扶持的“儿童脑瘫训练班”去做义工，帮助那里的孩子做身体治疗，给他们讲故事；不少留学生还利用课余时间当家教，给中国人教英语。留学生也带来了自己的文化，让中国人更多地了解了他们，从而形成了文化的双向交流。这些留学生无论以后留在中国工作，还是回到自己的祖国，都会起到文化桥梁的作用，在沟通和交流方面起到不懂汉语和不了解中国文化的外国人所起不到的作用。在全球化的今天，跨文化交际能力意味着沟通和了解，更意味着机会和发展。而且不仅仅是留学生自身的发展，也是两种文化和两个国家的共同发展。

三、语言与文化传播

随着 20 世纪文化研究的逐步深入，语言的文化传播功能逐渐引起人们的注意。作为人类交流的工具，语言的沟通功能被认定为一种文化形成的方式。美国学者阿什克罗夫特（Ashcroft）等学者指出：“人类的交际也是形成文化的过程和基础。人们在同样的环境下重复做着各种同样的事情和动作，甚至在他们处于不同情绪的境况下，某种行为模式、动作、节奏、习惯、态度、经历和认知也是如此。那些经历传承给下一代后，就变成了他们传承自然和他们自己的基础。价值观有一个渐进的聚积过程，这些价值观最后成为不言自明的真理而支配着他们对正确与错误、好与坏、美与丑、勇敢与懦弱、慷慨与吝啬的看法。随着时间的推移，这就成为区别于其他人的生活方式。他们发展出不同的文化和历史。文化体现道德、伦理和审美价值。这是一整套的精神眼镜，通过这个精神眼镜，他们看到在宇宙中的自我，和自己的位置。而所有这些都是由语言传承的。作为文化的语言，是人类在历史长河中的经验之集体记忆的银行。文化几乎无法与语言区分，因为文化的起源、成长、储存、清晰表述都要经由语言得以实现，这使得文化一代代的传承成为可能。”[1]

在天津工作的外国员工能不同程度地学习到汉语。无论是他们，还是专程赴中国学习汉语的留学生，他们学到的不仅是汉语。语言和文化紧密相关，因为语言不仅仅是词汇，它超出了词汇的直接意义。语言能传达“文化声音”。因为学习语言时多以文学读本为主。而“文化声音”是一种意义，通常由具有社会道德意识和丰富语言表达能力的作家用角色来传达[2]。文学读本中的诗歌、戏剧、散文、小说等等不仅是词汇和文学惯例的传播，也是道德和精神的灌输。一个掌握多种语言的人，可以从多种语言和文化中受益。在此意义上，语言的主体性影响到一个人的文化主体性。留学生在学习汉语的过程中受到中国文化多方位的影响。

事实上，文化早在几千年前就处在传播与融合中。东西方文化莫不如此。最近的研究表明，东方文学和东方哲学及宗教，在很久以前就已经进入西方的思想和创作，例证之一可以追溯到西方哲学的老祖宗之一柏拉图。柏拉图被西方学者认为是第一位浪漫主义作家，而柏拉图著名的《会饮篇》则表现出他受到当时的东方哲学和神秘主义的影响[3]。另外，作为中国传统文化儒、释、道组成部分之一的“释”，就是从印度传播而来的舶来品。同样，中国的文化也在传向世界。孔子对世界的影响，尤其是对亚洲的影响有目共睹。中国经典之一的《孙子兵法》在被现代人重新诠释、发表为《〈孙子兵法〉概论》（1985年）之后传到美国，曾在海湾战争中流传于海湾美国军队之中，在现代战争中发挥着作用。不仅如此，《孙子兵法》还被日本人用于商界，也有奇效。民族文化历来是在传播中丰富，在丰富中获得生命力。

另外，文化在传播的过程中也被修正、改进，在不断地被本土化、民族化。比如，近几年由德国学者用德语撰写的10卷本《中国文学史》，被撰写者称为“目前世界上规模最大的中国文学史专著”，其并没有用中国文学史常见的编撰方法按朝代分章节，而是按古代、中世纪、近代、现代、当代这样见诸于西方文学史编写的结构来布局，且侧重不同，视角不同，从而使“整个文学史成为‘一部文化史，充满着哲学的东西’”。可以想见，经过德国学者阐释的中国文学，应该有异域文化的影子。所以说，古代的经典经现代人的诠释而获得新意，民族的文化经异域文化的传播而放出异彩。文化只有传播才能产生影响力，只有传播才能传承发扬。

值得注意的是，文化传播是双向的：将自己民族的文化传送出去，将外来的文化吸收进来。一个有生命力的文化，一定是有包容性的文化，所谓有容乃大。来到中国的外国人，在中国的语境中感受着中国文化的同时，也把外来文化带到中国。中国人学习、吸收外来文化，使其本土化、“中国化”后，将其融入中国文化、成为中国文化。在文化传播中，留学生的作用不可低估。中国的近代史表明，中国的现代化与最初留学外国的一批中国留学生有密切的关系，他们在引进西方先进思想和现代科学方面起到重要的作用。仅以文学领域为例：鲁讯、郭沫若、巴金、冰心等等这些曾经留学国外的文学先驱，对中国现代文学产生过巨大影响。所以说，在天津的留学生对于丰富中国文化、传播中国文化和扩大天津的知名度，将起到积极作用。

今天，随着中国的崛起和强大，汉语在国际上的地位也在不断提高，不少国家都在增开汉语课。以美国为例，2006 年年底美国“大学汉语和中国文化预修课程及考试”项目（AP 汉语项目）正式启动。这标志着中国语言、文化教学开始进入美国国民教育主体学校。美国从 2007 年起正式举办“大学汉语和中国文化预修课程及考试”，美国大学也将从 2007 年起承认美国中学生的汉语学习成绩。除此以外，越来越常见的是在各种新闻发布会和国际商务会议上，一些国际主要媒体和国际大公司的外国记者和首席执行官们操着流利、地道的汉语在会上提问、发言，而不是像以前那样用自己的母语提问、发言。这一切都无声地表明着一个事实，那就是中国的地位在提高，汉语的地位在提高，讲汉语的外国人正在悄然增加。

不仅如此，国际上对汉语的研究也在深入。四十多年前，美国学者证明了人的大脑左右两部分各司其职。作为思维和推理的语言活动主要发生在左脑，而右脑承担着形象化的想象、联想体验等职能。但是 2003 年，英国的一些学者通过实验观察到，说汉语时和说英语时人的大脑活动有明显的差异，说英语时大脑的左叶活跃，而说汉语时大脑的左右叶一起活跃。这说明，汉语并不是一种完全形式化或逻辑化的符号系统，汉语活动中保留着许多形象化的成分。也就是说，实验科学说明汉语是一种天然的诗性语言。如此看来，学习汉语不但可以锻炼大脑，而且可以改变一个人对文学的感受。这一事例也说明国外对汉语的研究在深入，外国人对汉语的认识也越来越趋于客观、积极。

综上所述，文化只有走出去，才能增强在世界文化中的言说力。在中国生活、工作和学习过的外国人，就是中国文化走出去的渠道之一。当今的世界需要文化交流。文化交流可以增进了解，还可以化解误解。天津的外国员工和留学生在天津共创和谐社会、共同发展进步的经历，对世界各种文化之间的交流和融合，对于不同文化的和谐相处、共同发展，都具有深刻的启迪意义。

（2007 年）

注释：

1 Bill Ashcroft, etc., *The Post-colonial Studies Reader*, London: Routledge, 2002, p.289.

2 Jeffrey Rubin-Dorsky, "The Early American Novel", *The Columbia History of the American Novel*, Emory Elliott (ed), Beijing: Foreign Language Teaching and Research Press, New York: Columbia University Press, 1991, p.9.

3 Jennie Wang, *The Iron Curtain of Language: Maxine Hong Kingston and American Orientalism*, Shanghai: Fudan University Press, 2007, p.62.

缅怀李赋宁先生

昨日翻开这几天尚未有空阅读的《文汇读书周报》(2004 年 5 月 21 日),见到一篇怀念李赋宁先生的文章,才知李赋宁先生已于 5 月 10 日故去。李赋宁先生在我国英语教学界的地位自不待言。我仅仅见过李赋宁先生两次,然而李赋宁先生的大学者的风范和渊博的学识给我留下深刻的印象。

我的第一本出版物《英语阅读技巧速成》于 1989 年出版,是我国率先专门介绍各种阅读技巧的教材之一。李赋宁先生为该书作序。经过是这样的。我于 1988 年首次给非英语专业研究生开设"英语阅读技巧"课时,受到学生的广泛欢迎。后来在学校有关部门的支持下,该课的教材得以正式出版。出版时我通过李赋宁先生的一位侄子,试探性地询问是否有可能请李先生为该书作序,当时并没有抱太大的希望,因为我当时只是个讲师,此前虽然发表过几篇论文,但并没有著作问世。李先生的侄子来信说李先生要先看看书稿。我随即将书稿寄给李赋宁先生,没想到李先生看过书稿后欣然同意,并很快寄来所写的序。李赋宁先生在序中对该书的教学理念给予肯定,这对一个青年讲师来说,是极大的鼓舞。

20 世纪 90 年代我有两次出国访问,出国前到北京签证,借机拜访李赋宁先生。1997 年出国前去拜访李先生时,李先生请夫人拿出一本北京大学出版社 1993 年出版的《李赋宁英语学习经验谈》,写上"徐颖果同志指正 李赋宁赠"送给我。书中汇集了李先生从 60 年代开始发表的一系列关于英语学习的文章,事后仔细读过,受益菲浅。李先生的文章深入浅出,娓娓道来,读者很容易理解,不像时下有些文章,玩弄新名词,佶屈聱牙,艰深费解。

李先生治学范围广阔,涉及哲学、伦理学、文学、美学、语言学、历史学等,通晓英语、法语、德语、拉丁语、希腊语和古英语等多种外语。数十年来先后开设英语史、古英语、拉丁语、古希腊罗马文学、中世纪英国文学等课程。李先生学贯中西，蜚声中外。然而，凡见过李先生的人都无不为李先生的谦和所打动。李先生虚怀若谷，与人为善，没有名人的架子，对青年后学更是不吝鼓励。我虽然没有亲耳聆听李先生讲课的荣幸，但先生的大学问家的风范已足以使我肃然起敬。李先生的逝世无疑是我国英语教学界的一大损失，谨以此小文怀念李赋宁先生，对先生的逝世表示哀悼。

（2004 年）

注：

本文中关于李先生的治学范围部分参考了北京大学公布的“李赋宁先生生平”。

第五章：英语论文

Historicizing Culture: Ethnic Culture in the Identification of Recent American Literature

Abstract: Cultural identification as reflected in American literature has gone through different understandings, from biological to cultural, from single to multiple and from individual to national. Cultural identification, which used to be thought as something concerning only people of color, is now re-examined be people of both color and non-color. Ethnic literature, such as represented by Toni Morrison and Maxin Hong Kingston, is trying to tell the story of America as a country by telling the story of African Americans and Chinese Americans. In doing so, writers are looking back to the past and have reinforced a sense of history, a history full of ethnic experience and culture. This sense of history has caused a historicization of American culture in their works, which leads to an exploration of the relationship between ethnic groups and mainstream, American culture and ethnic history, as well as individual cultural identification and identification of the United States of America. It also leads to defining and re-defining American literature, American culture and history. This paper intends to explore the historicization of national identification in American literature, by taking Toni Morrisen and Maxin Hong Kingston for examples and tries to show the significance of historicization in the study of literature, culture and ethnicity.

Key words: historicization ethnic literature American literature American culture Cultural identification

For a long time, cultural identification was considered an issue concerning only people of color. However, recently, non-people-of-color writers have been examining this issue closely as well. Not only about individual identification, but also about identification of America as a nation. "What is America?" "What is American?", questions like these have been asked frequently. Culture and history go hand in hand in identification in literature.

Part One: "We Are All Ethnic"

The United States of America is a nation of immigrants. Each immigrant group has experienced emigration—immigration—Americanization. As Juan Felipe Herrera said: "All communities are ethnic if they care to sketch themselves a bit."[1] Everett and Helen Hughes also said: "We are all ethnic."[2] Americans are all sociologically ethnic. This understanding leads to a reflection of the cultural identity of America as a nation. "How do people become American?" or "How has America become its people?"[3] "Since Oscar Handlin's book *The Uprooted* (1953), it is common knowledge that immigration, far from being a peripheral matter, is the very history of America." In the words of David Potter, "Unlike most nationality groups in the world today, the people of the United States are not ethnically rooted in the land where they live"[4]. Immigration experience has been playing an increasing part, and American writers are more aware of it now.

Part Two: Ethnicity of American Literature

One important indication of this awareness is American writers' re-examination of American literature. Jeffrey Rubin Dorsky points out: To be sure, the America in the term "the American novel" is a place, with hard outlines and a traceable, but it is also, as it has been from the outset, an idea—often an ideal—imagined first in the minds of enlightened European thinkers, reimagined, and then shaped and configured, in the consciousness of Thomas Jefferson, and the other founders of the Republic. *That* America may indeed never have existed in fact, but is always exists in mythic memory, and it's first and foremost a vision of inclusiveness: it deplores restriction and derogation[5]. In the recent years, more and more definitions of American literature have been made, which in a sense shows multi-understanding of American literature, at least. Some believed by American literature they mean "literature written in English by people who came to settle in the territory that eventually became the United States of America". Multi-ethnicity inevitably leads to multi-culture. Like the African anti-nationalists, European American ethnic studies proponents saw the American experience as governed by universal principles and as a human laboratory for the study of interactions among diverse peoples: "In the relations of races there is a cycle of events which tends everywhere to repeat itself...the race relations cycle takes the form...of contact, competition, accommodation and eventually assimilation." Goeden asserts: "The United States of America, as the classic example of a highly industrialized nation made up of people of diverse ethnic origins, constitutes, both in its history and its current situation, a huge living laboratory for the serious study of various underlying patterns of ethnic interaction."[7] Immigrant background's influence on American literature has been noticed more than a half century ago. Carpentier asks for the first time in 1949 the following questions, which would influence generations of writers from the Americas: What is the African, American, and *mestizo* heritage of the Americas, and how can it function as a stylistics, an ideology, and a point of view?[8]

Multi-ethnicity background of America caused ethnicity become, inevitably, a major theme. It's not only a concern of the writers of people of color, but also non-people-of-color. In fact, non-people-of-color writers started writing on racial issues in as early as 19th century, long before racial consciousness was raised by the political movements in the 1960s. Harriet Beecher Stower's Uncle Tom's Cabin (1852) was considered as work with sufficient "national breadth" to link a wide spectrum of characters from difference regions, races, and classes. Mark Twain's Huckleberry Finn is best remembered by readers for imagining an interracial community between Huck and Jim on the raft in the middle of the Mississippi—a subject of multiple interpretations and criticisms[9] George Washington Cable's *The Grandissmiles* (1880) directly addresses the issue of national and racial identity in the past and indirectly in the present in its epic story of an extended Creole family, ...Set at the time of the Louisiana Purchase (1803), at the frontier of shifting national boundaries, the novel represents "America" as a foreign power speaking a foreign tongue[10]. American literature in the early modern America has witnessed racial and regional writings as a major force in literature. Literature serves as an important means of cultural studies and representation. Thomas J. Ferraro says: "Race, in both its positive and negative implications, was posited as a way of focusing cultural issues in literary, social scientific, popular, and scholarly discourses."[11] American literary criticism was concerned about the cultural significance of national literature for a long time. "The early history of American literary criticism focuses its farthest-ranging questions on the cultural importance of the nation's literary record. Indeed, the original aims and purposes of literary criticism have preoccupied writers and scholars alike. Those first critics established a tradition of reading American writing as cultural critique."[12] It's only natural that race became a major theme of the 20th century literature. Richard Wright...identified race as a major point for accessing meaning about twentieth-century America[13]. W. E. B. Du Bois believed that "The history of the world is the history, not of individuals, but of groups, not of nations, but of races, and he who ignores or seeks to override the race idea in human history ignores and overrides the central thought of all history". "For writers in the American South, racial identity was one of the givens of their literary and cultural perspectives."[14] This has proved very true of the 20th century American literature. Writers are more and more engaged in the role ethnic culture and history is playing and has played in American history.

Part Three: The Historicization of American Culture

In an immigrant country like the United States of America, ethnicity means tradition, and it means culture. Since Americans are all ethnic, American culture is bound to be inseparable from ethnic history. More writers in the last thirty years turn to historical perspective in writing. Chinese American writers Maxin Hong Kingston inserted 8 pages of historical documents of Chinese Exclusion in her novel "*China Men*", to describe the experience of the first generation immigration. By doing this, she made it clear that Chinese American has made great contributions to the building of the country, therefore claiming Chinese American history part of America history, and Chinese American part of Americans. It is similar to what Toni Morrison is regarded doing in her novel *Beloved*—"reconstruction of American history."

A. O. Scott, Film critic of *The Times*, published an article entitled "In Search of the Best" in *The New York Times* on May 21, 2006, commenting on the survey result for the best American novels in the last 25 years. 125

writers and critics voted without any given booklist. *The Beloved* by Toni Morrison was ranked on top of the list, with 15 votes. Scott's interpretation of the votes is that: "…the recovery of the past—especially the more recent past—turns out to be the dominant concern of American writing, at least as reflected in this survey, over the past quarter-century."[15] "Our age is retrospective." Scott comments. This kind of survey was conducted in 1965 with the same question and the winner was Ralph Ellison's *Invisible Man*. Comparing with last time, says Scott, "One obvious difference between *Invisible Man* and *Beloved* is that Ellison's book, even as it flashes back to the Depression-era South and the Harlem of the 1940's, plants itself in the present and leans forward, to the point of risking prophecy. *Beloved*, in contrast, concerns itself with the recovery of origins, the isolation of a primal trauma whose belated healing will be undertaken by the narrative itself. "Slavery is an important part of American history, and Morrison is showing the importance in both American history and culture. After analyzing the result of the survey, Scott sums up: "…to look again at the top five titles in the survey is to discover how heavily the past was on the minds of contemporary writers and literary opinion makers. To the extent that the novel can say something about where we are and where we are going, the American novel at present chooses to do so above all by examining where we started and how we got there."[16] "The best American fiction of the past 25 years is concerned, perhaps inordinately, with sorting out the past, which may be its way of clearing ground for the literature of the future."[17]

The concept that ethnic history and culture are part of American history is better understood nowadays by American writers, thus the historicization of American culture. As this survey for the best American fiction shows: History cannot be ignored. For quite some time, cultural identification was considered to concern only ethnicity, such as traditional values and ethnic customs, the features of an ethnic group. The winner *Beloved* shows us that the best fiction should have a larger cultural significance, which goes beyond a particular ethnic group, and concerns America as a nation. The historicization of American culture is vitally important to our understanding of American literature, for it not only illustrates the significance of ethnic culture, but also the relationship between the history of ethnic groups and the history of America as a nation.

(2006)

Works Cited:

1 Gundars Strads, "Introduction", *The Before Columbus Foundation Fiction Anthology*, Ishmeal Read (ed), New York and London: W. W. Norton & Company, 1992, p.xvi.

2 Werner Sollors, "Who is Ethnic?" *The Post-colonial Studies Reader*, Bill Ashcroft (ed), etc., London: Routledge, 2002, p.219.

3 Heilena Grice, *Negotiating Identitie—An Introduction to Asian American Women's Writing*, New York: Manchester University Press, 2002, p.225.

4 Hutner Gordon, *American Literature, American Culture*, New York: Oxford University Press, 1999, p.444.

5 Jeffrey Rubin-Dorsky, "The Early American Novel", *The Columbia History of the American Novel*, Emory Elliott (ed), Foreign Language Teaching and Research Press, Columbia University Press, 1991, p.9.

6 Jeffrey Rubin-Dorsky, "The Early American Novel", *The Columbia History of the American Novel*, Emory Elliott (ed), Foreign Language Teaching and Research Press, Columbia University Press, 1991, p.7.

7 Gary Y. Okihiro, "African and Asian American Studies: A Comparative Analysis and Commentary", *Asian Americans: Comparative and Global Perspectives*, Shirly Hune (ed), etc., Pullman: Washington: Washington State University Press, 1991, p.23.

8 Jeffrey Rubin-Dorsky, "The Early American Novel", *The Columbia History of the American Novel*, Emory Elliott (ed), Foreign Language Teaching and Research Press, Columbia University Press, 1991, p.524.

9 Jeffrey Rubin-Dorsky,"The Early American Novel", *The Columbia History of the American Novel*, Emory Elliott (ed), Foreign Language Teaching and Research Press, Columbia University Press, 1991, p.254.

10 Jose David Saldivar, "Postmodern Realism", *The Columbia History of the American Novel*, Emory Elliott (ed), Foreign Language Teaching and Research Press, Columbia University Press, 1991, p.241.

11 Thadious M. Davis, "Race and Region", *The Columbia History of the American Novel*, Emory Elliott (ed), Foreign Language Teaching and Research Press, Columbia University Press, 1991, p.412.

12 Jeffrey Rubin-Dorsky, "The Early American Novel", *The Columbia History of the American Novel*, Emory Elliott (ed), Foreign Language Teaching and Research Press, Columbia University Press, 1991, p.1.

13 Thomas, J. Ferraro, "Ethnicity and the Marketplace", *The Columbia History of the American Novel*, Emory Elliott (ed), Foreign Language Teaching and Research Press, Columbia University Press, 1991, p.413.

14 Thadious M. Davis, "Race and Region", *The Columbia History of the American Novel*, Emory Elliott (ed), Foreign Language Teaching and Research Press, Columbia University Press, 1991, p.413.

15 A. O. Scott, "In Search of the Best", *New York Times*, May 21, 2006, p.4.

16 A. O. Scott, "In Search of the Best", *New York Times*, May 21, 2006, p.4.

17 A.O. Scott, "In Search of the Best", *New York Times*, May 21, 2006, p.7.

American Transcendentalism and Chinese Taoism from the Perspective of Cross-cultural Studies —A Case Study of Lao Tzu、Chuang Tzu and Sherwood Anderson

Abstract: Transcendentalism born in the 19th century has deep impact on American history, culture and society, while Taoism of two thousands years ago is an important component part of Chinese traditional culture. Although both are so far way in terms of time and space, they share surprisingly amount of values. This paper is intended to make a comparative study of Lao Tzu, Chuang Tzu and Sherwood Anderson, in order to explore the significance of the shared interest by both Chinese classics and modern American literature concerning human ecology, as well as the realistic significance of the similarities to the world today, meanwhile, addressing the universal values of Taoism.

Key Words: American Transcendentalism　Taoism　Sherwood Anderson

Lao-tzu and Chuang Tzu were concerned about issues such as the relationship between nature and society, as well as nature and individuals, which are equally discussed by American modern writer Sherwood Anderson, who had similar interpretations about the subjects. Since these are also issues drawing global attention nowadays, this paper is intended to make a comparative study of Lao-tzu、Chuang Tzu and Anderson from cross-cultural perspective, in order to explore the significance of the shared interest by both Chinese classics and modern American literature concerning human ecology, and the significance of the similarities to the world today, meanwhile, addressing the universal values of Taoism.

Sherwood Anderson was born in 1876, Illinois, USA, and he was a major writer in the first decades of the 20th century of American literature. He is very important in the history of American literature for the following reasons: first, he was the first American writer to try to figure out a form of short story which is difference from that of European tradition; His writings contributed to having short stories taken as serious literature, which previously were perceived as inferior to novels. And his short stories has had great impact on American novels; He was one the first American writers who looked into the inside of American people, particularly the common American people and try to explore their inner world.

Secondly, his narrative language is the simplest in the history of American literature and is one of the best. For about 100 years, Anderson's works were widely studied, but never from the perspective of comparative culture studies. Whether Anderson had ever intentionally approached Eastern culture is quite another thing, but the similarities between Anderson and Lao-tzu and Chuang Tzu are very obvious to me. And if he never did, then it's more meaningful to study. This paper is going to explore it from the following aspects: mechanization and nature, mechanization and individuals, and moral values.

1. Mechanization and Nature

In the Taoist classics of "Tao Te Ching", Lao-tzu described the idea of Tao. He said: Tao is not Tao in the ordinary sense, it originates from nature. And it is a natural condition and process which is free of any human interference.

Although there is never such Tao expressed by Anderson, yet the idea of such nature is obviously shown in his works. He treats the nature with respect and nature is an important theme of his works. He was born in the countryside and was called a corn-fed mystery. He has memories of a simple life—of nature, of leisure, of youth. The corn country is a pastoral vision in their minds, and Anderson as a child of the corn country loves it, sings of it. “Spring comes and the corn is green”, “The corn shoots up out of the black land and stands up in orderly rows. The corn grows and thinks of nothing but growth.”[1]

The corn becomes a symbol of simplicity, of orderliness, of beauty. Anderson missed the agricultural society when farmers could support themselves without leaving home to the cities, and life was much simpler then. Therefore “Winesburg Ohio” is taken as a mystery of American agricultural society.

Poor White is an epitome of mechanized America. The eyes of the dreamer Hugh, the lazy “poor white” see the coldness, the isolation, the purposelessness of the industrialized life. The commercial and industrial growth of the Mid-West has been very rapid. On one hand, the rise of the automobile…On the other hand, the rise of ugly factory districts, of a city proletariat, of an impoverished tenant-farming class…The awakening has had to come, sharp and painful. In Anderson’s works, the ideas of loving of nature, and disapproval of human interference, are as obvious as in Lao Tsu.

2. Mechanization and Individuals

Lao Tsu believes that human beings should follow nature, and he does not trust human intelligence. He believes everything comes out of nature, the “Tao”. Anderson has similar ideas shown in his explanation about the truth, which is closely related to the major themes of his work, such as loneliness, and distortion. He explained in the Introduction to this book: “That in the beginning when the world was young, there were great thoughts but no such thing as a truth. Man made the truths himself and each truth was a composite of a great many vague thoughts. All about in the would were the truths and they were all beautiful." "It was the truths that made the people distorted or grotesques. It was his notion that the moment one of the people took one of the truths to himself, called it his truth, and tried to live his life by it, he became a distorted and the truth he embraced became a falsehood.

In another word, people become unnatural when they try to live by some truth strictly, and which is the reason for people's becoming lonely and grotesque. Human being's loneliness originates from their efforts to grasp some truths, because everybody lives by his own truths and they don't really understand the truth and nobody understand the truth, as a result, everybody becomes lonely.

Loneliness is not a new theme. Ever since human beings starting writing it has been a significant element in their discourses. But it's loneliness of individual's, and nobody ever connects it with Nature. Anderson is the first one to show us that people become lonely and disconnected when they become unnatural. Anderson does not believe in human intelligence, which makes him different from other American writers and makes him similar to Taoist masters Lao Tsu and Chuang Tsu.

3. Natural, Free, and Easy: Some Moral Values

Anderson shared with Lao-tzu and Chuang Tzu many moral values. They all prefer being natural, and close to nature. Being free and being true to themselves are appreciated by all of them. Anderson follows his heart. His giving up his business best illustrates it. After leaving his business, Anderson was in a bad shape financially. We have reason to believe that he would do whatever it takes to pursue his idea, not just stop at lip-service. Like what is said in Chinese, he follows his heart. Like Taoists, he follows epiphany. Some noticed that Anderson wrote best when he had no need to develop situations or show change and interaction. And he is kindhearted and friendly. Anderson soon became a writer's writer, the only story-teller of his generation who left his mark on the style and vision of the generation that followed. Hemingway, Faulkner, Wolfe, Steinbeck, Caldwell, Saroyan, Henry Miller... each of these owes an unmistakable debt to Anderson.

Just like Taoist idea of water. Daoism believes that the highest level of ethics is like water， which is beneficial for all things, without striving for fame and gain. Like the other two, Anderson thinks little of material stuff. In a material society, people tend to become greedy and try to keep up with the Joneses. The more you are wealthy, the more successful you are. But Anderson was never materially rich, after he left his business. He did not even own a house at the end of his life.

He once wrote to Gertrude Stein: I am trying to raise money to buy a house of my own. Never had my own roof over me. I want a place now—near the Mississippi—near the niggers. Anderson is not sociable either. Like what Lao Tsu described: "Two countries are within sight of each other but their peoples never communicate."

Anderson did not like to make speeches in public and never does anything to show off. He did not want to be bound by rules or regulations and enjoys being himself. Like Lao Tsu and Chuang Tsu, Anderson is indifferent to fame and wealth "During the last two years of his life, Anderson reached a state of personal satisfaction and equilibrium that would have seemed impossible to him ten years before; but much of his literary reputation had vanished. Because he knew that fame is outside and superficial, to understand people is more important, and he spent all his life in the pursuit of the understanding of human beings.

Though Anderson is quite unconcerned with most of the social issues of the Winesburg period (the 1890s) there are three issues which pervade the book. These are industrialization, which resulted in the decay of handicrafts and small stories); sex (actually the disastrous results of the suppression of sex); and interpersonal communication (the failure of which is a result of cultural decay).

Anderson said about the book: Winesburg was no particular town. It was a mythical town. It was people. I had got the characters of the book everywhere about me, in towns in which I had lived, in the army, in the factories and offices. If Winesburg tried to tell the story of the defeated figures of an Old American individualistic small town life, and then my later books have been but an attempt to carry these same people forward into the new American life, into the whirl and roar of modern machines. Anderson's ideas are in agreement with Transcendentalism.

Transcendentalism has huge impact on American society. Transcendentalism is a group of ideas in literature and philosophy that developed in the 1830s and 1840s as a protest against the general state of culture and society. Among the transcendentalists' core beliefs was the belief in an ideal spirituality that "transcends" the physical and is realized only through the individual's intuition, rather than through the doctrines of established religions.

Transcendentalism emphasizes individual, and believes it's a person's social responsibility which is more important and not money or some other material manifestation. It thinks highly of intuition, freedom, loving of nature, and it's anti-authority, anti-doctrine. Because of the influence of transcendentalism, America becomes truly independent from European culture. In this sense, American culture can be said to be born in the 19th century.

This spirit is represented in Anderson's works as the effort to be independent from European literature and construct American literary heritage. All the transcendentalist ideas and values are also ideas of Anderson. One of transcendentalist leaders Emerson advocated "simplify, simplify, simplify", which is amplified by Anderson, to the best, either in form and narrative style. Whether Anderson systematically studied Chinese culture, there is no proof to show it. But he did show his respect for old cultures which seems to be Eastern cultures, the core of which is Chinese culture: "Anderson falls back upon a plea for a better understanding of people, a deeper inquiry into their inner selves—the sort of writing that comes only with an older, introspective civilization. "

Anderson's biographer Harry Hanson pointed out: "That two men may reach the same goal simultaneously without ever having heard of each other is a common occurrence in mechanical invention, in chemistry, in many fields other than that of writing." "Sherwood Anderson took nothing from Russians, for in his formative period he knew nothing about them. In fact he knew so few writers that sophisticated persons, after talking to him about books, described him as unread. " "He is a mystic and a dreamer, a groper after truth, deluded at times by his childlike faith in his own dreams and imaginings, and yet, like a child, a little nearer truth by reason of his dreams. "[2]

If Anderson did not know Russians Turgenev and Chekhov but wrote works characteristics of them, because of the reason that "two unfamiliar persons could reach the same point", then it was possible that he did not know anything about Lao Tsu and Chuang Tsu but wrote like them.

Conclusion

Having mentioned the similarities of Anderson and Transcendentalism, we better understand the similarities between Anderson and Taoism. To me, it means that American culture includes values that are understood as Chinese cultural values. Maybe that's why Tao Te Ching is very popular in the United States.

For a long time, the difference between Eastern culture and Western culture has drew more attention then the similarities between them, and that leads to a tendency of making it opposite to each other. As a result, it overlooks the value and significance of the similarities. It also leads to some stereotyped images of both cultures, such as "in Western culture things tend to be either white or black" but in Eastern culture, one is in the other, like the symbol of Taiji.

We should understand that it is the common portion of Eastern and Western cultures that make it possible for cultural exchanges and understanding of different cultures. Exploring foreign literature from the perspective of trans-nationalism provides an effective approach to literary and cultural studies. I would like to say thanks to the conference, for such an opportunity for academic exchanges.

(2011)

Bibliography:

1 David D. Anderson, *Sherwood Anderson, An Introduction and Interpretation*, Michigan State University, General editor, John Mahoney, *American Authors and Critics Series*, University of Detroit, 1967.

2 Fagin N. Bryllion, *The Phenomenon of Sherwood Anderson—A Study in*

American Life and Letters, Baltimore: The Rossi-Bryn Company, 1927.

3 Gertrude Stein, *Sherwood Anderson & Gertrude Stein Correspondence and Personal Essays*, Ray Lewis White (ed), North Carolina: The University of North Carolina Press,1972.

4 Harry Hansen, *Midwest Portraits, a Book of Memories and Friendship*, New York: Harcourt, Brace and Company, 1923.

5 Sherwood Anderson, *Sherwood Anderson & Gertrude Stein Correspondence and Personal Essays*, Ray Lewis White (ed), North Carolina: The University of North Carolina Press, 1972.

Works Cited:

1 N. Bryllion Fagin, *The Phenomenon of Sherwood Anderson—A Study in American Life and Letters*, Baltimore: The Rossi-Bryn Company, 1927, Chapter 2: pp. 21-22.

2 Harry Hansen, *Midwest Portraits, a Book of Memories and Friendship*, New York: Harcourt, Brace and Company, 1923, p.179.

Reflections on the Differences between Emily Dickinson and Li Ching Chao

Abstract: Both Emily Dickenson and Li Ching Chao were confined to private spheres and subjected to patriarchy, but each of them responded differently to their situation. Different historical and cultural backgrounds made both of them outstanding poetess of their country, though their contributions to the literature traditions of their country were different.

Key Words: Emily Dickinson Li Ching Chao comparative literature American women writing Chinese women writing

American woman poetess Emily Dickinson and Chinese poetess Li Ching Chao [Li Qingzhao] make a very good comparison. They are comparable, because both topped the list of the poetess of their country. Yet, a closer look at them reveals quite a lot of differences between the two, which tell more about why each is held the greatest poetess of their country, and also provide some insights to the characteristics of American women and Chinese women's literature. The following discussion is based on a comparative study of Dickinson's "I Die for Beauty" (No.449) and "I Heard a Fly Buzz—When I Died—" (No.465) which are poems on death—one of Dickinson's persistent themes and Li Ching Chao's "Sheng Sheng Man" (Adagio), a masterpiece on grief, one of the themes for which Li Ching Chao is best known. These poems can effectively exemplify the stylistic characteristics of each of the two poets, and the different significances of the stylistic characteristics.

Although Emily Dickinson and Li Ching Chao have been appreciated, for different reasons, each was treated differently when they were alive.

American poetess Emily Dickinson was born in the nineteenth century. Despite her genius, Emily Dickinson become well known only posthumously, mostly because of her un-orthodoxy, which paradoxically made it difficult for people to appreciate her poetry in her lifetime, and made her a giant after her death.

It is widely agreed that Emily Dickinson was un-orthodox, religiously, ideologically and stylistically. All these call for boldness, which is well expressed by her style. The above-mentioned poems show that Dickenson was bold enough to employ unconventional poetry techniques, even at the risk of leaving her readers confused and thereafter uninterested. For example, her frequent using of "dashes" is quite unusual. It makes her poems both poignant and difficult. It is true that the dashes make her poems rich in meaning because the dashes often marked ellipses of words. Under this circumcises, they create ambiguities, or suspense. Though the dashes opens the poems to more than one possibilities in interpreting, yet, much possibility also poses obscurity and the readers may fail to follow. This proved to be one of the main reasons why she was not well-received in her life time.

Her frequent employment of capitalization adds to the obscurity which left the audience confused, without being able to appreciate the poems. Words are capitalized, very often, it seems without reason . It causes difficulty in understanding the poems and requires an effort to figure it out. The capitalized words seem to be randomly chosen. Of course, this adds both confusion and charm, all at once, to her poetry, because it challenges the reader's knowledge about poetry, and opens the possibility of new discovery of the meaning, which could be a delight to the readers. Unfortunately, the latter happened only after her death.

Poetry is expected to have splendid images and flowery language, hence "poetic language". Yet, Emily Dickenson's poems present a different "poetic language". The lack of poetic imagery of Emily Dickenson's poem is not hard to observe. There are not many sentimental and sensational adjectives and expressions used in Emily Dickinson's poems, as is often the case in conventional poems. Her language is less flowery, therefore less poetic in the conventional sense. That sort of changes the meaning of poetry, for readers do not find what they expect from a conventional poem. Although seemingly less melodious, it is compatible with other traits of her poems, therefore, it is valued positively and taken as a merit of Emily Dickenson.

Besides images, language, and mechanics of composition, Emily Dickinson has also presented a new way to look at the scenes. Emily Dickenson's narrative perspective is different from time to time. A distance is put between the " I" in the poems and Emily Dickinson herself as the author. In the Poem 465, the author is talking as an observer, watching her own dying moment. The author relates her death from a third person perspective. The distance between the person who dies and the observer, the poet, gives the reader a sense that the relation is not as subjective, and is therefore more accurate and believable. Thus the distance creates a closeness between the poetess and the reader. It also creates realistic poems that are better than romanticized works in terms of credibility.

Emily Dickinson's audacity is conspicuously demonstrated by her efforts to de-construct the composition of poems. The way she textualized her ideology had made much contribution to her uniqueness and accomplishment. Her unconventional style serves her ideological purposes. These two poems show obviously part of her unconventional techniques and therefore her stylistic characteristics.

Unlike Emily Dickinson, Chinese poetess Li Ching Chao, born in the eleventh century (1084), Sung Dynasty (960-1279 AD), almost eight hundred years earlier than Emily Dickinson, had a different fate. Li Ching Chao already reached the height of her popularity when she was alive. Her poetry was highly appreciated and esteemed by the leading writers of her time. The themes and genres she employed determined that she would never be treated in the way Emily Dickinson was. The reason is easy to understand, that is, Li Ching Chao stays in the mainstream of the Chinese literature. Li Ching Chao's Sheng Sheng Man is to some extent representative of Chinese classic poems in terms of its theme and the symbols employed. "Sorrow", or "grief" (chou, in Chinese) is one the major themes in Chinese classic poetry. Chinese classic poets wrote all kinds of poems of sorrow, out of concerns ranking from concerns about the future of the nation, to concerns about individual's happiness. As a matter of fact, it is a major part of the Chinese classic poetry. Classic Chinese literature can be generally categorized into two different types: the graceful and the restrained (*wanyue,* in Chinese), and the bold and unconstrained (*haofang,* in Chinese). No matter in which dynasty, of the two categories, *wanyue* is always the mainstream kind of poems. *Haofang* is considered supplementary. Chinese ancient literature is supposed to be characteristic of *wanyue.* And Chinese women's classic poetry was basically *wanyue.* From Shi Ching, the first book of poems, where women's voice began to be heard, countless poetesses emerged since then and a great deal of poems are about "sorrow". In this sense, Chinese women's classic poetry is at the core of the Chinese traditional literature that made it easy to understand Li Ching Chao's poems and helped her to be well-received.

As for poetic imagery, the images in Li Ching Chao's poems are familiar to the readers. It is Chinese tradition of classic poetry to lament the fall, a season when everything is falling. The fall is suggestive of sadness, pessimism, and sorrow in Chinese culture. The imagery in the poems enhances the pessimistic atmosphere of the fall, such as "sudden evening wind" "passing of wild geese" "withered flowers" "constant raindrops on Chinese fan palm" and so on. There is nothing unusual to see the kind of sorrow flooded in her poems, once we have some knowledge about Li Ching Chao's personal life. Li Ching Chao survived her husband, with whom she was in deep love, for twenty years or so. This experience made it possible for her to be a master in lamentation poetry. In fact, the greatest part of her poetry was written after her husband's death.

Poems like Sheng Sheng Man are full of images that are easy to understand for the Chinese readers. Chinese readers would easily associate these familiar images with various autumn scenes. The mental pictures, which the poems create, are largely based on Chinese literary culture, which is shared by both the author of the poem and the audience. The shared background knowledge makes it fairly easy for the readers to follow the poet. It should be safe to make the statement that Li Ching Chao was and has been appreciated for the reason that she stays in the mainstream of Chinese classic literature. As a matter of fact, she is part of the tradition.

Instead of writing anything confusing or trying to make a distance between herself and the readers, it seems that Li Ching Chao always felt what the readers would feel put in the same scenes and said what the readers would like to say. The unity of the "I" in the poem and Li Ching Chao as the composer is in agreement with the traditional poem writing. It is familiar to the readers and it sounds like the author is relating her own story. The unity creates an intimacy and vividness, which are very appealing to the audience.

Different from Emily Dickenson, Li Ching Chao's ideology, as expressed in her poems, is conventional and orthodox, which is acceptable to the patriarchal literati. This is a principally favorable factor for her to gain fame.

It is interesting to see that both Emily Dickinson and Li Ching Chao are highly appreciated, with all the obvious contrasts between them, some being quite opposite to each other: Emily Dickinson's low-pitch diction vs. Li's well-chosen and sentimental diction; Emily Dickinson's being unconventional and iconoclastic vs. Li Cing Chao's being very conventional and traditional, in terms of expression and values; Li Ching Chao 's great success in her life time vs. Emily Dickinson's obscurity and being unappreciated when she was alive, so on and so forth.

It may become understandable when American and Chinese history and culture are taken into consideration. Despite all the differences and contrasts, one thing is common—both of them were subjected to patriarchy. Li Ching Chao's themes, which are basically grounded on her personal life, and her feelings about the time and place in which she lived, show the narrowness of her life sphere, which narrowed in turn her vision and perspective. It is a very good example to demonstrate women's domesticity in ancient China and its influence on women. Due to the fact that she was confined to domestic sphere and hence was limited in vision, she probably was not even aware of the problematic patriarchy of the then Chinese society, not to speak of rebelling against it. In a feudal society like that, it was only natural that Li Ching Chao complied with the norms and was not able to see anywhere beyond her domestic sphere. As a result, she focused on her personal life and expressed her feelings, which are tinged with "sorrow" (*chou*, in Chinese.) And the subject matter of her poems happened to be one of the major themes of the patriarchal poetry. It is quite obvious that the reason Li Ching Chao became a highly appreciated poetess was due to the fact that her concerns coincided with part of the subject matters of the mainstream and that she followed the tradition of the Chinese classic literature.

However, Emily Dickinson, born hundreds of years later than Li Ching Chao and in America, quite a different country from ancient China in almost every aspect, responded differently to patriarchy, compared with Li Ching Chao. Emily Dickinson was not only aware of the problems, her anti-patriarchy shows that she was not happy with American women's status quo. Similar to Li Ching Chao, Emily Dickinson was also confined to domestic sphere. Having had little socialization, she lived in her own world. She seemed to care less about the outside world and was more obsessed to her own feeling. Dickinson' unconventional style is iconoclastic, and rebellious to the patriarchy of her time. Not able to do anything to change women's social status, Emily Dickinson seemed to be more concerned about showing her rebellious attitude against the conventions than about conventional poetic mechanics. Attitude makes a difference. This may help to explain her need for the ungrammatical expressions created in her poems. And this shows from a different perspective her sense of the restriction or suppression upon women, and her response to them as well.

Patriarchy worked on both Emily Dickinson and Li Ching Chao, but they responded differently. And their responses helped to lead both of them to becoming the poetess that their people appreciated the most. A seemingly simple phenomenon carries a great cultural, historical and social significance.

(2004)

Bibliography:

1 Ho Lucy Chao, "More Gracie Than Yellow Flowers", *The Life and Works of Li Ching Chao*, Hong Kong: Mayfair Press, 1968.

2Joanne Dobson, *Emily Dickinson and the Strategies of Reticence: The Women writers in Nineteenth-century America*, Bloomington: Indiana University Press, 1989.

3 Seyersterd Lindberg, *The Voice of Poet: Aspects of Style in the Poetry of Emily Dickinson*, Cambridge, Mass.: Harvard University Press, 1968.

4 Tan Zhengbi, *A History of Chinese Women's Literature*, Shanghai: Guangming Press (guang ming shu ju), 1930.

Western Feminism with Taoist Spirit: A Review of *The Fifth Book of Peace* by Maxim Hong Kingston

Abstract: In the year 2004, Maxim Hong Kingston's novel "*The Fifth Book of Peace*" was first released in China, shortly after its publication. While the author was still widely studied as a feminist writer who believed in being militant and fighting (as the title "*Woman Warrior*" suggests), "*The Fifth Book of Peace*" renewed that image of Kingston and updated the reader with what Kingston is concern with now in the 21st century.
Key Words: Taoist Spirit *The Fifth Book of Peace* Maxim Hong Kingston

"*The Fifth Book of Peace*" is so dramatically different from her previous novels in terms of theme, subject matter and narrative strategies that a new Kingston, a bigger one, looms from the book. The overriding theme of "*The Fifth Book of Peace*" is no longer one of race, gender, class, or identity only, as usually found in Chinese American writers' works. "*The Fifth Book of Peace*" is about world peace and humanity. The author's concerns goes beyond certain ethnic group or groups. Besides, Kingston's image of feminist such as "woman warrior" has transformed into the image of Chinese Taoist *Yin*, which is totally different from what was shown in "*Woman Warrior*", a novel generally taken as a feminist manifesto of Kingston.

1. Kingston uses Chinese Taoism as a means to accomplish her Western idea of feminism

What impresses me most is that Kingston provides a new interpretation of Feminism and therefore presents a different image of Feminism in *The Fifth Book of Peace*. She advocates "The spirit of *Yin*—A feeling of peace and love"[1]. Mulan, the Chinese legendary girl whom Kingston based her protagonist on in "*Woman Warrior*", no longer symbolizes feminism, unless feminism means the *Yin* spirit. This is further illustrated by Kinston at the March 8, 2004 Shanghai Talk in China, where she autographed *The Fifth Book of Peace* for Chinese readers. When answering one of the questions, Kingston said: "...Hua Mulan, a woman warrior, I wrote her a story as prose. When I wrote it in that way, I did it as a feminist story. Here is a woman who is a warrior and my understanding of her story is that she was fighting for women's liberation...So I've been thinking about the story of Hua Mulan all the time for this new book. For this *Book of Peace* I look at the story again. But this time I translated it as poetry. This gets closer to the chant form that the Chinese chanted about years ago. And another thing I've forgotten when I was writing this *Woman Warrior* is that Hua Mulan was a weaver, and in the chant there is the rhythm as the shuttle going back and forth over a loom. So in the poetry form I am trying to capture that sound as I got closer to the Chinese ancient chant. Now I know it's not a war chant, it's a coming home chant." To Kingston now, feminists do not have to be aggressive and militant, like a woman warrior. Feminism can mean home-coming, and living in peace. "Among the letters, one Anonymous Veteran writer isexplaining to me why veterans need to report to women. Yes, women are sanctuary; women bring soldiers home."[2] "I have met many men for whom women were the way home."[3] This is a great transformation of feminist ideas.

Kingston uses Chinese Taoism as a means to accomplish her Western idea of Feminism, though Taoism appears just the opposite to the ideas of Western Feminism. In Chinese culture, Taoism is in favor of *Yin*, the female. The image of *Yin* is water. It is fluid, soft and submissive. Although *Yin* is soft, it's by no means weak or powerless. To the contrary, in Taoism, water conquers. It symbolizes wisdom and strength. It is in sharp contrast to the conventional impression of the Western feminist attitude: unflinching, strong-willed, and aggressive. In Taoism, the seemingly submissive water is powerful. When clashed with anything stronger then it, water can move curvedly to survive first, then reaches wherever it intends to go and eventually triumphs. This is Taoist wisdom and power. In *"The Fifth Book of Peace"*, women symbolize the spirit of *Yin,* which is wisdom, strength, peace and harmony. *The Fifth Book of Peace* presents a new image of Kingston's ideas of Feminism—Feminism in the 21st century, when women are where men find their home and can live peacefully and harmoniously. In this new novel, the Western idea of Feminism and Chinese Taoist wisdom together work perfectly well. Taoism becomes a means for Kinston to reach her Western feminist goals.

2. Traditional Chinese culture plays a big role in the novel

Traditional Chinese culture basically consists of three component parts: Taoism, Confucianism and Buddhism. The images of these –isms construct a framework of the novel which plays a vitally important role to the understanding of the theme. For instance, Taoist ideas are everywhere in the novel. It's not only in the content but the illustrations in the novel. From the cover to the first page of each chapter, there is printed a kind of circle, seemingly drawn by Chinese traditional brush pen, "mao bi", itself a symbol of Chinese traditional culture. The circles are all round, strokes curvy, each co-exists with another without confrontation. Since the circles or semi circles are symbolic of Chinese culture, the reader cannot miss the underlying significance. The suggestions are obvious: harmony and co-existence, in opposite to anything sharp and confronting. It is obvious Taoist idea, which is in favor of softness and flexibility—strength taken on a weak appearance. Taoist wisdom of dealing with sharp contrast and confrontation is expressed in the illustrations to help reveal the theme of the novel.

It may not be an exaggeration to say that it's almost impossible to have a full understanding of "*The Fifth Book of Peace*" without understanding the Chinese culture in the novel. Take the titles of the chapters for example. The titles of the chapters are "Fire", "Paper", "Water", and "Earth". Traditionally, Chinese made paper with wood. In this sense, the four headings are actually "fire, wood, water, and earth", which form the so called "*wu xing*" in Chinese culture. "*Wu xing*" refers to five elements: metal, wood, water, fire, and earth. Ancient Chinese thinkers believed these five substances were basic elements and were the origin of all things in the world. Therefore they believed the universe was made of the five substances. Since the title of the novel is about peace, and the four chapters supporting the title are from the five basic elements with which the world is constructed, it is only natural to see what Kingston is driving at: peace is the most essential. We have nothing to build our life on without peace. In the light of this, the novel is so well organized, and the seemingly irrelevant titles of the chapters not only make sense, but each becomes an organic part of the novel that it is easy to see the theme of the novel: peace is essential to the world and peace is what we need most in the 21st century.

（2006 年）

Bibliography:

1 Maxin Hong Kingston, *The Fifth Book of Peace*, New York: Vintage, 2004, p.402.

2 Maxin Hong Kingston, *The Fifth Book of Peace*, New York: Vintage, 2004, p.247.

3 Maxin Hong Kingston, *The Fifth Book of Peace*, New York: Vintage, 2004, p.248.

Designing Chinese American Literature Courses and Textbooks in China

Abstract: This essay presents my practice of teaching Chinese American literature in China, mainly from the perspective of constructing courses, writing, and editing books on the subject. Thus, my discussion is more empirical than theoretical. The essay consists of four parts. In the first part, I review my American literature teaching in China years ago and discuss why it was necessary to open up new ways to teach it. The second part demonstrates what I have done to construct a framework for Chinese American literature teaching, primarily by working on textbooks providing canonical Chinese American literature, necessary background knowledge, and related methods of criticism. I trace how I moved from handouts to publishing an anthology, and the rationale behind my choice of teaching materials. The third part is a brief pedagogical description of the course, together with the responses from my students. Here I also compare the different feedback of the American students I taught from 1998 to 1999 in Philadelphia, and the feedback of my students back in China. The fourth part is a brief survey of research and teaching of Chinese American literature in China, simply to show that I am not alone in this endeavor. In short, this essay is about what I have done in Chinese American literature teaching and research, and how my works are received.

Key Words: *An Anthology of Chinese American Literature* Chinese American Literature teaching in China Chinese American writers

Why Chinese American Literature

Charles W. Mignon, professor of University of Nebraska, wrote in one of his recent syllabi:

Twenty-five years ago, American literature was taught in an entirely different fashion than it is today. Back then the subject of this course (up to 1900) would have been a survey of eight major (canon) authors, namely Poe, Emerson, Hawthorne, Thoreau, Whitman, Melville, Twain, and James with perhaps Franklin and Edwards thrown in for good measure...The most daring early change to this canon was the addition (in the early sixties) of Dickinson to reflect newly edited materials by Thomas H. Johnson.

This can be true of what we learned and taught in American literature class in China years ago, in the sense that no Chinese American writers and very few women writers were included. Chinese American literature, which is generally included in Asian American Studies or Asian Studies in the United States of America, emerged as a new subject added to American literature teaching in English departments in China at the end of the 20th century, when a few of professors started teaching it to graduate students. It was not until the year 2000 that the Chinese American writer began to appear in syllabus of American literature for undergraduate students majoring in English[1].

The graduate students who would like to further their study of American literature in a graduate program knew almost nothing about Chinese American literature. The term "Chinese American literature" was, and still is, so vague to many that they would assume it refers to the literary works written in Chinese language by what is known as "overseas Chinese": the Chinese also immigrated to other countries but maintained the Chinese language. To clarify the confusion and to make a clear distinction for this course, I have to start with an introductory seminar, by explaining the difference between Chinese American literature and overseas Chinese literature, as well as the relevance between Chinese American literature and American literature.

I first got to know the canonical Chinese American literature in the late 1990s, when, as a visiting scholar in the United States, I did research on American women's writings. It was during that period of time that I learned that dramatic changes have taken place in American literary studies, in terms of the content, themes, and issues involved. And I believed that Chinese American literature, one of the ethnic literatures of America, provided an effective way to show the changes in American literature and American literary studies. I felt the need to add Chinese American literature to teaching American literature in China. Therefore, when I returned to China in 2000, I started to teach a course on Chinese American literature to a group of graduate students at Northwest University, Xi'an, and made it a compulsory course for degree requirement in American literature. Since then, I have been offering this course every year, and will have supervised more than twenty M.A. theses on Chinese American literature by the end of 2008.

Students have learned in my class the major themes of mainstream American literature during the second half of the twentieth century. From the first writer in the anthology, Edith Eaton, students learned the themes of cultural conflicts, class, race, gender, and identity. Throughout the anthology, the selection centers around themes like class, race, gender, and identity. The selections show that the themes and issues of Chinese American literature are similar to the majority of literary works in the United States, and that Chinese American works can open up a new perspective for the study of contemporary American literature.

My class was intended to redefine students' vision of American literature, to help students conceptualize Chinese Americans as an ethnic group of

Americans, and thus reconceptualize American literature on the whole, from a multicultural perspective. To fulfill this purpose, a systematic and sustained series of textbooks seemed to be greatly needed.

What to Teach

Since there were no established Chinese American literature courses in China then, there were no textbooks available. In fact, I could not find Chinese American writings in bookstores in Xi'an when I started the course. Students had to depend on handouts I delivered. Actually, the purveyors of Chinese American literature basically picked up what they thought important and interesting from the literary works they happened to have. Most of these professors had been to the United States and brought back Chinese American writings, and some may also use novels or stories given by American professors who taught in their schools as contract teachers.

After teaching Chinese American literature for a few years, I compiled a textbook entitled *An Anthology of Chinese American Literature*, which was first published in 2004 by Nankai University Press. So far, it is the only one of its kind in China. The anthology was meant for a term course, so I included no more than fifteen writers[2]. The works are not categorized by genre, though there are novels, stories, essays, plays, and poems, and not periodized chronologically. All writers are arranged by date of birth, because collectively, they represent the three phases in the development of Chinese American literature, one of my main concerns about the book.

Since Chinese American literature was a novelty, students started with little idea of why they needed to study such a subject. I needed to structure the course in a way that provided an outline of the sustained development of Chinese American literature, starting with Edith Maude Eaton.

I totally understand why Maxine Hong Kingston inserted several pages of Chinese American immigration historical documents in her novel *China Men*. When historical background information is lacking, literary texts may not make full sense to the reader. When discussing stories relating to Chinese American history, and Chinatown in particular, students would ask questions like when and how Chinese ended up in the United States, why Chinatown was full of bachelors, why they could not bring their relatives to the United States to reunify, why Chinese were not welcome, when did the situation change, how the immigration policy is today. Questions like these could not be answered convincingly from an individual's point of view or based on any personal interpretation. Only historical documents could do the job. Therefore I included in an appendix some documents I found online, including:

Asian American History Outline;

Timeline of Events of Chinese Americans;

An Act to Protect Free White Labor against competition with Chinese coolie labor, and to discourage the Immigration of the Chinese into the state of California, April 26, 1862;

October 5, 1881. By the President of the United Stats of America: a Proclamation;

Chinese Exclusion Act: Forty-Seventh Congress. Session I. 1882;

1902: Chap. 641. An act to prohibit the coming into and to regulate the residence within the United States, its territories, and all territory under its jurisdiction, and the district of Columbia, of Chinese and person of Chinese descent;

Document of the Chinese Exclusion Repeal Act of 1943;

Immigration Act of 1965.

The legal documents and historical materials proved helpful, saving a lot of explanations while providing a historical perspective to the students. But I am thinking of omitting this part in the revision edition of the anthology, because now the internet is so popular and students would find whatever they need to know about the historical background through online searches. I may still provide a list of the major historical documents, but not the full texts.

An Anthology of Chinese American Literature has been well received: beyond the expectations of both the publisher and me, it was reprinted in less than a year. It has been used by several schools for teaching since its publication. So far as I know, it was on the online reading list of Beijing Foreign Studies University, and is on the required reading list of Fudan University. It has been used as a textbook by Tianjin University of Technology, Northwest University, Shaanxi Normal University, and some other colleges. One of the prestigious journals, *China Book Review*, published a review of the anthology[3]. Online information shows that the anthology is housed by libraries in many universities, which means it is available to thousands of students. Since 2008, it is also found on the shelves of some American universities, such as Harvard-Yenching Library, C.V. Starr East Asian Library of UC Berkeley, East Asian Library of Stanford, San Francisco State University, and so on.

In order to include new content into a canonical curriculum, there must be some supporting textbooks to demonstrate that the course has a pretty fully developed framework. It was my plan to have four publications for the purpose: an anthology to provide the texts to study, a historical delineation of Chinese American literature to understand the background, a glossary for the related terms, and a theoretical book for literary critiques. So far I have published an anthology and a Chinese translation of a history of Chinese American literature[4]. The translation provides Chinese students with historical documentary information that can serve fairly well the purpose. My third book is *A Bilingual Glossary of Ethnic and Gender Studies* (Chinese Academy of Social Sciences Press, 2008), a glossary for theoretical studies. It is a relatively large collection of new terms concerning studies on ethnic literature and culture. As it is bilingual, it is easy for thesis writers, either in English or Chinese, to cite directly definitions and explanations. The glossary attempts to familiarize the readers with terms relating to major theories. The fourth book is a translation of English essays on diasporic studies, written by scholars from America, Canada, and other Western countries. It reflects the scholarship from a number of theoretical perspectives on major issues, such as identity, memory and diasporic culture, language and identity, transnationalism, postcolonial diasporas, etc. The collection showcases a variety of diasporic groups, ranging from Asian Americans, through African Americans, to Indian British, whose experiences exemplify the diasporic groups' cultural identifications. It is my hope that these four books can help to lay a foundation for Chinese American literature teaching in China and to further develop it into a well-developed course, while promoting the studies of Chinese American literature in China.

Student Feedback: China and the United States of America

My teaching experience of Chinese American literature in both China and the United States of America gives me more awareness of the different needs of both countries' students. I taught my first Chinese American literature class in the United States. As an adjunct professor, I taught "Chinese American Literature and Chinese Culture" to the students of St. Joseph's University, Philadelphia, as part of the Diversity Program of the English department. Since the seminar was partially meant to represent cultural diversity, I started it with an introduction to traditional Chinese culture, with some lines from *Analects* by Confucius to show the main ideas and doctrines of Confucianism, and some lines from *Tao Te Ching* as well as a passage from Lao Tzu's *The Happy Excursion* to illustrate Taoist ideas and values. At the end of the course, I conducted a survey to get feedback, asking students to respond anonymously. The questions ranged from the coverage of the syllabus to the way the instructor conducted the class.

I was impressed by students' response to Chinese American literature and Chinese culture. In the survey, I asked the question: "The syllabus starts with the Chinese classical philosophies. Do you think it is necessary? If so, how much does it help?" The responses I got were basically positive:

It was infinitely useful background knowledge to use during our readings. Many of the novels and short stories we read contained aspects of Confucianism or Taoism, and having an understanding of the two and where they developed from was integral in understanding the texts. I believe the first unit should remain in the syllabus.

It helped in many aspects; it allows me to know why the Chinese behave in their ways. Many of them were influenced by Confucius teaching.

I had limited knowledge of this topic before I took the course. I feel as though that had changed, but I am not certain that I have complete knowledge. I feel confident in the aspects of the culture that I have learned, but I feel as though there is much for me to learn about such ancient culture.

It was helpful to study what Chinese people have studied for centuries.

An understanding of basic principles of Chinese classic philosophy is priceless in terms of studying Chinese American literature. In every piece of literature we read there were aspects of Chinese classical philosophy present. Without an understanding of those principles, the literary works become, in effect, only stories, much the same way a book like *Uncle Tom's Cabin* becomes a story if there is not a basic understanding of the slavery issue in the United States during the late 1800s. With an understanding of Chinese philosophy our studies were greatly enriched, and gave the class a better understanding of the Chinese American culture as a whole.

The Chinese students I teach in my class generally show more interest in American culture, and want to know what makes Chinese Americans who and what they are. It is interesting to see that history, legal documents, and political policies of the United States in the anthology were welcomed by my Chinese students, just as traditional classic Chinese philosophies were welcome by my American students. Both showed an easy enthusiasm for different cultures, and both looked for recognition of it in the texts, with an interpretation of it affected by their own culture. An example may help to illustrate this. I started teaching Taoism with a discussion of the yin/yang symbol. When I asked what the symbol suggested, a typical answer I got from my American students was that the white part symbolizes good and the black part symbolizes evil, which is not at all what the symbol really means. The American students I taught seemed to think Chinese traditional culture plays a major part in making what Chinese Americans are, but my Chinese students seem to be more concerned about how American culture and history work on Chinese Americans.

One difference among my Chinese students is that they tend to look for some "link" with Chinese American writers. They would think that images such as Guan Gong and Mulan represent "Chinese culture". By employing these images, the writers appear to identify themselves with Chinese culture, making the students feel linked with the writers, and with Chinese Americans in general. As a matter of fact, this response is commonly seen, especially a few years ago, in essays published in academic journals. Students would feel puzzled to hear that a Chinese American writer identifies himself/herself with American culture, in spite of all the Chinese cultural symbols contained in their works.

In sum, Chinese American literature in China broadens students' understanding of American literature, and enriches their knowledge about American ethnic literature as well as the role it plays, and with Chinese American literature in particular. It unsettles students' assumptions about literary canonicity, and helps them to reconceptualize their vision of literature in the light of multiculturalism within the context of globalization. Much of my effort has been made on behalf of the construction of a course framework for Chinese American literature teaching. My four publications on this subject concentrate on providing Chinese students with what they need to read and to do for serious studies of Chinese American literature.

Receptions of Chinese American Literature in China

Chinese American literature studies in China have been making rapid progress, within the last ten years. A four-volume *New History of American Literature* published in 2000 included, for the first time, chapters on American ethnic literature, such as literature by American Indians, African Americans, and Chinese Americans[5]. See also *A History of American Ethnic Literature*[6]. Important Chinese journals are carrying more articles on Chinese American literature. For example, *Foreign Literature* (*waiguo wenxue*), one of the major journals on foreign literature studies in China, published an article on Chinese American literature in 2002, *Foreign Literature Studies* (*waiguo wenxue yanjiu*) published six on Chinese American literature in 2003, out of 200 articles it published that year; in 2004, in the Index of Articles published in 2003 by *Critics on Foreign Literature* (*waiguo wenxue pinglun*) , there are sixteen articles on Chinese American Literature out of thirty-eight in total under the category of "North America and Latin America". Though these figures may not be absolutely inclusive, they do show in a sense that Chinese American literature studies in China is now undergoing an expansion.

It is true that Chinese American literature is not as popular a scholarly subject as is African American literature in China. The teaching of African American literature has been a part of American literature classes, ever since the Harlem Renaissance entered the American canon. Richard Wright's *Native Son*, Ralph Ellison's *Invisible Man*, James Arthur Baldwin's *Go Tell It on the Mountain*, Alex Harry's *Roots*, Alice Walker's *The Color Purple* and so on have been translated into Chinese. In China, these are very familiar names for American literature people. In the recent years, with Toni Morrison being awarded the Nobel Prize (several of her works have been translated into Chinese too), African American literature has been even more widely studied. However, Chinese American literature is catching up, with ethnic literature getting increasing attention from literary scholars.

Besides academic research, some more universities are offering Chinese American literature class to graduates who major in English literature. An increasing number of MA candidates and PhD candidates of English majors are writing their thesis or dissertation on ethnic literature. The following is the latest data I located online on the "Database of Excellent MA Theses in China" website,(7) a listing of theses recommended by 652 universities whose English Department offers MA program:

MA Thesis on Chinese American Literature in China from 2000 to 2006:

Table 1

Year	Number of Thesis
2000	1
2001	5
2002	10
2003	17
2004	35
2005	38
2006	64

I have met very supportive people in the course of publishing books about Chinese American literature teaching. Professor Wu Bing from Beijing Foreign Studies University mailed me copies of works I needed for compiling the anthology; Professor Zhang Ziqing from Nanking University kindly made suggestions for the revision of the anthology, and Nankai University Press took my suggestion of publishing a series of Chinese American literature studies. Moreover, Nanking University Press sent the books it published to conferences three times, for free. The first time the *Anthology of Chinese American Literature* was distributed to more than one hundred participants of the All-China American Literature Studies Association Annual Conference held in Shandong University in 2004, and second time about a hundred copies given to the participants of The International Conference on Asian American Literature in the 21st Century, Beijing, 2005. When the translation of *A History of Chinese American Literature* was released, about 200 copies were sent to the All-China American Literature Studies Association Annual Conference held in Chongqing in 2006. The series by Nankai University Press made contributions to the promoting of Chinese American literature studies in China. I also exchange information with people in this area about conferences or talks by Chinese American writers and scholars to keep each other informed about scholarship updates. As a result, I have met Maxine Hong Kingston, Shawn Wong, Jeffery Paul Chan, Russell Leong, Marlon Hom, King-Kok Cheung, and other Chinese American writers and scholars, and have email-contact with a dozen Chinese American writers and scholars, which keeps me updated with the latest development of Chinese American literature.

In this fast-changing world, everything is changing, so is the concept of American literature. What we have done here in China plays a part in redefining American literature and in canonizing Chinese American literature, by putting it in American literature class. Chinese American literature teaching is becoming a part of teaching American literature in China. I am glad that I am part of it.

（2007 年）

Notes:

1 It is the "Syllabus of English for English Majors of Institutions of Higher Learning", issued in March 2000, by the Education Ministry of China. In the section of American Literature, Maxine Hong Kingston's Woman Warrior is found in Appendix II, a reading list. See: http://www.bfsu.edu.cn/Chinese/site/gxyyzyxxw/zywj/yyjxdg.htm.

2 The authors included in the first edition of the *Anthology of Chinese American Literature* are as follows: Sui Sin Far (1867-1914, Lin Yu Tang (1895-1976), Louis Chu(1915-1970), Jade Snow Wong (1922-2006), Diana Chang (1934-), Frank Chin (1940-), Maxine Hong Kingston (1940-), Jeffery Paul Chan (1942-), Shawn Wong (1949-), Russell Leong (1950-), Amy Tan (1952-), David Wong Louie (1954-), Gish Jen (1956-), David Henry Hwang (1957-). In the forthcoming revised edition, I will add some emerging writers, to give readers more choice.

3 See *China Book Review* (*zhongguo tushu pinglun*) 2, 2005, pp52-53.

4 The translation is published by Nankai University Press, in September, 2006. The original English book is written by Xiaohuang Yin, published by Illinois University Press, entitled *Chinese American Literature Since the 1850s*.

5 Chong Zhang. "Canon/Decanon/Extending Canon: Thoughts on Anthologies/ Teaching and Studies of American Literature", Jide Guo (ed), *American Literature: Critical Essays* (Series 3), Yantai: Shangdong University Press, 2006, p.7.

6 Ibid.

7 The web page is http://www.cnki.net/index.htm, 2007-3-16. I am sure there are more theses written than are listed here, because three of my supervisees' theses are not on the list. They graduated in January 2007, from a two-and-a-half-year MA program, so their work has not yet been indexed.

P.S.: Since I offered the first two manuscripts, the series has now developed into eight books, of which I authored three and recommended three. Nankai University Press thus becomes a publishing center of Chinese American literature studies in China.

后 记

本书中收录的论文主要有以下几种：1. 在报纸上发表过的学术论文；2. 在学术会议上宣读过，以及被学术会议的论文集收录过的论文；3. 以同样的题目在学术刊物上发表过缩略版的论文；4. 在其他杂志上发表过的论文；5. 在海外期刊上发表过的和提交给国内外学术会议的英文论文。这些年，由于在大多数报纸上发表的学术论文、在学术会议上宣读的、被大会论文集收录的论文，以及在其他杂志上发表的论文和一些外刊上的英文论文，都不在所谓的核心刊物范围之内，因此，这些论文一般不能得到应有的关注，读者接触这些论文的机会相对较少。

在将这些论文收集起来翻阅的过程中，发现其中有些内容在我其他的论文中并未涉及，有些甚至对我先前发表和出版过的学术著作是一种补充，于是，更觉得有必要将其结集出版。

本文集的内容主要包括美国文学研究、华裔文学及文化研究、文学教学以及英文论文等内容，按内容分为五大章。在此我要感谢发表了以上论文的报刊和出版社。感谢他们以各自的方式助力学术研究，促进学术交流。

另外，是南开大学出版社及张彤老师对学术研究一如既往的大力支持，使得本书的出版成为可能。再次致以诚挚谢意。

2017 年夏